Ignaz Hold

Trüffel mit Schuss

Buch

Ein Mord auf dem Wochenmarkt von Cabanosque – direkt unter den Augen von *commissaire* Jean-Luc Papperin. Warum wurde der *truffier* erschossen? Droht die lokale Mafia ins Trüffelgeschäft einzusteigen? Oder haben Neid und Missgunst zwischen Trüffelbauern zu dieser brutalen Tat geführt?
Die Ermittlungen führen *commissaire* Papperin und sein Team in die einsamen Eichenwälder der nördlichen Provence und in die No-Go-Zonen von Marseilles Vorstädten.

Autor

Ignaz Hold ist ein Pseudonym. Der Autor, ein reiselustiger Wissenschaftler, hat seit einem Vierteljahrhundert in der Provence eine zweite Heimat gefunden und kennt diesen Fleck Europas wie seine Westentasche. Er erholt sich, wann immer sein Beruf es ihm erlaubt, vom Stress des Universitätsalltags in seinem Haus in der Haute Provence. Dorthin, in die ländliche Idylle eines provenzalischen Dorfes, zieht er sich zurück, um zu schreiben. Neben nüchternen Fachbüchern entstehen dort seine Provencekrimis, in denen er den ganzen provenzalischen Mikrokosmos mit all seinen Problemen, Charakteren, landschaftlichen und kulinarischen Reizen einfängt und in spannende Krimis einfließen lässt.

Ignaz Hold

Trüffel mit Schuss

Commissaire Papperins fünfter Fall

Ein Provencekrimi

ambiente-krimis

Verlag ambiente-krimis
Michael Heinhold
Am Feilnbacher Bahnhof 10
83043 Bad Aibling
Zweite Auflage 2019
ISBN 978-3-945503-18-8

Gesamtherstellung: CPI Claussen & Bosse, Leck
Umschlagfoto: Michael Heinhold

ISBN der e-book-Ausgabe: 978-3-945503-19-5

Commissaire Papperins Provence

Personen und Handlungen in diesem Roman sind frei erfunden und orientieren sich nicht an lebenden oder toten Vorbildern oder Geschehnissen. Etwaige Ähnlichkeiten sind nicht beabsichtigt und wären rein zufällig.

„Leider hat der Trüffelkult auch in Frankreich eine kriminelle Seite bekommen. Was als Schelmenstreich begann - das Stibitzen eines Trüffelkorbs beim Nachbarn - hat sich mancherorts zu einem Teil des organisierten Verbrechens entwickelt."

Annemie Dedulle und Toni de Coninck, in 'Trüffel' S. 40

Prolog:
Vor drei Jahren

Tiefe Schwärze umgibt sie. Das erste, was sie hört, als sie aufwacht, ist ein leises Wimmern und Stöhnen. Dann überfallen sie die Schmerzen. Wie eine Steinlawine prasseln sie auf sie hernieder und schlagen und stechen auf ihren Körper ein. Sie will sich aufrichten. Ein qualvoller Blitzschmerz durchzuckt ihre Schultergelenke. Es geht nicht. Ihre Arme lassen sich nicht bewegen. Ihre Handgelenke tun höllisch weh. Wenn sie die Hände bewegt, wird es schlimmer. Sie sind irgendwo fixiert, denkt sie. Sie will nachschauen, wendet den Kopf und öffnet die Augen, ihre Lider reiben sich an etwas Rauem. Aber es bleibt dunkel. „Wieso sind meine Augen verbunden?", überlegt sie. Sie dreht den Kopf leicht nach links und nach rechts. Dabei spürt sie etwas Hartes am Hinterkopf. Den Knoten der Augenbinde? Die peinigenden Schmerzen lassen keinen klaren Gedanken zu. Unbewusst beginnt sie, ihren Kopf zu bewegen - nach vorne, nach hinten, wieder nach vorne, dann nach hinten, immer wieder. Sie fühlt, wie der harte Knoten an ihren Haaren zerrt und sich langsam verschiebt. Sie ist so darauf konzentriert, die Binde abzustreifen, dass sie für kurze Zeit die Schmerzen vergisst.

Plötzlich ist es hell, strahlendes Licht umfängt sie. Zuerst muss sie blinzeln, bis sich ihre Augen an die neue Helligkeit gewöhnt haben. Soweit wie möglich hebt sie den Kopf, blickt um sich und sieht umgestürzte Bücherregale, herabgerissene Gardinen, aus den Scharnieren gebrochene Schranktüren, Chaos überall. Der Couchtisch - sie fühlt seine kalten Chrombeine, an die ihre Hände gefesselt sind.

Wieder überfallen sie die Schmerzen mit voller Wucht. Dazu das eindringliche Stöhnen. Sie sucht es mit den Augen, erkennt, dass sie selbst es ist, die wimmert und stöhnt. Sie schaut an ihrem Körper entlang - Blut, lauter Blut. Sie kann nichts erkennen, das grelle Licht der Stehlampe blendet sie. Doch, jetzt ...

Und dann beginnt sie zu schreien.

Sie schreit und schreit ...immer lauter, schriller.

Einen Tag später

Der Tag dämmerte, als der dunkelblaue Citroën DS direkt vor dem Eingang der Gendarmeriestation in Aubagne hielt. Den Fahrer schien es nicht zu stören, dass diese Straßenseite ausschließlich für Fahrzeuge der *gendarmerie nationale* reserviert war. Fahrer- und Beifahrertüre öffneten sich und rechts und links stiegen die beiden Insassen aus. Der Fahrer, ein jugendlich wirkender, etwa dreißigjähriger Mann, war konventionell angezogen. Er trug einen dunkelblauen Anzug und ein weißes Hemd, das am Kragen offenstand. Nur die Krawatte fehlte. Die Beifahrerin war sehr elegant, aber etwas legerer gekleidet. Eine halblange gesteppte Daunenjacke reichte bis knapp über die Hüften hinab und ließ ihre schlanken, in blauen Jeans steckenden Beine, gut zur Geltung kommen. Der Fahrer öffnete die linke hintere Türe und nahm eine dünne Ledermappe vom Rücksitz. Die beiden gingen die wenigen Stufen zur Eingangstüre hinauf und betraten die Wachstube. Der Mann knallte eine Visitenkarte auf den Tresen, der den für den Parteienverkehr vorgesehenen Teil des Raumes von den Räumlichkeiten abtrennte, die für die Beamten reserviert waren.

„Mein Name ist Benoît Berger, ich bin Anwalt und möchte eine Anzeige erstatten. Gestern Nacht, gegen Null Uhr dreißig haben…"

„*Pas si vite, monsieur!* Zuerst Ihre Personalien, bitte!"

Nachdem der Anwalt und seine Begleiterin ihre *carte d'identité* vorgelegt hatten, lud der Gendarm das erforderliche Formular auf seinem PC hoch und übertrug die Daten aus den Dokumenten penibel in den Computer.

„Sie sind nicht verheiratet?", fragte er.

„Aber selbstverständlich!"

„Wieso heißen Sie dann verschieden? Sie Benoît Berger und Ihre Frau Christine Large?"

„Ich wüsste nicht, was das zur Sache tut. Es ist zulässig und das muss Ihnen genügen!"

Der Polizist drehte sich auf seinem Bürostuhl wieder zu seinem Computer und fragte den Anwalt:

„Weswegen und gegen wen wollen Sie Anzeige erstatten?"

Nach diesem Wortwechsel, konnte der erregte junge Mann endlich loslegen.

„Als ich gestern Nacht … äh … heute früh gegen halb ein Uhr nach Hause gekommen bin, fand ich folgendes vor: Die Terrassentüre, die von der Bibliothek unseres Hauses in den Garten führt, war aufgebrochen. Im ganzen Raum herrschte ein wildes Chaos. Ich machte mich auf die Suche nach meiner Frau und fand sie im Wohnzimmer, auf dem Couchtisch liegend, die Arme mit Kabelbindern an die Tischbeine gefesselt, halbnackt. Ganz offensichtlich ist sie von Einbrechern überfallen und vergewaltigt worden."

Der Uniformierte bearbeitete die Tastatur seines Computers eine Weile. Dann fragte er: „Was haben die Einbrecher gemacht, wie sind sie in die Wohnung gekommen? Was wurde beschädigt, was gestohlen? Und Sie wurden … was genau haben die mit Ihnen gemacht?", wandte er sich an die Frau. Verstört blickte diese erst den Gendarmen und dann ihren Mann an:

„*Chéri*, ich … ich … kann nicht. Komm, gehen wir. Ich will keine Anzeige erstatten. Du weißt, das wollte ich nicht.

Es bringt ja auch nichts. Das ist mir zu … Mein Gott, merkst du nicht, wie ich mich fühle?"

„Mein Liebling, wir müssen das. Erstens ist es unsere Pflicht. Und zweitens: Nur wenn wir Anzeige erstatten wird die Versicherung zahlen, sonst bleiben wir auf dem Schaden sitzen. Schließlich haben die das halbe Haus demoliert. Außerdem bekommst du Schmerzensgeld. Glaube mir, als Anwalt weiß ich, was zu tun ist."

Der Beamte, nach den Schulterklappen seiner Uniform ein einfacher *gendarme de garde,* starrte auf den Bildschirm. Schließlich blickte er auf und meinte:

„Ich glaube, ich hole besser meinen Vorgesetzten. Warten Sie bitte einen Moment." Er verließ die Wachstube und kam nach kurzer Zeit in Begleitung eines sportlich-drahtig wirkenden Mannes zurück.

„*Lieutenant* Duport", stellte sich dieser vor. Kommen Sie bitte mit in mein Büro!"

Die Klappe des Tresens wurde geöffnet und der Chef der Gendarmeriestation bat die beiden ihm zu folgen.

„Sie kommen mit und protokollieren!", befahl er seinem Untergebenen.

***

Im Haus des Ehepaares Berger-Large herrschte hektischer Betrieb. Der Vater von Madame Large war gekommen um seiner Tochter seelisch beizustehen. Ihr Mann wich nicht von der Seite seiner Frau, hielt ständig ihre Hand, streichelte sie.

„*Chérie,* ich weiß, du hast Fürchterliches durchgemacht. Und jetzt noch dazu die vielen Gendarmen, die uns nicht in Frieden lassen. Aber das muss sein, sonst fassen sie diese Verbrecher nie. Schade, dass du dich nicht an mehr erinnerst. Wie sie ausgesehen haben, was sie gesagt haben, wie sie gerochen haben."

„*Mon chéri,* es ist, wie wenn ich in dichten grauen Nebel blicke, wenn ich mich erinnern möchte. Aber vielleicht mit der Zeit …" Er sah in die verzweifelt und verstört blickenden Augen seiner Frau. Aus einer schönen, selbstsicheren jungen Dame war ein erbarmungswürdiges Häufchen Elend geworden. Zornig stieß er hervor:

„Am liebsten würde ich losziehen und jeden von denen einzeln erwürgen oder erschießen."

„Aber vorher kastrieren - und zwar ohne Narkose!", warf sein Schwiegervater ein.

Nach Stunden kam *lieutenant* Duport zu ihnen.

„Die Spurensicherung ist jetzt durch. Es wurde so gut wie nichts gefunden, das Rückschlüsse auf die Täter zulässt. Fingerabdrücke: Fehlanzeige. Die hatten alle Handschuhe an. Zwei Fußabdrücke mit etwas Schmutz von der Straße draußen. Aber wir müssen noch abklären, ob die von Ihnen kommen. Dasselbe mit ein paar Haaren. Dazu brauchen wir Ihre DNA. *À propos* DNA - haben Sie einen Arzt aufgesucht, der sie ... von dem wir Abstriche ... äh Spermienmaterial ...", der *lieutenant* kam ist Stottern.

„Nein. Mich hat es so geekelt. Sie können sich das nicht vorstellen. Von Unbekannten vergewaltigt ... ich weiß nicht einmal, wie viele es waren ... ich habe ... nachdem mein Mann mich von diesen wehtuenden Armfesseln befreit hatte ... ich habe das nächste greifbare Tuch genommen - ich glaube es war die Tischdecke - und mich abgewischt. Und dann bin ich unter die heiße Dusche. Mindestens eine halbe Stunde."

„Dieses Tischtuch? Wo ist das jetzt?"

Christine Large schaute ihren Mann fragend an und hob ratlos die Schultern.

„Im Müll! Ich habe es in den Müllsack gesteckt."

„Claude!", rief der Leutnant aufgeregt einem seiner Beamten zu. „Habt ihr den Müll durchsucht? Da muss eine Tischdecke drin sein. Farbe?", fragte er das Ehepaar.

„Gelb, grünes Olivenmuster", kam die Antwort.

„Ins Labor damit. Spermienreste - DNA! Du weißt was du zu tun hast."

Drei Tage später

Vor sich auf seinem Schreibtisch lag der Bericht des *corps de soutien technique* der *gendarmerie nationale*. Auf der Tischdecke, las *lieutenant* Duport, konnten fünf DNA-Spuren identifiziert und ausgewertet werden. Eine davon ließ sich eindeutig der Hausfrau, Christine Large, zuordnen. Das war für die Ermittlungen irrelevant. Hochinteressant dagegen war, was die Wissenschaftler zu den vier anderen organischen Proben geschrieben hatten. Sie stammten von männlichem Sperma, von vier verschiedenen Personen. Die DNA waren entschlüsselt und es waren Abgleiche mit den in der nationalen DNA-Datei FNAEG gespeicherten Daten durchgeführt worden. Bei dreien wurde dort kein Pendant entdeckt. Für die vierte DNA hatten die Biochemiker jedoch ein passendes Gegenstück gefunden. Die Doppelhelix war bei beiden Proben zu hundert Prozent identisch. Sie gehörte zu einem 40-jährigen Mann namens Luc Lemaire. Er war amtsbekannt, da er wegen Einbruchdiebstahls und Sexualdelikten vorbestraft war und bereits einige Monate in *Les Baumettes* eingesessen hatte. Die Ausstellung eines richterlichen Haftbefehls war bei dieser eindeutigen Beweislage eine bloße Formsache gewesen. *Lieutenant* Duport setzte sogleich zwei Beamte auf diesen Mann an. Da der Gesuchte auch wegen zahlreicher Verkehrsdelikte aktenkundig geworden war, hatte es nicht lange gedauert, bis sie auf den kleinen Motorradclub *Motards Furieux de Provence* gestoßen waren, zu dessen Mitgliedern auch dieser Lemaire zählte. Seine sofortige Verhaftung und Vernehmung führte allerdings in eine Sackgasse, denn er schwieg konsequent und verriet insbesondere seine drei Mittäter nicht. Da der begründete Verdacht bestand, dass diese ebenfalls dem Club der *Motards Furieux* angehörten, nahm die Gendarmerie bei einer Razzia im Clublokal prophylaktisch von allen anwesenden Mitgliedern eine Speichelprobe, in der Hoffnung, auch die drei anderen Täter identifizieren zu können. Tatsächlich wurden auf diese Weise zwei weitere Mittäter entdeckt und überführt. Die Verbrecher wurden zu Freiheitsstrafen zwischen einem und drei Jahren, teilweise auf Bewährung, rechtskräftig verurteilt. Nur für eine der bei der Vergewaltigung sichergestellten DNA-Proben fand sich kein Spender unter den erfassten Mitgliedern der *Motards Furieux.* Entweder gehörte der vierte Vergewaltiger nicht zum Verein der *Motards,* oder er war bei der Razzia nicht anwesend.

Alle sichergestellten genetischen Fingerabdrücke wurden, soweit bekannt, mit den zugehörigen Personaldaten, in die FNAEG, die nationale DNA-Datei *Fichier National Automatisé des Empreintes Génétiques* eingegeben.

Kapitel 1
Drei Jahre später: Commissaire Papperin ersteht einen prachtvollen Trüffel und wird Zeuge eines Verbrechens

Samstag, 23. Januar

Auf der *Place de la Révolution*, dem Mittelpunkt des Dorfes Cabanosque, herrschte reges Treiben. Es war Samstag – Markttag. Ungezählte Händler hatten den Platz und die umliegenden Sträßchen und Gassen mit ihren Verkaufsständen nahezu unpassierbar gemacht. Für Fahrzeuge aller Art war das Dorfzentrum an Markttagen ohnehin gesperrt. Die beiden Beamten der *police communale* hatten schon Tage vorher die Halteverbotsschilder aufgestellt, die dafür sorgen sollten, dass die für die Marktstände erforderlichen Flächen nicht von parkenden Autos blockiert wurden. Erstaunlicherweise hielten sich alle, Bewohner wie Touristen, an dieses Verbot. Noch nie hatte man einen Abschleppdienst holen müssen, um hier verbotswidrig parkende Autos zu entfernen. Am Markttag selbst waren die Dorfpolizisten bereits vor Tag und Tau mit ihrem kleinen Dienstjeep unterwegs gewesen, um die runden weiß-roten Verbotsschilder aufzustellen, die den Verkehr vom Einfahren in das Dorfzentrum abhalten sollten.

***

Wann war er das das letzte Mal auf dem Markt seines Heimatstädtchens Cabanosque gewesen, fragte sich Jean-Luc Papperin, als er die ersten Verkaufsstände erreichte. Das musste Monate her sein, mindestens ein halbes Jahr. Der Kummer über das Schicksal seiner Lebensgefährtin hatte bewirkt, dass er sich verbissen auf seine Arbeit als Kriminalkommissar konzentriert und nichts Privates an sich heran gelassen hatte. Nach aller Wahrscheinlichkeit war sie tot. Auch die Behörden gingen inzwischen davon aus, dass keiner der Passagiere des verschwundenen Flugzeugs noch am Leben war. Aber er wollte das nicht zur Kenntnis nehmen. Er klammerte sich an den kleinsten Hoffnungsschimmer und solange ihr Tod nicht bewiesen war, konnte und wollte er nicht daran glauben. Aber trotzdem musste das Leben weitergehen. Er konnte sich nicht abkapseln und sich verzweifelt nur auf seinen Beruf als Kriminalbeamter stürzen. Auch sein Privatleben musste wieder in geordnete Bahnen gebracht werden. Als rational denkender und intelligenter Mensch war ihm das klar. Aber zwischen theoretischer Erkenntnis und praktischem Leben klaffte eben doch eine gewaltige Lücke.

Er wollte das schon seit Längerem ändern und heute war ein guter Tag dafür: Der Geburtstag seiner Mutter. Frühmorgens hatte er sie schon mit einem Champagnerfrühstück überrascht und zum *dîner* wollte er ihr ein lukullisches Menü kochen. Und deshalb war er ins Dorf hinunter gegangen, um alles dafür Nötige einzukaufen.

***

So schlenderte *commissaire* Jean-Luc Papperin an seinem ersten freien Wochenende seit Monaten über den Markt. Eigentlich konnte man das nicht schlendern nennen. Zu dicht gedrängt schoben sich die Menschenmassen durch die viel zu engen Gässchen zwischen den Verkaufsständen. Immer wieder gab es Staus und Stockungen, wenn sich Bekannte trafen und mitten im Gedränge auf ein ausführliches Schwätzchen stehenblieben. Papperin hatte genug von diesem engen Gewusel und Geschiebe. Die Zutaten, die er für das *dîner* heute Abend brauchte, hatte er schon gekauft, so dass kein Grund bestand, noch länger in diesem Gewühl zu verweilen und sich schieben und herumschubsen zu lassen. Vor allem hatte er das Wichtigste gleich zu Beginn seines Einkaufsbummels erledigen können. Am Stand eines Trüffelbauern hatte er einen schönen, fast tennisballgroßen schwarzen Wintertrüffel erstanden. Mit Schmunzeln dachte er an die Verkaufsverhandlungen zurück.

***

„Was kosten die Trüffel heute?", hatte er den *truffier* gefragt.

Der Trüffelverkäufer war aus seinem alten Campingstuhl aufgestanden und um den Tisch gegangen, auf dem er seine Pilzknollen anbot. Groß und breitschultrig stand der kraftstrotzende Mann vor dem Kommissar und musterte diesen von Kopf bis Fuß, als versuchte er, dessen Kaufkraft abzuschätzen.

„Ein Tausender das Kilo!"

Papperin blickte ihn erstaunt und zweifelnd an.

„Das ist der Marktpreis. Heuer gibt es nicht so viele", bekräftigte der Bauer. Mit seinem muskulösen, über und über mit bunten Tattoos bemaltem Arm schob er dem Kommissar den runden Weidenkorb hin, in dem etwa zwei Dutzend schwarzbraune Trüffel von unterschiedlichsten Größen und Formen lagen. Papperin nahm jede der Knollen einzeln in die Hand, begutachtete sie fachmännisch, roch daran und hielt dem Bauern schließlich einen fast tennisballgroßen Trüffel hin.

„Der hier! Wieviel wiegt der und was kostet er?"

Der *truffier* legte die Knolle auf eine runde, etwas verschmutzte weiße Briefwaage und schaltete diese ein. 175 Gramm zeigte das LC-Display an.

„Ob die wohl korrekt geeicht ist", fragte sich Papperin. Das wilde, verwegene Aussehen des Verkäufers wirkte nicht gerade Vertrauen erweckend. Löcherige Jeans, allerdings von einer bekannten Designermarke, wie Papperin erstaunt feststellte, eine leicht zerknitterte Daunensteppjacke, die ein paar Schadstellen und Flecken aufwies, dazu das lange, wildgelockte Haar, das dem Mann bis auf die Schultern reichte.

„Hundertfünfundsiebzig Gramm gleich hundertfünfundsiebzig Euro", tönte es unter dem buschigen schwarzen Schnurrbart des Bauern hervor.

„Da klebt noch viel zu viel Erde dran", konterte Papperin. „Für die zahle ich nicht einen Euro je Gramm. Wenn ich das alles abbürste, dann wiegt er viel weniger."

„Meinetwegen, dann 170 Euro!"

„Non, c'est trop! Das kann ich mir nicht leisten."

„Dann nehmen Sie halt einen kleineren."

„Wenn überhaupt einen, dann nur den hier!" Papperin wog den von ihm ausgesuchten Trüffel in der Hand.

„Maximal hundertzwanzig!", bot er dann, legte den Trüffel zurück in den Korb, wandte sich ab und machte Anstalten wegzugehen.

„Hundertfünfzig!"

Der Ruf stoppte den Kommissar. Er nahm drei Fünfziger aus seiner Geldbörse und fächelte sich damit Luft zu. Der Bauer wollte danach greifen, doch Papperin zog die Scheine weg.

„Zehn will ich zurück!"

Und so war der Handel abgeschlossen worden.

***

Doch es hatte noch ein kleines Nachspiel gegeben. Papperin war bereits etliche Schritte entfernt und in der Menschenmenge untergetaucht, so dass er den zornigen, zurechtweisenden Ruf nicht mehr vernahm.

„Patrick!"

„Maman?", antwortete fragend der Trüffelverkäufer.

„Wieviel hast du für diesen Trüffel bekommen?"

Unter der harten Stimme seiner Mutter zuckte der riesengroße Mann zusammen. Kleinlaut und fast unhörbar beantwortete er die Frage.

„Hundertvierzig sagst du, nur hundertvierzig? Lauf dem Geizkragen nach und hol den Trüffel zurück. *Et que ça saute* – und zwar ein bisschen dalli!"

Es war ein skurriles Bild. Die dürre, drahtig wirkende grauhaarige Frau stand vor ihrem riesenhaften, muskelbepackten Sohn und wies mit ausgestrecktem Arm in die Menschenmenge. Obwohl sie viel kleiner war und im Vergleich zu ihm dünn und zerbrechlich wirkte, verriet ihr Gesichtsausdruck deutlich, wer in dieser Mutter-Sohn-Beziehung das Sagen hatte. Alle in der Menge erwarteten, dass der Mann klein beigab und sich auf die Suche nach dem Käufer begab.

Doch er machte keine Anstalten, ihrer Aufforderung Folge zu leisten. Vielmehr schüttelte er bedauernd den Kopf und murmelte. „Lass gut sein, *maman*! Verkauft ist verkauft."

„Du solltest dich schämen, unser Geld so zu verschleudern?", schimpfte sie. „Schau unseren Hof an, ich komme mit der Arbeit nicht nach und eine Hilfe willst du nicht engagieren. Aber du, du schmeißt das Geld nur so raus, für dein unsinniges Hobby, für dein Motorrad und deine gierigen Freunde. Und jetzt verschenkst du auch noch unsere Trüffel."

Sie wandte sich ab und ging mit hoch erhobenem Haupt die Dorfstraße hinunter.

Papperin, der von all dem nichts bemerkt hatte, war im längst Marktgewühl verschwunden.

***

Der Markt fand auf verschiedenen Ebenen statt: Zum einen auf der zentralen Dorfstraße, die, vom Ortseingang an der lang gestreckten und leicht abschüssigen *Place de la Révolution* vorbei, bis zum *Hôtel de Ville* hinauf führte. Zum anderen auf dem etwas erhöhten Platz der Revolution, der seit eh und je für Autos gesperrt war und auf dem an normalen Tagen Fußgänger flanierten, Hunde herumstreunten, Kinder Ball spielten und die umliegenden Cafés und Bistros Tische und Stühle für die Passanten aufgestellt hatten. Auf diesem etwas erhöhten Platz standen jetzt die Marktstände dicht gedrängt, eng nebeneinander und ließen für die Einkaufenden und Bummelnden nur schmale Durchgänge frei. Unter dem gut einem Dutzend alter, hoher Platanen, die den Platz im Sommer beschatteten und die Sonnenhitze fernhielten, jetzt im Spätwinter aber nur ihre kahlen Äste in die Höhe reckten, boten die Händler eine breite Palette von Waren an. Kleidung und Wäsche in allen nur denkbaren

Ausführungen und Farben fanden sich neben Ständen mit Kunsthandwerk und kunstvoll bemaltem Fayencegeschirr, neben Verkäufern von Modeschmuck und Tischen mit Büchern. Hier oben wurden so gut wie keine Lebensmittel feilgeboten, mit zwei Ausnahmen: Der örtliche Imker, der lautstark seine Produkte anbot - *miel de lavande, miel de romarin, miel de tillieul* - und dessen Verkaufstisch eingezwängt lag zwischen den Fleecejacken, Pullovern, Leggins und Jeans eines Bekleidungshändlers zur Linken und eines Stoffhändlers zur Rechten, der Tischdecken in allen Größen und Formen, Servietten, Geschirrtücher und allerlei Kleinkram, von gehäkelten Eierwärmern bis zu Hüllen für Toilettenpapierrollen feilbot. Zum Bedauern der Traditionalisten wurden die klassischen provenzalischen Stoffmuster immer mehr verdrängt von modernistischen bis kitschigen Designs. Die zweite Ausnahme von diesem überbordenden Non-Food-Angebot bildete der Stand des einzigen Biobauern der Region. Er hatte seine beiden langen, hölzernen Klapptische am unteren Ende des Platzes aufgestellt, direkt vor dem Marmorbrunnen.

Auf der Straße, die am Rande der etwas erhöht gelegenen *Place de la Révolution* vorbeiführte und die durch ein schmiedeeisernes Gitter von diesem abgegrenzt wurde, war das Gedränge nicht so groß. Aus Sicherheitsgründen mussten die Verkaufsstände hier deutlich weiter auseinanderstehen und eine breitere Notfallgasse freilassen, die im Falle eines Falles genügend Platz für die Durchfahrt von Notarzt- oder Feuerwehrfahrzeugen gewährten.

Schwer bepackt mit seinen beiden mit Produkten des Biobauern gefüllten Einkaufskörben gelangte Papperin zu einem der Durchlässe, wo das Gitter zwischen Platz und Straße durchbrochen war und ein paar ausgetretene Steinstufen auf die Dorfstraße hinab führten. Dort war es lichter. Zwar standen auch hier Menschentrauben vor den rechts und links am Straßenrand aufgebauten Verkaufsständen, aber es blieb immer noch genug Platz, um sich in der Mitte der Straße frei und schnell bewegen zu können. Jugendliche mit Inlineskates und Skateboards nutzten diesen Raum, um in elegantem Umkurven der Passanten und mit gefährlich aussehenden Sprüngen die leicht abschüssige Dorfstraße hinabzurollen.

Commissaire Papperin ging gemütlich die Straße hinauf. Neben Obst und Gemüse, die zu seiner Verwunderung meist aus Spanien kamen - als gäbe es in seinem Heimatland nicht genügend Landwirte, die diese Produkte anbauten, vom Kohl aus der Bretagne, über Orangen und Clementinen aus Korsika bis hin zu den exotischen Früchten aus den überseeischen Departements Martinique, Guadeloupe oder La Réunion - wurden hier alle nur denkbaren Lebensmittel angeboten. Beim Paëllastand hielt er kurz an und schaute dem bärtigen Verkäufer zu, der mit einem Riesenlöffel in einer noch riesigeren Pfanne - sie hatte gut einen Meter Durchmesser - in der brodelnden gelb bis ockerfarbenen Safranreisbrühe rührte und nach und nach Garnelen, Hähnchenschenkel und Muscheln dazu gab. Ein paar Meter weiter wurden die Flanierenden von den würzigen Düften einer Braterei angelockt. Hinter der hochgeklappten Seitenwand eines Renault-Transporters glühte und züngelte eine mit Butangas betriebene Grillwand, vor der sich auf langen Spießen Hühnchen, anderes Geflügel und Lammschlegel drehten. Auf der anderen Straßenseite bot ein *poissonnier* seine Fische und Meeresfrüchte an. Auf einem Bett aus zerstoßenem Eis hatte er sie auf einer zur Verkaufstheke umgebauten Ladenfläche seines Mercedestransporters appetitanregend drapiert. „*Dorades, lottes, turbots, filets de saumon, sardines,* frisch gefangen und heute geliefert. Erstklassige Ware aus dem Atlantik!", pries er lautstark seine Fische an. Unvermittelt änderte sich sein Tonfall von freundlich-auffordernd zu einem harschen, zornigen Ausruf:

„He Sie da, lassen Sie meine *gambas* in Ruhe! Und nehmen Sie Ihre Finger weg."

Die bucklige, grauhaarige Frau ließ sich durch diese Zurechtweisung nicht beirren. Seelenruhig nahm sie eine Garnele nach der anderen in die Hand und prüfte sie mit ihren knochigen, von Gichtknoten entstellten Fingern.

„Décongelées!", schmetterte sie dem Fischverkäufer entgegen. „Von wegen frisch gefangen! Tiefgefroren und wieder aufgetaut sind die. Die kaufe ich nicht! Dafür sind die viel zu teuer."

Sie warf das Tier, das sie zuletzt befühlt hatte, zurück auf den Garnelenberg und wandte sich ab. Mit gekrümmtem Rücken, überlangen und affenartig schlenkernden Armen, den kleinen Kopf mit den kurz geschnittenen, eng anliegenden grauen Haaren weit nach vorne gereckt, ging sie wütend weiter und brabbelte schimpfend vor sich hin „So eine Unverschämtheit, ein Betrüger ist das, bei dem darf man nichts kaufen. Das sollte man den Behörden melden!"

Verwundert sah Papperin ihr nach. Er kannte die Frau - Marie-Therèse Nez, eine Nachbarin der Papperins. Sie wohnte nicht weit von der Ölmühle und war stadtbekannt als notorische Nörglerin, die an allem und jedem etwas zu mäkeln und zu bekritteln hatte. Nur sie machte nie etwas falsch, meinte sie. Er selbst glaubte nicht, dass die Gambas aufgetaut waren. Sie sahen viel zu schön aus, knackig frisch, mit ihren grau-silbrig glänzenden Panzern. Papperin schlenderte weiter und dachte über Madame Nez nach. Eigentlich tat sie ihm leid. Sie glaubte, sich überall einmischen und alle belehren zu müssen, doch niemand nahm sie ernst. Sie galt als verschrobenes Unikum, wurde aber von allen toleriert, weil sie eigentlich niemandem schadete. Obwohl, dachte Papperin, in der Erntezeit hatte Odile, seine Mutter, schon ein paar Mal beobachtet, wie sie heimlich in ihrer Plantage Oliven gepflückt hatte. Aber die paar Kilo Oliven und das wenige Öl, die sie sich daraus pressen ließ, waren zu verschmerzen.

Er setzte seinen Weg fort, vorbei an weiteren Gemüse- und Obstständen. Dazwischen hatte sich ein Korbflechter niedergelassen. Papperin blieb kurz stehen und schaute ihm bei der Arbeit zu. Neben einer großen von Hand beschrifteten Tafel, auf der man lesen konnte, dass hier sämtliche Flechtarbeiten professionell und günstig erledigt wurden, verkündeten drei alte Stühle mit neu geflochtenen Sitzflächen vom Können des Handwerkers. Papperin schlenderte weiter. Er kam an dem Tisch vorbei, hinter dem der wild aussehende Trüffelbauer mit seiner langen Mähne und seinem buschigen *moustache* auf Kundschaft wartend saß. Vor ihm auf dem Tisch stand der Korb mit den schwarzen, murmel- bis faustgroßen Trüffelknollen. Er war immer noch ziemlich voll. Offensichtlich ging das Geschäft heute nicht besonders gut. Der *truffier* winkte dem Kommissar zu. „Wahrscheinlich hat er heute das Geschäft des Tages mit mir gemacht", dachte Papperin, winkte zurück und ging weiter die Dorfstraße hinauf. Er steuerte zielstrebig sein Lieblingslokal an, die *Bar aux Chasseurs,* ein fast ausschließlich von Einheimischen besuchtes Bistro. Etwas über dem Niveau der Straße gelegen und von einem hüfthohen Mäuerchen von dieser abgegrenzt, befand sich die Terrasse des Lokals. Papperin stieg die drei Stufen hinauf und suchte mit den Augen einen freien Platz. Es herrschte ein gewaltiges Gedränge, alle Tische und Stühle waren besetzt. Der Andrang der Durstigen war offensichtlich so groß, dass man zusätzlich zu den hässlichen roten Plastikstühlen noch Holzstühle aus dem Inneren der Bar geholt hatte. Mit Verwunderung erblickte er einen einzigen freien Tisch ganz vorne an der Mauerecke, seinen Lieblingsstisch, denn von dort hatte man einen freien Blick hinab auf die Dorfstraße und die *Place de la Révolution.* Doch der war reserviert. *Réservé* verkündete ein schwarzes Plastikschild.

„Na klar!", dachte Papperin. „Sonst wäre der nicht mehr frei." Frustriert nahm er seine beiden Einkaufskörbe wieder auf, wandte sich um und wollte sein Glück bei einer der anderen Bars suchen.

„Jean-Luc, bleib hier!" Der Ruf übertönte den lauten Gesprächspegel der Bistrobesucher. Francis Savonari, der Besitzer des Lokals, bahnte sich seinen Weg durch das Gedränge. Er schlug dem Kommissar freundschaftlich auf die Schulter.

„Ich wusste, dass du kommst. Darum habe ich deinen Tisch für dich freigehalten."

Bei diesen Worten deutete er auf Papperins Lieblingsplatz. Er nahm dem Kommissar einen der beiden schweren

Körbe ab und schob ihn über die voll besetzte Terrasse zu dem reservierten Tisch. Während dieser seine Einkäufe und seinen Mantel auf einem der drei Stühle deponierte, fragte ihn Francis: „*Comme d'hab?*"

„*Oui, comme d'habitude!*", bekräftigte Papperin.

„Jasmine" rief der Barbesitzer quer über die Köpfe seiner Bedienung zu:

„*Une bière et un calva pour monsieur le commissaire! Et un Ricard pour moi !*"

Dann setzten sich beide und warteten auf die Getränke.

„Wie geht es Odile?", fragte Francis. „Ich habe sie schon ein paar Tage nicht mehr im Dorf gesehen. Ihr fehlt hoffentlich nichts?"

„Nein, sie ist top fit für ihr Alter."

„Na hör mal! So alt sind wir mit achtundfünfzig nun auch wieder nicht."

Papperin schaute seinen zwanzig Jahre älteren Freund an. Dass er auf die sechzig zuging, sah man ihm wirklich nicht an. Gut, sein früher pechschwarzes Haar war schon leicht ergraut und er schob einen kleinen *bidon* vor sich her. Aber das war normal bei Männern in dem Alter. Die Pflicht, seinen zahlreichen Stammgästen ab und zu beim Trinken Gesellschaft zu leisten, musste zwangsläufig zu einer Zunahme des Bauchumfangs führen.

Papperin erinnerte sich an seine Kindheit, als sein Vater und Francis Savonari, beide sportliche und schlanke Männer, während der Jagdzeit gemeinsam tage- und nächtelang mit ihren Gewehren durch die Hügel gestreift waren und ihre Familien mit saftigen Braten versorgt hatten - Wildschweine, Hasen, Fasane, Bartavellen. Irgendwann, Papperin hatte schon an der Uni im fernen Paris studiert, war diese Freundschaft zerbrochen. Er hatte nie ergründen können, was zu diesem plötzlichen Bruch geführt hatte. Er vermutete, dass seine Mutter Odile mit Francis Savonari ein Verhältnis angefangen und sein Vater Arnaud dies abrupt unterbunden hatte. Erst seit ganz Kurzem, lange nach Arnauds tragischem Unfalltod, schienen sich Odile und Francis wieder näher gekommen zu sein. Mit Schmunzeln musste Papperin daran denken, wie seine Mutter den Barbesitzer vor zwei Jahren mit einem falschen Alibi vor einer Verurteilung als Brandstifter bewahrt hatte. Er selbst war damals mit diesem Fall betraut gewesen, den die Presse unter dem Schlagwort ‚Mistralmorde' breit ausgeschlachtet hatte. Es war sein erster Mord, den er hier in der Provence nach seiner Versetzung von Paris nach Aix aufgeklärt hatte.

„Nein, nein", kam er wieder in die Gegenwart zurück. „Sie hat nur so viel zu tun. Die Olivenernte ist erfolgreich abgeschlossen und jetzt wird das gepresste Öl abgefüllt und vermarktet. Du weißt ja, im Winter fällt die Hauptarbeit in der Plantage und der Ölmühle an."

„Und du kaufst ein und kochst für sie und die Arbeiter?"

„Wenn mir die Ganoven Zeit dazu lassen, ja!", entgegnete der Kommissar.

Eine Weile schwiegen die beiden und schauten auf das bunte Markttreiben hinab.

„Und wie geht es dir so?", fragte Francis.

„Ach Francis", seufzte Papperin, „diese Ungewissheit macht mich fertig. Jetzt ist es schon fast ein halbes Jahr her und ich hoffe immer noch, dass Nia ..." Seine Worte stockten.

„Und ich dachte, du bist inzwischen darüber hinweg, man sieht dich wieder hier auf dem Markt - wie früher", meinte Francis. Doch er sah, wie die Augen seines Freundes feucht wurden.

„Wir wissen überhaupt nichts. Wenn das Flugzeug abgestürzt ist, dann hätte man doch etwas finden müssen. Selbst im Meer - das versinkt doch nicht spurlos. In so einem Flieger sind doch unendlich viele Teile, die nicht untergehen, sondern auf der Wasserfläche treiben. Die hätte man doch entdeckt. Und wenn es entführt wurde? Die Kidnapper hätten sich längst gemeldet. Oder ein Sprengstoffanschlag? Aber Terroristen prahlen doch immer mit ihren Taten. Und hier - nichts, absolut nichts."

„Du solltest dich damit abfinden, dass sie tot ist. Sonst hättest du längst etwas von ihr gehört."

Papperin schüttelte den Kopf.

„Aber es kann doch auch sein, dass es notlanden musste", gab er seinen innersten Ängsten Ausdruck, „in einer einsamen, unwirtlichen Gegend, wo keine Menschen sind. In einer Wüste, in den Bergen, was weiß ich wo?"

„Von Paris nach Marseille, da gibt es keine Wüsten und unbewohnte Bergregionen. Man fliegt über Frankreich, über besiedelte Landschaften. Ein Flugzeug kann hier nicht verloren gehen."

„Und wieso hat man es dann nicht gefunden? Also ist es doch woanders hingeflogen. Oder es ist entführt worden. Aber wohin? Es gibt so viele Möglichkeiten. Der größte Teil der Erde ist unbewohnt. Vielleicht sind sie irgendwo notgelandet und warten auf Rettung, aber niemand sucht sie. Sag mir bitte, was ich tun soll. Was kann ich unternehmen, um sie zu finden?"

„Nichts! Du kannst nichts tun. Leb dein Leben. Du hast deine Mutter, du hast Freunde, du hast deinen Beruf, bist ein hervorragender Polizist, der beste in ganz Frankreich. Also: Trauere um Nia, aber gib dieses selbstzerstörerische Hoffen auf."

„Es wäre so schön geworden: Wir wollten heiraten. Nia hat einen super Job in Aix gekriegt. Sie wäre hierher gezogen. Aber jetzt…"

Sie schwiegen wieder. Nach einer langen Weile schaute Papperin auf.

„Du hast ja Recht! Entschuldige, dass ich mich so gehen lasse. Aber manchmal überkommt es mich einfach. Ich werde jetzt heimgehen und mit den Vorbereitungen für das *dîner* beginnen.

Francis war froh, dass sein Freund aus seiner Depression wieder herausgefunden hatte.

„Und das soll es heute bei euch alles geben?", fragte er mit Blick auf die beiden vollen Körbe. „Du hast ja Unmengen eingekauft."

„Das meiste ist zum Auffüllen der Vorräte. Aber heute gibt es was Besonderes – *maman* hat Geburtstag. Ich koche ein Menü mit Trüffeln. *Brouillade aux truffes* als Vorspeise, dann *tagliatelle* mit einer Soße aus *crème fraîche* und im Mörser zerstoßenen Trüffeln. Und als Hauptgericht ein *filet de bœuf* mit warmer *foie gras* und darüber gehobelten Trüffeln. Ich habe am Markt unten einen wundervollen schwarzen Wintertrüffel erstanden. Willst du mal riechen?"

„Ja, gerne, zeig her - *merci* Jasmine!", rief Francis der Bedienung zu, die gerade die georderten Getränke auf den Tisch stellte.

Papperin kramte aus einem der beiden Körbe eine braune Papiertüte hervor, öffnete sie, steckte seine Nase hinein und verzog genießerisch das Gesicht.

„Ein Traum!", schwärmte er. „Da, riech selber!" Er hielt die Tüte seinem Freund hin.

Der nahm sie, schnupperte daran und holte den Trüffel heraus.

„Ein tolles Stück", meinte er, während er die schwarze runde Knolle mit den vielen kleinen Warzen mit Kennermiene betrachtete.

„Was verlangen die zurzeit dafür?"

„Achthundert das Kilo. Zumindest habe ich so viel bezahlt. Erst wollte er tausend für ein Kilo."

„Und wo hast du ihn her?"

„Da unten, von dem *truffier* dort." Papperin deutete über das Mäuerchen auf die Dorfstraße hinab.

Francis Savonari schaute nachdenklich hinunter.

„Ja, der ist ab und zu da. Nur im Winter und beileibe nicht an jedem Markttag. Ich kenne ihn nicht. Man sagt, er wohnt einsam droben in den Bergen, irgendwo zwischen Aups und Bauduen. Er soll dort einen kleinen Hof haben. Ich weiß nicht, ob er nur Trüffelsucher in den kommunalen Wäldern ist, oder selbst eine *trufficulture* betreibt."

„Die Preise sind ganz schön runtergegangen, seit man Trüffelsetzlinge kaufen und Trüffelkulturen anlegen kann." Papperin trank einen Schluck Bier und nippte anschließend an seinem Calvados.

„Aber es ist trotzdem mühsam und ein riskantes Geschäft. Es soll bis zu zehn Jahre dauern, bis man unter den mit Trüffelsporen infizierten Eichenbäumchen Trüffeln ernten kann. Und nicht selten wächst dort dann kein *Tuber melanosporum*, sondern irgendeine andere, ungenießbare Trüffelabart."

„Was du nicht alles weißt!", wunderte sich der Barbesitzer.

„Kochen ist mein Hobby, das weiß du doch. Sowas steht in jedem besseren Kochbuch", meinte Papperin.

Dann herrschte eine Weile Schweigen zwischen den beiden. Sie blickten auf das Markttreiben und nahmen nur unbewusst die sie umgebenden Geräusche wahr. Gesprächsfetzen, ein lautes Lachen, dazwischen Hundegebell, die Rufe der Händler, die ihre Waren anpriesen. Übertönt wurde alles von an den Platanenbäumen befestigten Lautsprechern, aus denen Schlagermelodien über die Köpfe der Passanten rieselten.

Ein Motorrad kam geräuschlos die Dorfstraße heruntergerollt. Geschickt lenkte der Fahrer sein Zweirad an den wenigen Menschen vorbei, die sich in der Straßenmitte befanden. Beim Verkaufstisch des Trüffelbauern hielt er an.

Plötzlich peitschten drei Schüsse über den Platz. Die allgegenwärtigen Tauben flatterten mit hektischen Flügelschlägen auf. Im selben Augenblick brüllte ein Motor auf und die schwere Maschine raste mit lautem Knattern dem Dorfausgang zu. Ehe man sich versah, war sie verschwunden. Papperin, der das alles nur aus den Augenwinkeln beobachtet, aber nicht bewusst zur Kenntnis genommen hatte, meinte zu Francis.

„Was war das?"

„Ein Spinner!", entgegnete dieser. „Die jungen Burschen heutzutage. Mit ihren Maschinen durch die Orte preschen und dabei in die Luft schießen! Ein Verrückter. Ich hab's ja immer schon gesagt: Die Leute haben zu viele Waffen. Das muss strenger geregelt werden."

„Und das sagst du? Als leidenschaftlicher Jäger und Vorsitzender *der Association des Chasseurs de Cabanosque*? Du und deine Jagdkumpel. Von euch hat doch jeder mindestens zwei Gewehre und zwei Pistolen zuhause."

„Ja, aber das ist doch was völlig anderes. Wir ballern ja nicht zum Spaß in der Gegend herum."

„Hoffnungslos, mit dir darüber zu diskutieren!", bemerkte Papperin resigniert. Trotz seines Berufes als Kriminalkommissar, bei dem er häufig eine Schusswaffe tragen musste, hatte er persönlich eine tiefe Aversion gegen alles Schießgerät. Er konnte nicht verstehen, dass sich erwachsene Menschen zum Vergnügen Waffen kauften. Schießen als Sport und Schützenvereine fand er so was von abwegig. Und eigentlich auch die Jagd. Dabei war er sich des Widerspruchs voll bewusst, den er als leidenschaftlicher Hobbykoch in sich trug, der gerne Wildgerichte zubereitete, aber niemals auf die Idee käme, ein Wildschwein oder einen Hasen selbst zu schießen.

„Da unten ist jetzt aber was los", wurde Papperin aus seinen pazifistischen Gedanken gerissen. Francis Savonari deutete auf die Menschenzusammenballung vorne auf der Dorfstraße. Von ihrem erhöhten Standort aus beobachteten sie, wie immer mehr Menschen zum Stand des Trüffelhändlers strömten. Schon hatte sich eine dichte Menschentraube gebildet, die die ganze Straße blockierte.

„Ich fürchte, da hat jemand nicht in die Luft geballert, sondern gezielt geschossen. Fragt sich nur auf was", sagte Papperin.

„Oder auf wen", ergänzte der Barbesitzer.

„Glaubst du das wirklich?", fragte Papperin und erhob sich.

„Dann muss ich als Vertreter der Polizei da wohl hin." Er versuchte, sich an den von ihren Stühlen aufgesprungenen und neugierig nach unten schauenden Bistrogästen vorbei zu zwängen. Plötzlich erklang eine Sirene. Der kleine Jeep der *police communale* bahnte sich, vom *Hôtel de Ville* kommend, einen Weg durch die Menschenmenge. Das Gellen seines Martinshorns übertönte das Stimmengewirr und trieb die Neugierigen zur Seite.

„Dann ist die Ordnungsmacht ja schon zur Stelle", meinte Papperin beruhigt und nahm wieder Platz.

„Schließlich ist das seit langem mein erstes freies Wochenende. Und außerdem wären hier auf dem Land sowieso zunächst mal die Kollegen von der *gendarmerie nationale* zuständig." Er nahm sein Bierglas und prostete seinem Freund zu. Aber natürlich beobachteten beide das Geschehen dort unten, wo die Menschentraube größer und größer wurde. In das Stimmengewirr mischte sich die Melodie von Joe Dassins berühmtem Schlager *Aux Champs Élysées*. Der Ton wurde immer lauter - *Aux Champs Élysées*.

„Mein Handy!", sagte Papperin und begann in einem der Einkaufskörbe zu wühlen. Schließlich hatte er es gefunden, klappte es auf und meldete sich.

„Oui?"

„Commissaire Papperin? Ici Maurice – police communale. Il y a... Où êtes vous?"

„Was gibt's?", unterbrach Papperin die aufgeregte Stimme des Dorfpolizisten.

„Es wurde jemand angeschossen - mitten auf dem Markt. Wo sind Sie? Könnten Sie vielleicht kommen? Ich habe den Notarzt schon gerufen. Und die Gendarmerie verständigt. Aber es dauert, bis die Kollegen aus Saint Maximin hier sind. Ich ... ich kann die Menschen hier nicht zurückhalten. Die zerstören alle Spuren."

„Ich bin in der Bar von Francis. Ich komme sofort, bin gleich da!"

Papperin gab den Versuch auf, durch das Gedränge auf der Barterrasse zur Straße zu gelangen. Er nahm den kürzesten Weg, sprang über das Mäuerchen, das die Terrasse begrenzte und landete auf dem tiefer gelegenen Gehsteig. Eiligen Schrittes lief er die Straße hinunter und drückte und schob sich rücksichtslos durch die Menschenmenge. Laut rufend „Polizei! Bitte lassen Sie mich durch!" gelangte er endlich nach vorne. Mit einem Blick erfasste er die Lage. Maurice, der Dorfpolizist, stand mit weit ausgebreiteten Armen vor dem Tisch, auf dem der *truffier* seine Trüffel angeboten hatte. Die schwarzen Pilzknollen lagen verstreut im Rinnstein und statt der Trüffel lag der Oberkörper des Verkäufers auf dem Tisch. Der Kopf und die langen schwarzen Haare hingen vorne über die Tischkante. Auf der zerknautschten, bunten Plastikdecke, die über die Tischplatte gebreitet war, hatten sich Lachen von rotem Blut gebildet. Die Neugierigen in den vorderen Reihen wurden von den hinter ihnen Nachdrängenden nach vorne geschoben und der Polizist weiter zurückgedrängt. Seine Beine berührten bereits den Tisch, direkt neben dem blutenden Kopf des Verwundeten.

„Zuerst der Verletzte!", sagte sich Papperin, beugte sich zu dem über die Tischkante hängenden Kopf und ließ den *policier* mit der drückenden Menschenmenge allein.

Er sah sofort: Für den *truffier* kam jede Hilfe zu spät. Ein dicker roter, ausgefranster Punkt unter dem rechten Auge markierte die Stelle, wo das Geschoß in den Kopf eingedrungen war. Hier brauchte man keinen Puls zu fühlen, um festzustellen, dass der Mann tot war. Die klaffende Wunde am Hinterkopf zeigte, dass der Täter ein gröberes Kaliber verwendet hatte, sonst wäre nicht ein großer Teil des Schädels weggerissen worden. Während er sich, von der Brutalität dieser Hinrichtung erschüttert, langsam, wie in Trance, aufrichtete um seinem Kollegen von der Dorfpolizei bei der Abwehr der Gaffer zu helfen, fragte sich Papperin, wo wohl die beiden anderen Kugeln eingeschlagen waren - es waren doch drei Schüsse gewesen. „Die Spurensicherung oder der Pathologe müssen das rausfinden", dachte er. Dann konzentrierte er sich voll auf die vordringlichste Aufgabe: den Tatort zu sichern.

Seine Polizeimarke hochhaltend sprang Papperin dem bedrängten Dorfpolizisten zu Hilfe.

„*Police judiciaire*!" rief er der Menge zu. „Treten Sie zurück! Sie zerstören Spuren."

Als sich nichts rührte und die Leute keinen Schritt zurückwichen, fluchte er laut:

„*Bon dieu de merde*! Jetzt machen Sie doch endlich Platz! *Faites un pas en arrière*!"

Langsam gelang es den beiden Beamten, die aufgeregte Menge zu beruhigen und die neugierigen Menschen ein paar Schritte zurück zu drängen. Nachdem relative Ruhe eingekehrt war, sprach Papperin auf die Leute ein.

„Mein Name ist Jean-Luc Papperin. Ich bin Kommissar der Mordkommission bei der *police judiciaire* in Aix. Bitte treten Sie noch weiter zurück. Sonst zerstören Sie wichtige Spuren. Der Mann ist tot. Mehr gibt es nicht zu sehen." Er bewegte die Menge, noch einige Schritte weiter zurück zu weichen.

Dem Kommissar war klar, dass eine aufwändige Befragung aller Personen erforderlich war, die sich im näheren Umfeld des Tatorts aufgehalten hatten. Um ein vorzeitiges Verschwinden möglicher Zeugen zu verhindern, rief er den Menschen zu:

„Bitte gehen Sie nicht weg. Wir brauchen dringend Zeugen für diesen Mord. Ich bitte Sie, jede und jeden von Ihnen, die den Tathergang beobachtet haben, etwas gesehen haben, was mit dem Mord zusammenhängen könnte, möglicherweise den Mörder erkannt haben, oder Angaben über mögliche Motive für diese Tat machen können ... all diese Personen bitte ich, jetzt vor zu treten und uns Ihre Personalien anzugeben. Die Polizei wird sich so schnell wie möglich bei Ihnen melden und Ihre Aussage aufnehmen."

Dann wandte er sich dem Dorfpolizisten zu, der bereits Notizheft und Kugelschreiber in der Hand hielt.

„Maurice, schreibst du bitte alles auf? Okay?"

Während der *policier* eifrig die Namen der Leute notierte, die etwas gesehen hatten, oder zumindest glaubten, eine Aussage machen zu müssen, wandte sich Papperin wieder dem Toten zu. Aber er kam gar nicht dazu, ihn genauer anzuschauen, denn die Neugierigen drängten wieder nach vorne und kamen der Leiche zu nahe. Papperin hatte alle Hände voll zu tun, um wieder einen ausreichende Abstand herzustellen. Nach einer gefühlten Unendlichkeit übertönte gellendes Sirenengeheul das Stimmengewirr. Der Notarztwagen der *sapeur pompiers* kämpfte sich die Dorfstraße herauf. Durch das Fahrzeug wurde die Menschentraube zurückgedrängt. Der Wagen hielt mit rotierendem Blaulicht direkt vor dem Tisch mit der Leiche. Ein Arzt und zwei

Helfer sprangen hektisch heraus und wandten sich der über dem Tisch liegenden Person zu.

„Der ist hinüber, da kann ich nichts mehr retten", meinte der Arzt nach einer kurzen Untersuchung mit resignierendem Schulterzucken.

„Ist die Gendarmerie verständigt?", fragte er. Als Papperin nickte, nahm er seinen Notfallrucksack auf und winkte seine beiden Begleiter zum Fahrzeug zurück.

„Ist sonst noch jemand verletzt? Oder können wir wieder abziehen?"

Papperin verneinte beide Fragen.

„Was jetzt?"

„Nein, es benötigt niemand sonst ärztliche Hilfe und nein, bitte fahren Sie noch nicht weg, sondern lassen Sie das Fahrzeug so stehen, bis die Gendarmerie hier ist. Es hält die Leute vom Tatort ab.

***

Endlich kamen auch die Gendarmen. Mit zwei blauen Wagen, einem Streifenwagen mit der großen Aufschrift *gendarmerie nationale* und einem Peugeot-Kastenwagen preschten sie die Dorfstraße herauf und hielten hinter dem roten Notarztauto der Feuerwehr. Dann lief alles sehr schnell und professionell ab. Vier der uniformierten Polizisten drängten die Menschenmenge zurück. Drei Beamte der Spurensicherung entstiegen dem Kastenwagen und schleppten ihre Ausrüstung zum Tisch mit der Leiche. Als nächstes wurden Scherengitter aus dem Fahrzeug geholt, die, auseinandergezogen, den Tatort großräumig umzäunten. Der Chef der Truppe, nach den Abzeichen auf seinen Schulterklappen hatte er den Rang eines *lieutenant*, wandte sich an den Dorfpolizisten. Da dieser Uniform trug, erkannte er ihn als Kollegen. Er ließ sich in kurzen Worten berichten, was vorgefallen war und teilte dann seinen Leuten ihre Aufgaben zu. Sein Blick blieb an Papperin hängen, der sich völlig ungehindert innerhalb der rot-weißen Absperrungen aufhielt.

„Was hat der Zivilist hier am Tatort zu suchen?", fragte er mehr zu sich selbst als zum Gemeindepolizisten. Dann brüllte er:

„He Sie, verschwinden Sie, aber prompt! Gehen Sie sofort wieder hinter die Absperrung. Sie haben hier nichts verloren!" Mit einer unmissverständlichen Handbewegung befahl er zweien seiner Mitarbeiter, diese unbefugte Person aus dem Sperrbereich zu entfernen. Er war erst seit kurzem zum *lieutenant* befördert und von Clermont-Ferrand als Chef der Kommandantur nach Saint Maximin versetzt worden. Deshalb kannte er den Kommissar aus Aix en Provence noch nicht.

„Non, non, non, mon lieutenant", wurde er von einem aus dem Spurensicherungsteam unterbrochen.

„Das ist *commissaire* Papperin, Jean-Luc Papperin, leitender Beamter der *police judiciaire* in Aix und Chef der Mordkommission. Den kenne ich. Mit dem haben wir schon öfter zusammengearbeitet."

„Wie kann es sein, dass Sie vor uns hier sind? Aix ist doch viel weiter weg als Saint Maximin?", wunderte sich der Gendarm und schaute den Kommissar ratlos an. „Wer hat Sie alarmiert und wieso kommandiert man uns beide hierher - die *police* und die *gendarmerie*?" - „Und noch dazu jemanden, der im Rang so weit über mir steht." Aber das letztere dachte er nur und sprach es nicht aus. Es wurmte ihn gewaltig, dass ihm hier die *police nationale* in die Quere kam. Denen würde er den Fall nicht überlassen. Das war seine Chance. Wenn er bei diesem Mord als Ermittler brillierte, würde das seiner Karriere gut tun, man müsste ihn befördern, er würde in die höheren Dienstränge aufsteigen und seine jetzige Position als kleiner *lieutenant* und *sous-officier* endlich hinter sich lassen.

Herausfordernd, ja trotzig schaute er den Kommissar an: „Dies ist mein Fall und Sie haben hier nichts zu suchen. Dass das klar ist. Und jetzt lassen Sie uns unsere Arbeit machen und stören Sie uns nicht länger." Er wandte sich abrupt ab und rief seinen Untergebenen zu:
„An die Arbeit Kameraden!"

„*Mon cher collègue*, ich habe nicht vor, mich in Ihre Ermittlungen einzumischen. Ich bin als Privatmann hier", versuchte Papperin ihn zu beruhigen. Wie schon öfter wunderte er sich, nein: ärgerte er sich, dass es zwei nationale Polizeiorganisationen gab, die sich in mehr oder weniger feindlicher Konkurrenz gegenüberstanden. Wenn es nach ihm ginge, könnte Frankreich auf die militärisch aufgebaute und geführte *gendarmerie nationale* verzichten. Kompetenzstreitigkeiten und Ressourcenverschwendung, nicht selten auch Ermittlungspannen waren die Folge dieser unsinnigen Zweiteilung der Polizeimacht. Eine völlig widersinnige Organisationsstruktur, fand nicht nur Papperin. Die *gendarmerie*, früher nur dem Verteidigungsministerium unterstellt, hatte seit einigen Jahren zwei Minister als oberste Chefs – den Verteidigungs- und den Innenminister

„Diener zweier Herrn", nannte Papperin die Gendarmen immer, in Anlehnung an Goldonis Komödie. Nur war das hier nicht besonders lustig, sondern grenzte eher an eine Tragödie. In seinem Wirkungsbereich, der Provence, war es Papperin bisher gelungen, dieses schädliche Gegeneinander in ein konstruktives Miteinander umzuwandeln. Selbstverständlich war das nicht nur sein Verdienst. Auf Seiten der Gendarmerie hatte er einen hochrangigen Gesinnungsgenossen gewonnen – *colonel* Roux. Anfangs hatte auch dieser ihm ablehnend, ja feindlich gegenübergestanden. Aber mit der Zeit hatte Papperin ihn überzeugen können. Ganz langsam waren die beiden Freunde geworden. Und seit Robert Roux zum *Colonel* und damit zum Chef aller Gendarmerieposten in der östlichen Provence befördert worden war, klappte diese Zusammenarbeit hervorragend. Nur: Papperins jetziges Gegenüber hatte davon ganz offensichtlich noch nichts gehört. Mit einer versöhnlichen Geste wandte sich der Kommissar an den *lieutenant*:

„Gerne überlasse ich Ihnen diesen Fall." Und dann setzte er noch mit einer etwas spitzen Bemerkung nach:

„Falls Sie überhaupt Wert auf meine Aussage legen, können Sie mich jederzeit an meiner Dienststelle erreichen." Dann ging er wieder die Straße hinauf zu Francis'

Bar-Bistro. Jetzt waren fast alle Tische auf der Terrasse frei. Das sensationslüsterne und neugierige Publikum hatte die Bar verlassen und sich zum Schauplatz des Mordes begeben. So konnte Papperin unbehelligt wieder von seinem Lieblingstisch ganz vorne an der Brüstung Besitz ergreifen. Noch ehe er einen Wunsch aussprechen konnte, erschien der Barbesitzer mit einem frisch gezapften Bier und einem Calvados.

„*Une bière et un calva, comme d'habitude!*" Er stellte die beiden Gläser vor den Kommissar und setzte sich neben ihn.

„Erzähl!", forderte er seinen Freund auf.

Nun berichtete Papperin ausführlich vom Geschehen dort unten. Das meiste habe Francis ja ohnehin von hier oben beobachten können, meinte er: Die Ankunft des Notarztes, der Gendarmen, die Errichtung der Absperrungen und so weiter.

„Von den drei Schüssen, die wir gehört haben, ging einer ins Gesicht. Beim Austritt des Geschoßes hat es den halben Hinterkopf weggerissen. Die beiden anderen Kugeln dürften noch im Körper stecken, oder sie haben ihn nicht getroffen. Jedenfalls habe ich keine Austrittswunden entdeckt."

„Und wie geht es jetzt weiter? Übernimmst du den Fall?"

„*Non*, den will die *gendarmerie* alleine lösen. Jetzt ist mein freies Wochenende, das erste seit Monaten. Ich werde dann nachhause gehen, unser Festessen zubereiten."

„Ich bin mir nicht sicher, ob der bei den Militärs in den richtigen Händen ist."

„Das ist kein Militär, sondern eine militärisch organisierte Polizeitruppe. Die können das schon. Bei der *police judiciaire* haben wir auch ohne diesen Mord genug zu tun. Sieh doch, wie die da unten schon fleißig bei der Arbeit sind."

Die beiden Freunde schauten wieder zum Tatort hinab. Dank der Bemühungen der Gendarmen begann sich die Menge der Gaffer langsam zu zerstreuen. Der Polizeiarzt, die Spurensicherer und der Fotograf waren eifrig am Werk. Offensichtlich hatte der Arzt sein okay zum Abtransport der Leiche gegeben, denn aus dem Gendarmerietransporter wurde ein grauer Leichensack geholt und neben dem Tisch auf dem Boden ausgebreitet. Alles lief routinemäßig und ohne Hektik ab, wie Papperin anerkennen musste.

Auf einmal zerriss ein durchdringender Schrei die geschäftige Geräuschkulisse. Die drahtige Alte war plötzlich wieder da. Mit aufgeregten Schritten eilte sie auf den Toten zu. Totenbleich und schweigend stand sie vor ihm. Plötzlich heulte Sie laut auf und warf sich mit einem verzweifelten Schluchzen über ihren Sohn.

„Steh auf! Steh endlich auf! Ich will nicht, dass du tot bist. Bitte steh wieder auf!"

Es half nichts, ihr Sohn war tot.

Langsam drang in ihr Bewusstsein, welche Folgen das für sie hatte. Sie flüstere, für die Umstehenden fast nicht hörbar:

„Und was passiert jetzt mit mir - dieser verdammte Kerl lässt sich einfach umbringen und ich bleibe allein zurück. Das hast du jetzt davon, von deinen ach so tollen Freunden."

Dann brach sie zusammen, sie wankte, stützte sich am Tisch ab, sank in sich zusammen und fiel, noch ehe sie jemand halten oder stützen konnte, auf den mit Betonplatten gepflasterten Gehsteig.

***

„Was ist da unten jetzt schon wieder los?", fragte Papperin. Das scheint eine Verwandte des Toten zu sein."

„Ja, seine Mutter, die hat jetzt niemanden mehr. Die arme Mirèio, die ..."

Er erläuterte, da er die fragende Miene Papperins sah:

„Sie hat wirklich diesen alten provenzalischen Vornamen. Ihren Nachnamen kenn ich nicht. Sie wohnt mit ihrem Sohn oben in den Bergen. Die Leute sagen, dass er das Geld verdient und sie den Hof in Ordnung hält. Ich selbst war da noch nie."

„Schau hin, jetzt redet Dr. Prouce mit ihr."

Jean-Luc Papperin und Francis Savonari sahen, wie die Frau langsam wieder zu sich kam, sich sogar eine Spritze vom Gendarmeriearzt geben ließ. Dann führten sie zwei Gendarmen zum Streifenwagen und fuhren mit ihr weg.

„Jetzt bringen die sie ins Krankenhaus", mutmaßte Papperin. Doch Francis widersprach ihm: „Man sagt, sie sei hart und unerbittlich, gegen alle, auch gegen sich selbst. Ich wette, sie lehnt es ab, sich im Krankenhaus untersuchen zu lassen, sondern lässt sich direkt nach Hause fahren. Die arme Frau!"

Nachhause - das war das Stichwort für Papperin. Er nahm seine beiden Körbe auf.

„Ich muss jetzt gehen und mit den Vorbereitungen für Odiles Geburtstagsmenü beginnen."

„Dann grüße sie ganz herzlich von mir!" Francis schaute seinen jüngeren Freund nachdenklich an. „Ich habe nicht gewusst, dass sie heute Geburtstag hat. Und jetzt habe ich nichts für sie."

Papperin bezahlte seine Getränke. Plötzlich strahlten Francis' Augen.

„Ich habe doch ein Geschenk für sie. Richte ihr meine herzlichen Glückwünsche aus und sag ihr, dass sie ab sofort in meinem Bistro nie mehr bezahlen muss - egal was und wieviel sie konsumiert."

Kapitel 2
Papperin freut sich auf eine ruhige Woche, doch das Verbrechen holt ihn ein

Montag, 25. Januar

Montagmorgen hatte Papperin länger als gewöhnlich geschlafen. Das Festessen am Samstag zu Ehren von Odile war ein voller Erfolg gewesen. Nachdem er seiner Mutter die Glückwünsche des Bistrobesitzers übermittelt und ihr von dessen Geburtstagsgeschenk berichtet hatte, hatte sie diesen freudig erregt angerufen und zum *dîner* eingeladen. Der Trüffel war wahrlich groß genug, um auch für drei Personen auszureichen. Nach dem Essen hatten sie zunächst einen Calvados *hors d'âge* als Digestif getrunken und um Mitternacht noch den Korken einer Flasche Veuve Cliquot knallen lassen. Am Sonntag hatten sie weiter gefeiert. Wieder war es sehr spät geworden.

Das war der Grund, weshalb Papperin sich erst gegen neun Uhr auf den Weg zu seiner Dienststelle gemacht hatte.

Cabanosque lag eine gute halbe Autostunde von Aix entfernt - wenn man die Autobahn, die A8, nahm. Wenn Papperin gut gelaunt war, vermied er diese. Nicht wegen der Maut, sondern weil er es genoss, auf den kleineren Landstraßen zu fahren, die sich durch die Hügel schlängelten, Weinberge durchquerten und sich durch die verwinkelten Sträßchen der malerischen mittelalterlichen Ortschaften wanden. Ab und zu führten sie als Allee weiter, rechts und links von hohen Platanen gesäumt. Es war Winter. Wie meist, lag auch dieses Jahr kein Schnee, so dass die Bäume ihre langen, kahlen Äste unbelastet in den blauen Himmel recken konnten. Auch der Wein trug kein Laub. Die Winzer hatten die braunen, hüfthohen Rebstöcke schon beschnitten. Sie ragten wie knorrige Arme in die Luft. In langen Reihen erstreckten sie sich über die sanft gewellte Landschaft und hoben sich farblich kaum vom rotbraunen Erdboden ab. Papperin ließ das Wochenende nochmals an seinen inneren Augen vorbeiziehen. „Ich bin mir fast sicher, es bahnt sich wieder etwas an zwischen Odile und Francis", dachte er. Es täte ihr gut, nach den Jahren des Alleinseins wieder einen Partner an ihrer Seite zu haben. Das freute ihn. Außerdem fand er es beruhigend, dass er sich dann wieder voll auf seinen Beruf konzentrieren könnte und nicht mehr hin und her gerissen wäre zwischen seiner Arbeit als leitender Kommissar der *police judiciaire* und der Notwendigkeit, im elterlichen Unternehmen auszuhelfen. Gut, Francis hatte seine Bistro-Bar, um die er sich kümmern musste. Aber die lief ganz gut, er hatte drei Topangestellte, die den Betrieb managten. Eine war Francis' junge Exfrau Claudia, die sich von ihm zwar getrennt hatte und von der er seit Kurzem geschieden war. Trotzdem arbeitete sie auf SMIC-Basis in der Bar mit. „Das *salaire minimum interprofessionnel de croissance* ist für sie wohl nur ein kleines Zubrot", dachte Papperin, da sie am fünf-Sterne-Hotel und am dazu gehörenden Gourmetrestaurant ihrer Eltern in Nizza beteiligt war. Papperin war überzeugt: Francis würde sich sicher gut um Odile kümmern.

Mit diesen und anderen Gedanken im Kopf gondelte Papperin genussvoll Richtung Aix. Dort erwartete ihn kein Stress. Die Ganoven hatten offensichtlich eine winterliche Ruhepause eingelegt. Außer Routinearbeiten und Papierkram gab es in seinem Kommissariat zurzeit nichts Aufregendes zu tun. Er freute sich auf den italienischen Espresso, den seine Sekretärin so hervorragend zubereiten konnte und auf die sicher sehr entspannte Lagebesprechung mit seinen Mitarbeitern. Traditionell kamen sie jeden Montag bei Dienstbeginn zusammen, um sich am großen Konferenztisch in Papperins Dienstzimmer beim morgendlichen Espresso über die jüngsten Entwicklungen auszutauschen.

***

Wie erwartet hatte Monique Dépardieu, seine Sekretärin, alles perfekt vorbereitet. Der Besprechungstisch war gedeckt und ein Berg von knusprigen Croissants erfüllte den Raum mit Appetit anregendem Duft.

„Dann kann ich alle zusammenrufen und die *caffettiera* einschalten?", fragte sie, nachdem ihr Chef vergnügt sein Vorzimmer betreten und die Türe mit Schwung zugeworfen hatte.

„*Oui*!", sagte er und schaute ihr zu, wie sie in die Espressomaschine Kaffeepulver einfüllte, das sie regelmäßig aus Italien mitbrachte. Sie schraubte die beiden Aluteile zusammen, stellte die *caffettiera* auf die Kochplatte und schaltete den Herd ein.

„Ohne Sie würde hier nichts funktionieren und nur Chaos herrschen", lobte er sie.

„Das glaubst auch nur du", entgegnete sie. „Gut, du bist manchmal ein bisschen chaotisch, aber deine *brigadiers* und *lieutenants* sind Spitze, die machen das wieder wett." Dabei lächelte sie verschmitzt, so dass sich Papperin nicht sicher war, ob sie das ernst gemeint hatte. Dachte sie wirklich, er sei ein Chaot? Oder wollte sie ihn nur auf den Arm nehmen? Egal, was von beidem sie wirklich meinte, sie wusste, sie konnte sich das herausnehmen. Sie war schon die Sekretärin seines Vorgängers gewesen. Damals war Papperin ein junger *sous-brigadier* an diesem Kommissariat und stand erst ganz am Beginn seiner Laufbahn als Polizist. Seit dieser Zeit duzte sie ihn. Er aber war immer beim Sie geblieben, auch als er viele Jahre später, aus Paris kommend, die Nachfolge seines früheren Chefs als leitender Kommissar angetreten hatte. Er siezte sie aus innerer Überzeugung und aus Respekt vor ihrer Leistung. Für ihn war sie der heimliche Chef der Abteilung. Sie führte einerseits ein strenges Regime und hatte die Organisation perfekt im Griff. Andererseits war sie die Seele und das Herz des Kommissariats, die an den Freuden der Mitarbeiter teilnahm und jederzeit hilfsbereit zur Stelle war, wenn es galt, bei privaten Problemen und Sorgen zu helfen.

***

Mit einem kurzen telefonischen Rundruf zitierte Monique die Mitarbeiter des Kommissariats in Papperins Dienstzimmer. Es dauerte keine Minute und sie waren zur Stelle.

Als erster betrat *lieutenant* Claude Laval den Raum. Als dienstältester Mitarbeiter war er Papperins offizieller Stellvertreter. Er stand kurz vor der Beförderung zum *Capitaine de police.*

„Salut chef!", begrüßte der große, etwas schwergewichtige Mann den Kommissar.

Als nächste drängten sich die beiden Guys durch die Tür. *Brigadier* Guy Malmotte und *brigadier* Guy Debordeau hätten verschiedener nicht sein können - sowohl was ihr Aussehen, als auch was ihre Spezialgebiete betraf. Guy Malmotte, ein großgewachsener junger Mann mit schmalem Gesicht, schwarzen Haaren und ebensolchem, buschigen *moustache,* war stets akkurat gekleidet und der Einzige, der immer mit makellos sitzendem Anzug und Krawatte zum Dienst erschien. Guy Debordeau, genannt Guy-deux, hingegen wirkte schlampig angezogen. Verwaschene Jeans, darüber ein leicht zerknittertes rotes T-Shirt mit aufgedrucktem schwarzem Che-Guevara-Konterfei. Eine rote Baseballkappe auf dem Kopf und rote Sneakers an den Füßen vollendeten sein Aussehen. Obwohl alles an ihm sehr nachlässig wirkte, vielleicht auch wirken sollte, wusste Papperin, dass Guy-deux seine Kleidung nicht vom Ramschtisch des Monoprix holte, sondern in sündteuren und in der Community angesagten Boutiquen kaufte. Im Gegensatz zum anderen Guy, der eher als klassischer Kriminalist galt, war Guy-deux ein mit allen legalen und illegalen Wassern gewaschener EDV- und Technikfreak.

François Legrand, ebenfalls *brigadier,* kam als nächster ins Zimmer und begrüßte seinen Chef mit Handschlag. Er war der Sportliche unter Papperins Mitarbeitern. Ein kleines, gedrungenes Kraftpaket mit Dreitagebart und glänzendem Kahlkopf, war er fanatischer Radsportanhänger und verbrachte jede Minute seiner knapp bemessenen Freizeit auf seinem Rennrad.

Als letzte, mit etwas Verspätung, weil sie noch eine E-Mail beantworten musste, erschien *brigadier* Jeannine Dalmasso. Mit einem vertraulichen „*Salut Jean-Luc*!" begrüßte sie Papperin. Sie war die Einzige von den Ermittlern, die ihn mit seinen Vornamen anredete. Das Du und die gegenseitige Sympathie und Zuneigung waren von der Liebesbeziehung zwischen dem Kommissar und seiner Brigadierin übrig geblieben. Beide hatten eine sehr schwere Zeit hinter sich. Jean-Luc war hin und her gerissen gewesen zwischen der Liebe zu seiner im fernen Paris arbeitenden Lebensgefährtin Nia und der sinnlichen Ausstrahlung Jeannines, mit der er tagtäglich zusammenarbeiten musste. Verlockungen, denen er sich lange Zeit widersetzt hatte, bis irgendwann der Abwehrwall, den er um sich errichtet hatte, eingestürzt war und alles in einem fulminanten Chaos zu enden drohte. Auch hier hatte Monique Dépardieu mit psychologischem Einfühlungsvermögen, gesundem Hausverstand und ihrem Sinn für praktische Lösungen die Wogen glätten können und es so ermöglicht, dass der Kommissar und seine Brigadierin wieder sachlich und vernünftig zusammenarbeiten konnten. Papperin war sich bewusst, dass es nicht Jeannine war, die die Initiative ergriffen und ihn zu verführen versucht hatte. Vielmehr war er der Aktive gewesen, der seine zurückhaltende Mitarbeiterin bedrängt hatte.

***

Als alle am großen ovalen Besprechungstisch Platz genommen und von ihren privaten Wochenendunternehmungen berichtet hatten, lenkte Papperin das Gespräch auf die im Kommissariat anstehenden Arbeiten.

„Viel steht derzeit ja nicht an", begann er. „Sie, Claude machen die Unterlagen im Fall Marc Lambert für den Staatsanwalt fertig. Wenn Sie wollen, kann ich es dann nochmal durchsehen, aber ich glaube, das ist nicht nötig. Guy-deux, kümmern Sie sich bitte darum, dass das mit dem neuen Berichtssystem, das man uns aufgezwungen hat, vernünftig funktioniert. Irgendwo hakt es mit der neuen Software. Ich zumindest komme da immer noch nicht rein. Ich hoffe, es klappt bald fehlerfrei. Meinen Sie, das geht schnell?"

„Heute Nachmittag. Die haben sich wieder mal von ihren Beratern was aufschwatzen lassen und wir hier an der Front müssen es ausbaden. Aber das kennen wir schon. Je höher die Position, desto weniger Ahnung haben die da oben."

Das Telefonsystem machte sich mit einem quengelnden ta-ti-ta-ta-tü, ta-ti-ta-ta-tü bemerkbar. Monique schob ihren Stuhl zurück, ging ins Vorzimmer hinüber und schloss die Verbindungstür. Nach wenigen Augenblicken kam sie zurück.

„Für dich, Jean-Luc! Soll ich es reinstellen, oder kommst du raus?"

Auf Papperins fragenden Blick sagte sie:

„Dein Gendarmeriefreund *colonel* Roux will was von dir."

„Ich komme!" Papperin ging hinüber und nahm das Gespräch an.

„*Salut* Robert! Ich freue mich immer, wenn du anrufst. Willst du vorschlagen, dass wir heute Mittag zusammen Essen gehen? Oder ist es etwas Ernstes, Dienstliches?"

„Ans Essen habe ich eigentlich nicht gedacht, aber das ist eine gute Idee. Um halb eins im *Deux Garçons*?"

„Gerne! Und das andere, das Dienstliche?"

Jetzt zögerte Papperins Gesprächspartner.

„Hmm ... äh ... Die verstärkten Verkehrskontrollen, die unser *Général de Division* angeordnet hat, die binden nahezu unsere gesamte Kapazität. Und jetzt kommt noch der Mord auf dem Markt in Cabanosque dazu. Weißt du, da habe ich sofort an dich gedacht. Meinst du, ich kann dir den Fall aufhalsen. Du wohnst dort, hast also mehr Einblick in die lokalen Vorgänge, als wir jemals bekommen können. Du weißt doch, wie die Bevölkerung zur Gendarmerie steht."

Es entstand eine kleine Pause.

„Dann hättest du was gut bei mir. Also: Machen wir den Deal?", insistierte *colonel* Roux. Nach einer Weile fügte er hinzu: „Ich weiß, für Verbrechen im ländlichen Raum sind eigentlich wir zuständig und die *police nationale* für die Städte. Aber ...".

„Was ist mit diesem *lieutenant*, der den Fall übernommen hat. Der ist doch ganz schneidig aufgetreten. Soll der doch dran bleiben!", wehrte sich Papperin.

„*Lieutenant* Marc Bresson, also ...", die Stimme des *colonel* wurde zögernd und ließ seine Zweifel erahnen. „Der Bresson, ja, der tritt schneidig auf. Der ist überheblich, er überschätzt sich. Selbst wenn ich ihn freistellen könnte, einen Mord möchte ich ihm nicht anvertrauen. Für so einen Fall ist er ungeeignet. Du, das muss aber unter uns bleiben! Er soll sich um Verkehrssünder kümmern und Tempokontrollen und Alk-Tests durchführen. Also: Hilfst du mir?"

„*D'accord, mon ami!*", entschied Papperin.

„Schickst du mir alles rüber, was ihr bisher habt?"

„Klar. Die Leiche ist schon in Aix, im gerichtsmedizinischen Institut. Der Tote heißt übrigens Patrick Pradel und wohnt allein, nur mit seiner Mutter, im Gemeindegebiet von Les Salles sur Verdon auf einem einsam gelegenen Bauernhof. Der nennt sich ...Moment ... irgendwas mit Eichen..."

Der *colonel* zögerte. Papperin konnte hören, wie er in der Akte blätterte.

„Ah, hier steht es: *La Chênaie*. Danke, Jean-Luc! Damit tust du mir einen großen Gefallen. Und wir sehen uns um halb eins im *Deux Garçons*. Bis dann!"

Papperin ging zurück in den Besprechungsraum und berichtete von dem neuen Fall, den er soeben übernommen hatte. Er erzählte von dem Mord in Cabanosque, bei dem er fast Augenzeuge gewesen war, schilderte ausführlich seine Eindrücke, musste aber zugeben, dass er nicht viel vom Täter gesehen hatte.

„Ich bin auf der Terrasse einer Bar gesessen und habe mich mit einem Freund unterhalten. Zwar habe ich den Motorradfahrer gesehen und die Schüsse gehört, dies aber nicht bewusst wahrgenommen. Das lief so nebenbei an mir vorüber."

Es wurde besprochen, was zu tun war.

„Jetzt warten wir erst mal, bis wir die Unterlagen von der Gendarmerie bekommen haben. Die dürften ja schon einiges gemacht, vor allem Augenzeugen befragt haben. Das will erst gründlich studiert sein. Dann treffen wir uns wieder hier zur Beratung über das weitere Vorgehen. Ich werde vorher noch in die Pathologie gehen und mit Dr. Avenel sprechen. Vielleicht kann er schon etwas über den Täter oder über die verwendete Munition sagen. Monique", wandte er sich seiner Sekretärin zu: „Sobald die Sachen von der Gendarmerie hier sind - ich hoffe das geht schnell und sie schicken das auf elektronischem Weg - leiten Sie sie bitte an uns alle weiter. Und wir treffen uns dann eine halbe Stunde später wieder hier. Okay?"

***

Die Stippvisite bei Dr. Georges Avenel, dem Leiter der Gerichtsmedizin, hatte keine Erkenntnisse gebracht, zumindest keine, die Hinweise auf den Täter geben oder bei der Identifizierung der Tatwaffe helfen konnten. Das Projektil, das das Opfer im Gesicht getroffen hatte, war am Hinterkopf wieder ausgetreten und befand sich somit nicht mehr in der Leiche. Einen zweiten Einschuss hatte der Arzt am linken Oberarm gefunden. Doch die Kugel hatte den Knochen knapp verfehlt und steckte nicht mehr im Gewebe. Der dritte Schuss hatte den Hals nur leicht gestreift. Somit befand sich keines der drei Projektile mehr im Körper des Toten. Papperin hoffte, dass die Spurensicherer der Gendarmerie die verschossene Munition am Tatort entdeckt und gesichert hatten. Von der medizinischen Seite erfuhr er nichts, was für die weiteren Ermittlungen von Bedeutung war. Dass der Tote in hervorragender körperlicher Verfassung und durchtrainiert war, hatte er auch ohne ärztliche Spezialausbildung gesehen - wenig Fett und viele Muskeln. Auch dass die inneren Organe völlig gesund waren, half bei den Ermittlungen nicht weiter.

„Die Laborergebnisse dauern noch etwas, denn wir haben erst heute mit der Obduktion anfangen können", entschuldigte sich der Pathologe. „Spätestens morgen kann Ihnen sagen, ob er Drogen genommen hat oder alkoholisiert war."

Papperin bedankte sich und verließ etwas frustriert die Pathologie. Seine Hoffnung, der Gerichtsarzt könnte von den drei Schüssen wenigsten ein oder zwei Projektile unversehrt in der Leiche auffinden, hatte sich zerschlagen. Jetzt galt es, auf den Bericht der Spurensicherung zu warten. Möglicherweise stand dort etwas drin, was Rückschlüsse auf die Tatwaffe zuließ, oder sogar zu deren Identifizierung führte.

***

Zurück im Kommissariat wollte er sich zielstrebig an seinen Computer setzen und die inzwischen hoffentlich von der Gendarmerie eingetroffenen Akten sichten. Seine stürmischen Schritte wurden allerding von seiner Sekretärin gestoppt, noch ehe er die Tür zu seinem Büro öffnen konnte.

„Warte, Jean-Luc!", hielt ihn Monique zurück. „Da ist jemand drin, der dich dringend sprechen will."

Papperin, der es überhaupt nicht schätzte und dies auch allen Mitarbeitern unmissverständlich klar gemacht hatte, wenn man sein Dienstzimmer als Warteraum für Fremde verwendete, wollte gerade unwirsch erwidern: „Ich habe doch deutlich ..."

„Ich weiß!", beruhigte Monique ihren Chef. „Aber die Dame ... die Frau hat gesagt, sie ist deine Nachbarin und mit dir befreundet. Und da habe ich gedacht, ich kann sie nicht irgendwo draußen auf dem Gang warten lassen. Ich hoffe, das ist okay!"

„Marie-Thérèse Nez, mir schwant Schlimmes. Hat sie gesagt, was sie möchte?"

„Nicht so richtig. Sie hat was von einem Arzt erzählt, von einem Mord, von einem Trüffel und dass man sie betrogen hat. Sie hat mich mit einem nicht enden wollenden

Wortschwall überschüttet. Sag mal, hast du noch mehr solche Freundinnen?"

„Nein, das ist die einzige, aber das genügt meiner Mutter und mir völlig." Mit einem Blick auf die *caffettiera* seufzte er: „Dann muss ich wohl rein gehen. Machen Sie uns bitte einen Espresso?"

Er öffnete die Verbindungstür und eilte mit ausgebreiteten Armen und gespielter Herzlichkeit auf die alte Frau zu, die hinter seinem Schreibtisch saß und in den dort liegenden Papieren blätterte. „Zum Glück hat sie so schlechte Augen, dass sie nichts davon lesen kann", dachte Papperin erleichtert.

„*Chère madame Nez*, was führt Sie zu mir? Und weshalb haben Sie nicht bis heute Abend gewartet? Da hätten Sie mich zuhause vorgefunden und sich den weiten Weg erspart." Innerlich fragte er sich, wie die alte Hexe überhaupt von Cabanosque nach Aix gekommen war. Sie hatte weder einen Führerschein, noch ein Auto. Auch die öffentliche Buslinie dürfte sie nicht genommen haben, denn sie sah so schlecht, dass sie die Busnummer und die Fahrtzielanzeige mit Sicherheit nicht entziffern konnte. Er wusste, er würde gleich die Antwort auf seine nicht gestellte Frage und noch viel mehr zu hören bekommen, was ihn mit Sicherheit nicht interessierte.

„Da bist du ja, Jean-Luc. Endlich! Ich warte schon eine Ewigkeit. Komm, setz dich! Setz dich da hin!", dabei deutete sie gebieterisch auf den Besucherstuhl vor seinem Schreibtisch.

„Also ich war doch am Samstag auf dem Markt und war dabei, als dieser Bauer, dieser Betrüger erschossen wurde. Recht ist ihm geschehen! Du musst wissen, das ist ein ganz gemeiner Kerl. Der stiehlt und betrügt, wo er nur kann. Selbst mich hat er hintergangen. Vor ein paar Wochen hat er mir einen Trüffel verkauft. Also erstens war der so voll Dreck, dass ich mindestens zehn Gramm wegbürsten musste, bevor ich ihn hobeln konnte. Und dann, stell dir vor, dann war da ein Kieselstein drin. Der hat einen Stein in den Trüffel reingedrückt, damit er schwerer wird und er ihn teurer verkaufen kann. Und das Loch hat er mit Erde verschmiert. Der Stein und der Dreck, das waren mindestens 20 Gramm. Und das hat er sich bezahlen lassen. Dem hab ich aber die Meinung gesagt, wie ich ihn auf dem nächsten Markt wieder gesehen habe. Aber der Schuft wollte mir das Geld nicht zurückgeben, das ich für den Betrug gezahlt habe. Also so ein …"

Papperin, der diese Schimpfkanonade wortlos über sich hatte ergehen lassen, sah sich jetzt doch genötigt, die Alte zu unterbrechen.

„*Chère madame Nez*, das mag ja schlimm sein, wie er Sie betrogen hat. Aber was hat das mit dem Mord zu tun. Oder wollen Sie gestehen, dass Sie es waren, die den Mann aus Rache für diesen Betrug umgebracht hat?"

Papperin legte eine bedeutungsschwere Pause ein, ehe er fortfuhr:

„Falls das so ist, hole ich einen *brigadier*, damit er Ihr Geständnis aufnimmt." Papperin erhob sich und machte Anstalten, den Raum zu verlassen. Natürlich hatte er das nicht ernst gemeint. Aber er war doch sehr gespannt, wie die Alte jetzt reagieren würde.

„Bist du verrückt, Jean-Luc!", schrie sie. „Selbstverständlich war ich das nicht. Ich bin doch keine Mörderin. Dass du so etwas von mir denken kannst! Ich habe ja nicht einmal ein Gewehr. Und außerdem sehe ich so schlecht. Ich hätte ihn niemals getroffen."

„Aber wieso kommen Sie dann zu mir? Noch dazu nach Aix, den weiten Weg, fast fünfzig Kilometer? Fürs Fahrrad ist das viel zu weit und Sie haben kein Auto!"

„Na was denkst du, mit dem Taxi natürlich!"

„Was das kostet! Und Sie geben so viel Geld aus, nur um mir zu erzählen, dass Sie den Mann für einen Betrüger halten?", wunderte sich Papperin.

„*Mon œil !* – So ein Quatsch! Selbstverständlich kostet das nichts!"

„Wieso?"

„Ich war doch beim Zahnarzt. Das zahlt alles die *assurance maladie*."

„Und dazu müssen Sie nach Aix fahren? Wir haben in Cabanosque doch auch einen Zahnarzt."

„Der? Das ist doch ein Betrüger!" Auf Papperins ungläubiges „Ach ja?" hin erklärte sie:

„Und außerdem ist er immer so unfreundlich zu mir. Zu so jemand kann man doch nicht gehen! Da nehme ich doch lieber die Mühen der langen Fahrt nach Aix auf mich." Mit keinem Wort ging sie darauf ein, worin nach ihrer Ansicht der Betrug bestand.

„Und du lässt dir die Kosten für die unnötige Fahrt ohne moralische Bedenken von der Sozialversicherung auszahlen", wunderte sich Papperin im Stillen. Laut sagte er:

„So, und jetzt gehen Sie zurück zu Ihrem Taxi und lassen sich wieder nachhause fahren. Vielen Dank für die Informationen, die Sie mir zu Patrick Pradel gegeben haben. Wir werden das bei unseren Ermittlungen berücksichtigen. Ich lasse Sie zu Ihrem Taxi runterbringen." Eigentlich hätte er sagen sollen: Ich muss arbeiten und habe keine Zeit, mir Ihre Phantasiegeschichten anzuhören. Aber das wäre zu unhöflich gewesen.

Er reichte ihr die Hand und wollte ihr aufhelfen.

„Au revoir madame Nez. Es war nett, dass Sie mich besucht haben, aber jetzt muss ich wirklich arbeiten!"

Sie entzog ihm ihre Hand und blieb sitzen.

„Aber du weißt ja noch gar nicht, was ich dir sagen wollte – zu dem ermordeten Trüffelbauern, diesen Patrick Pradel. Weißt du, der ist ein Gauner, der hat viele Feinde. Man hört da so einiges."

Bei Papperin kam jetzt doch Interesse auf. Es war stadtbekannt, dass Madame Nez ihre Nase überall hineinsteckte und über jeden Klatsch und Tratsch genau Bescheid wusste. So schlecht sie auch sehen konnte, sie hatte ein hervorragendes Gehör. Durchaus möglich, dachte Papperin, dass sie einiges aufgeschnappt hatte, was zur Klärung des Falles beitragen könnte. Also setzte er sich wieder und forderte sie auf:

„Was genau wollen Sie gehört haben, das uns bei unseren Ermittlungen weiterhelfen kann?"

„Nun …" Sie fixierte den Kommissar mit ihren großen, hervorstehenden blauen Augen, die sich in grotesker Verzerrung hinter den dicken Brillengläsern bewegten.

„Man sagt, er wildert Trüffel. Geht nachts mit seinem Hund raus und plündert fremde Trüffelkulturen. Der macht es nicht nur mit Trüffeln. Wo es was zu ergaunern gibt, da betrügt er. Dem Laurent soll er ganz übel mitgespielt haben. Was genau er gemacht hat, weiß ich nicht. Aber der hat Rache geschworen."

„Woher wissen Sie das?", warf Papperin ein.

„Meine Freundin Céline, die hat gesagt, dass Nicole, weißt du, die Dicke im Postamt, die hinter dem linken Schalter sitzt, dass die gehört hat, wie Laurent gedroht hat, er bringt ihn um, wenn er sich nochmal bei ihm blicken lässt."

„Wer ist dieser Laurent?"

„Laurent Cercal, irgendwo in der Pampa zwischen hier und Barjols hat er seinen Hof. Den solltest du dir vornehmen. Also, ich kann mir gut vorstellen, dass der …" Sie machte eine vielsagende Pause.

Während Papperin den Namen notierte, redete die Alte weiter drauf los:

„Und dann gibt es noch sicher ein Dutzend Trüffelzüchter, nicht hier, sondern weiter droben im Norden, die musst du auch unter die Lupe nehmen. Konkurrenz zwischen den Trüffelbauern - wenn das kein Mordmotiv ist!"

„Namen?", fragte Papperin. „Wen genau meinen Sie?"

„Das überlass ich dir, das ist doch Aufgabe der Polizei. Ich schwärze doch niemanden an. Stell dir vor, so einer ist unschuldig und erfährt, dass ich euch auf ihn gehetzt habe. *Non, non, mon ami!* Das musst du schon selber rausfinden!"

„Gut, das war's dann wohl. Jetzt lassen Sie ihr Taxi nicht so lange warten, das wird sonst teuer."

„Das zahlt doch die *assurance sociale*. Da fällt mir noch ein: Die Frau von Maxime, eine fesche Person, die soll ein Verhältnis mit dem Patrick Pradel haben - äh - gehabt haben, denn jetzt ist er ja tot. Vielleicht hat ihr Mann was spitzgekriegt und sich fürchterlich gerächt? So, jetzt muss ich aber gehen! Also, jetzt weißt du, was du zu tun hast! *Au revoir, mon petit!*"

„Welcher Maxime?", fragte Papperin.

„Na Maxime Doisset, der *immobilier* in Aups. Den kennst du sicher. Der hat das größte Maklerbüro der Stadt. Sein Vater hat uns damals unser Haus verkauft."

Sie sprang auf, kam um den Schreibtisch und zog den Kommissar zu sich herunter. Sie schmatzte ihm drei laute, feuchte Küsschen auf die Wangen und eilte mit ihren krummen Beinen, den Rücken tief gebeugt und mit wild schlenkernden Armen ohne ein weiteres Wort an Papperin vorbei durch das Vorzimmer und verschwand im Treppenhaus, ohne Monique Départdieu auch nur eines Blickes zu würdigen, geschweige denn sich für den Kaffee zu bedanken.

„Wer war denn das? Die Tochter des Glöckners von Notre-Dame? Oder ein Hexe?", wunderte sich Monique.

„Nein, das ist wirklich unsere Nachbarin. Seit ihr Mann vor ein paar Jahren gestorben ist, ist sie immer schrulliger geworden, besserwisserisch-belehrend, teilweise richtig bösartig, vor allem Kindern gegenüber. Nur Tiere liebt sie."

„Und sie ist deine Freundin?"

„Sagt sie. Für mich ist sie eher wie eine Schmeißfliege. Nein, das war zu böse - aber sie ist lästig. Kommt laufend und will meine Mutter belehren, wie sie mit den Ölbäumen umgehen soll, beim Beschnitt, beim Spritzen, bei der Olivenernte. Und sowas macht sie nicht nur bei uns. Nachts geistert sie durch fremde Gärten, erschreckt die Leute und pflückt heimlich Obst. Bei uns hat sie schon kiloweise Oliven gestohlen. Eigentlich ist sie ein armes Ding. Kommt aus Paris. Hat sich vor dreißig Jahren mit ihrem Mann - er war übrigens ein sehr netter Mensch - neben uns ein Haus als Alterswohnsitz gekauft. Seit er tot ist, geht es mit ihr immer weiter bergab. Von den Einheimischen nimmt sie niemand Ernst, für die gilt sie als Zugereiste. Sie selbst führt sich aber auf, als sei sie seit Generationen hier verwurzelt. Eigentlich ist sie ein Fall für die Psychiatrie."

„Und was wollte sie von dir?"

„Mir sagen, wie wir unsere Arbeit machen sollen. Hat eine Menge Verdächtigungen ausgestoßen, allerdings ohne konkret zu werden. Trotzdem, es könnte ja was dran sein. Wir werden das alles überprüfen müssen."

Er blickte auf seine Armbanduhr.

„Oh, schon so spät! Ich muss jetzt los, ins *Deux Garçons.* In einer Stunde: Besprechung in meinem Zimmer. Bis dahin sollten alle die Unterlagen gelesen haben. *À tout à l'heure!*"

Schwungvoll warf er die Türe hinter sich zu, lief die Treppen hinunter, am salutierenden Wachmann am Eingangstor vorbei, den er mit einem freundlichen Nicken grüßte und eilte durch die winterliche Altstadt zur Brasserie *Les Deux Garçons.* Der Cours Mirabeau, Aix' Prachtstraße, lag in der mittäglichen Sonne, die ihre Strahlen ungehindert durch die kahlen Äste der Platanenallee schickte. Obwohl kalendarisch noch Winter war, wärmte die Sonne schon so, dass sich viele Leute auf der Bistroterrasse im Freien niedergelassen hatten. *Colonel* Robert Roux befand sich nicht unter den Sonnenanbetern. Papperin fand ihn im Inneren des Lokals, eine Platte mit einem Dutzend Austern und einer Flasche Wein vor sich. Die lindgrünen Wände, die vergoldeten Stuckverzierungen und die großen, leicht blinden Spiegel erzeugten eine vornehme, dämmrige Stimmung. Mit einer Handbewegung orderte Papperin für sich dasselbe wie sein Freund, dann begrüßten sich die beiden mit gegenseitigem Auf-die Schulter-Klopfen und warteten, dass die Kellner das Gedeck für den Kommissar auflegten.

***

Es war eine ruhige und erholsame Mittagspause gewesen. Keiner der beiden hatte die Sprache auf den Mord gebracht. Es gab genug anderes zu erzählen, denn sie hatten sich längere Zeit nicht mehr getroffen.

Als Papperin in sein Kommissariat zurückkam, waren seine Leute bereits um den Besprechungstisch versammelt. Zunächst ließ er sich berichten, was die Spurensicherung der *gendarmerie nationale* entdeckt hatte. Er selbst hatte ja keine Zeit gehabt, die Berichte zu lesen, da er zuerst von Madame Nez aufgehalten und anschließend vom *déjeuner* im *Deux Garçons* davon abgehalten worden war. Die Ergebnisse waren alles andere als ermutigend. Patronenhülsen waren nicht gefunden worden, also musste es sich bei der Tatwaffe um einen Revolver gehandelt haben und nicht um eine Pistole. Ein Gewehr konnte man ausschließen, denn das wäre den zahlreichen Tatzeugen aufgefallen. Die Projektile allerdings brachten eine Enttäuschung. Die Techniker der Gendarmerie hatten nur ein einziges entdeckt. Es war von der Hauswand hinter dem Stand des Opfers abgeprallt. Sie hatten es auf dem Gehsteig gefunden. Allerdings war es so deformiert, dass man keine Spuren darauf feststellen konnte, wie dies für eine Identifizierung der Tatwaffe erforderlich gewesen wäre. Lediglich das Kaliber konnten die Spurensicherer angeben - .357 Magnum. Das ließ jedoch keinen Schluss auf den Typ und den Hersteller der Faustfeuerwaffe zu. Die beiden anderen Kugeln wurden nicht gefunden.

„Im Bericht steht, dass die Geschoße kaum abgebremst worden sind, weder beim glatten Durchschuss am Oberarm noch beim Streifschuss am Hals und deshalb noch hunderte Meter weit geflogen sein können. Und da man nicht genau weiß, von wo aus der Täter geschossen hat, lässt sich nicht einmal die ungefähre Schussrichtung rekonstruieren, schreiben die Ballistiker", resümierte Claude Lavalle. „Die Kugeln können also irgendwo im Umkreis von etlichen hundert Metern sein - auf der Straße, in einer Hauswand, in den Gärten dort hinten." Er legte einige Fotos vor Papperin auf den Tisch, auf denen der Tatort von verschiedenen mutmaßlichen Standorten des Schützen aus aufgenommen worden war.

„Gut - oder vielmehr: nicht gut. Nachdem uns die Techniker nicht weiterhelfen können, müssen wir uns auf die Menschen konzentrieren", begann Papperin.

„Als erstes befragen wir nochmals alle Augenzeugen. Gleichzeitig oder anschließend kommen diejenigen dran, die ein Motiv haben könnten - also alle, die mit dem Opfer

Streit hatten. Nach allem, was ich so gehört habe, dürften das sehr viele sein. Vor allem auf die Trüffelzüchter müssen wir ein Auge werfen. Von denen ist angeblich keiner auf unseren Toten gut zu sprechen. Er soll sie heimlich bestohlen haben, indem er nachts mit seinem Spürhund ihre Reviere geplündert hat. Ich weiß allerdings nicht, ob das wirklich stimmt. Ich habe es aus einer eher fragwürdigen Quelle."

„Von der alten Hexe, deiner Nachbarin?", wollte Monique wissen.

„Ja. Außerdem könnte es sich um einen Mord aus Eifersucht handeln. Das habe ich aus derselben Quelle, es muss also nicht stimmen."

Papperin überlegte eine Weile, wie er seine Leute einteilen sollte.

Jeannine unterbrach seine Gedanken:

„Was wissen wir eigentlich vom Täter? Eine Menge Leute haben den doch gesehen, wie er mit dem Motorrad zu seinem Opfer gefahren ist und es erschossen hat. Im Bericht der Gendarmerie steht dazu doch etwas."

„Schon, aber nicht viel", ergänzte Guy Malmotte.

„Schwarze Motorradkluft, vermutlich aus Leder oder irgend einem Kunststoffgewebe, schwarzer Integralhelm, das dunkel getönte Visier heruntergeklappt. Vom Gesicht hat man nichts erkennen können."

„So habe ich das auch gesehen", meinte Papperin. „Ich saß ja in der Bar, als er vorbeigefahren ist. Eine schwarz gekleidete Person, vollständig vermummt, auf einem schwarzen Motorrad. Steht übrigens über das Motorrad etwas im Protokoll?"

Jeannine scrollte durch die Datei.

„Nichts Genaues. Nur die Farbe: schwarz. Es scheint keine kleine Maschine gewesen zu sein. Das Motorgeräusch, als er nach den Schüssen weggefahren ist, stammt von einem schwereren Gerät, mindestens von einer 250-er. Das sagen mehrere Zeugen."

„Das war auch mein Eindruck", bestätigte Papperin. „Die Zulassungsnummer, hat die jemand gesehen?"

„Dazu gibt es widersprüchliche Aussagen. Die einen wollen eine 83-er Nummer gesehen haben, andere eine 13-er, also aus den *départements Var* oder *Bouche du Rhone*. Von der restlichen Buchstaben- und Ziffernfolge steht hier nichts. Die hat sich wohl niemand gemerkt."

„Ist ja auch kein Wunder, bei dem Trubel! Weiß man wenigstens, um was für ein Motorrad es sich gehandelt hat?"

„Nein, von der Marke steht nichts im Bericht." Jeannine schob den Laptop ein Stück von sich weg.

„Nicht einmal ob es ein Mann oder eine Frau war, wissen wir!", meinte sie mit einer frustrierten Geste.

***

Papperin hatte die nochmals zu vernehmenden Augenzeugen seinen Mitarbeitern zugeteilt. Er selbst wollte den eher fragwürdigen Hinweisen nachgehen, die seine Nachbarin Marie-Thérèse Nez ihm gegeben hatte. Als erstes nahm er sich vor, auf dem Heimweg nach Cabanosque einen Umweg über Aups zu machen und sich mit dem Immobilienmakler und seiner Frau zu unterhalten. Wie alle Bewohner im weiteren Umkreis seines Heimatortes kannte Papperin den Mann. Nicht besonders gut, aber einmal waren sie sich in Aups auf dem *marché aux truffes* über den Weg gelaufen und kurz ins Gespräch gekommen. Und danach hatte er ihn gelegentlich in einer Bar gesehen.

Auf der Fahrt nach Aups am späten Nachmittag legte Papperin seine Lieblings-CD ein und lauschte der Musik von Ravels Bolero. Die eintönige, ständige Wiederholung des Leitmotivs regte seine Gedanken an. Wie sollte er das Gespräch mit Doisset angehen? Er hatte sich telefonisch angemeldet. Der Makler erwartete ihn in seinem Haus am Rande der Stadt. Sollte er sich vorsichtig vortasten, um herauszufinden, ob das mit dem Seitensprung von Madame Doisset überhaupt zutraf und ob sich daraus ein Mordmotiv ableiten ließ? Äußerst undiplomatisch, aber sicher sehr viel zielführender dürfte es sein, wenn er direkt auf die Sache zu sprechen käme, den Mann als potentiellen Mörder behandelte und nach seinem Alibi fragte. Ja, so wollte er vorgehen. Nachdem er sich über seine Taktik im Klaren war, drehte er die Musik ganz laut, summte die Melodie mit und ließ seinen alten Peugeot gemächlich durch die hügelige, in der milden Abendsonne golden leuchtende Landschaft gleiten.

***

Das Anwesen des Maklers lag nordwestlich oberhalb der Stadt Aups. Durch ein pompöses Einfahrtstor, dessen lanzenbewehrte, schmiedeeiserne Flügel weit offen standen, fuhr Papperin durch einen gepflegten Olivenhain auf einer mit Natursteinplatten gepflasterten Einfahrt die knapp hundert Meter bis zum Wohnhaus. Es war ein typisches *mas provençal*. Das lange, im klassischen Ocker verputze Gebäude erstreckte sich über verschiedene Niveaus. Entsprechend verschachtelt wirkte das mit alten, im Farbton variierenden Mönch- und Nonneziegeln gedeckte Dach. Papperin hielt vor einer Doppelgarage und stieg aus. Er schaute hinunter auf die Dächer und Türme der mittelalterlichen Altstadt und ließ seinen Blick weiter schweifen über die unzähligen grünen Hügel, die, so weit das Auge reichte, in der Abendsonne leuchteten. Lautes Gebell und drohendes Knurren rissen ihn aus der beschaulichen Landschaftsbetrachtung. Ein riesiger schwarzer Dobermann war geräuschlos herbei galoppiert und stand nun drohend vor ihm – mit gefletschten Zähnen.

„César, ta gueule! Viens ici!" Eine laute, befehlsgewohnte Stimme ließ den Hund verstummen und zu seinem Herrn schleichen. Immer wieder drehte er den Kopf und blickte argwöhnisch zu Papperin zurück, jederzeit bereit, sich auf ihn zu stürzen, sobald aus dem Mund seines Herrn ein entsprechender Befahl käme.

„Keine Angst, der tut Ihnen nichts! Kommen Sie nur!"

Trotz dieser Zusicherung näherte sich der Kommissar dem Haus mit etwas gemischten Gefühlen. Er wurde hineingebeten. Im *séjour*, dem riesigen Wohnzimmer, nahmen die beiden Männer an einem Glastisch Platz, einer runden, daumendicken Glasplatte, die auf einem korinthischen Säulenkapitel lag. Papperin war überwältigt von der Größe und der Pracht des Raumes. Weiß gekalkte Wände, ein glänzender weißer Marmorboden, der sich hinter dem von der Decke bis zum Boden reichenden Panoramafenster auf der Terrasse fortsetzte, das alles war sicher von einem berühmten und wohl auch sehr teuren Designer entworfen worden.

„Clémence, machst du uns bitte einen *spritz*?" Die höflich formulierte Bestellung des Modeaperitifs konnte nicht darüber hinwegtäuschen, dass hier ein Machtmensch einen Befehl erteilt hatte. Bis die Getränke kamen, begnügten sich die beiden Männer mit Smalltalk und dem Ausblick auf das großartige Panorama. Schließlich kam der Hausherr zur Sache.

„Am Telefon waren Sie sehr kryptisch. Weshalb will die Kriminalpolizei mit mir reden? Heraus mit der Sprache!"

Getreu seinem Vorsatz, den Stier bei den Hörnern zu packen, begann Papperin sehr direkt:

„In Cabanosque wurde ein Mann ermordet, von dem gesagt wird, dass er ein intimes Verhältnis mit Ihrer Frau hat bzw. hatte."

„Und deshalb glauben Sie, ich hätte ihn umgebracht. Motiv: Eifersucht", brachte der Makler Papperins Überlegungen auf den Punkt.

„Exakt!", bestätigte der Kommissar.

„Ha, ha, ha", lachte der Mann. „Wenn das für mich ein Mordmotiv wäre, was glauben Sie, wie viele Morde ich schon hätte begehen müssen?"

Er wandte sich auf seinem weißen Ledersessel um und rief in Richtung einer der Türen:

„Clémence, komm doch mal her!"

Die Gerufene erschien. Sie lehnte sich lässig gegen den Türrahmen und schaute Papperin interessiert an. Auch er musterte sie. Als erstes fielen ihm ihre dicht gelockten roten Haare auf. Er lächelte ihr zur Begrüßung zu, während er ihren Körper taxierte. Üppige Formen, aber beileibe nicht dick, dachte er. Und groß war sie. Er schätzte sie auf fast einsachtzig.

Der Makler winkte sie näher herbei und deutete auf einen der freien Sessel.

„Der Herr Kommissar hier ist der Ansicht, ich würde jeden umbringen, der dich vögelt." Er wandte sich wieder Papperin zu: „Wie eigentlich? Erstechen? Erschießen? Erwürgen? Sie haben noch gar nicht verraten, welche Methode ich dabei angewandt haben soll." Er lachte breit und schien sich sichtlich zu amüsieren.

„So lustig finden wir das gar nicht. Eifersucht ist ein sehr häufiges Motiv. Das nehmen wir sehr ernst!"

„Um die Sache abzukürzen: Lassen Sie sich gesagt sein, *monsieur le commissaire*: Wir führen eine sehr moderne und offene Ehe. Meine Frau kann schlafen mit wem sie will - solange sie mich nicht verlässt. Und vice versa gilt das natürlich auch für mich. *Chérie,* das kannst du doch bestätigen!"

Papperin beobachtete die Frau genau. Sie nickte langsam mit dem Kopf und sagte: „*Mais oui!* Genauso ist es."

„Also, dann ist ja alles klar!" Der Makler erhob sich. Als er sah, dass Papperin nicht ebenfalls aufstand, fragte er leicht verwundert: „Ist sonst noch was? Wollen Sie auch noch ein Alibi?" Er setzte sich wieder.

„Dazu müssen Sie mir schon sagen, wann genau der Mord geschehen ist." Er schien die ganze Situation eher belustigend zu finden.

„Am Samstag, gegen zehn Uhr - vormittags."

„Vorgestern?" Er tat so, als dächte er nach.

„Vorgestern, da haben wir lange ausgeschlafen. Gegen zehn dürften wir gerade gefrühstückt haben - im Bett. Fragen sie unsere *bonniche*! Aber nein, am Samstag hat unser Dienstmädchen frei. Clémence, dann hast du das Frühstück gemacht und dann haben wir mindestens eine Stunde gefrühstückt - im Bett! Oder?", fragte er seine Frau.

„*Exactement!*", bestätigte diese. Und dann fragte sie: „Kann ich jetzt wieder gehen?" Nach einer zustimmenden Handbewegung ihres Mannes verließ sie den Raum.

„Sehen Sie, Herr Kommissar, bei mir haben Sie kein Glück! Kein Motiv und keine Gelegenheit. *Au revoir, monsieur!* Ich denke, Sie finden alleine hinaus."

Und dann brüllte er laut: „Clémence! Halt César fest, bis der Polizist weg ist!"

Sehr nachdenklich stieg Papperin in seinen Peugeot. Auf der ganzen Weiterfahrt nach Cabanosque fragte er sich, ob die Bestätigungen der Frau der Wahrheit entsprachen, oder ob sie ihrem Mann nur unter Zwang zugestimmt hatte. Im letzteren Fall wäre sein Alibi wertlos. Papperin musste unbedingt überprüfen lassen, ob der Mann eine Handfeuerwaffe besaß und ob ein schwarzes Motorrad auf ihn oder eine ihm nahestehende Person zugelassen war.

***

Nach dem Abendessen, machte es sich Papperin vor dem Kaminfeuer bequem. Er wippte sanft in dem Schaukelstuhl, in dem schon sein Vater und sein Großvater gesessen und ihre Abendpfeife geraucht hatten. Papperin selbst hatte das Pfeifenrauchen schon vor Jahren aufgegeben. Sein Beruf ließ ihm einfach nicht die Zeit, die nötig war, um sich diesem Genuss mit der dafür erforderlichen Muße hingeben zu können - eine Stunde, oder zwei. Dazu war er viel zu ruhelos, zu aktiv. Wenn überhaupt, dann rauchte er Zigaretten. Und hier auch nur eine Sorte: die filterlose gelbbraune *Gitanes Maïs*. Er liebte den starken Tabak, dessen herber Geschmack vom Maispapier noch hervorgehoben wurde, das statt der üblichen weißen Zigarettenpapiere Verwendung findet. Seiner Mutter zuliebe hatte er sich angewöhnt, zuhause überhaupt nicht zu rauchen. Stattdessen hatte er eine Flasche Sainte Roseline vor sich auf dem breiten gemauerten Kaminvorbau stehen. Im *cheminée* flackerten die bläulich-gelben Flammen leise vor sich hin, die die beiden dicken Eichenknüppel umzüngelten. Versonnen betrachtete er den dunklen Wein, den er langsam im Glas schwenkte.

„Sag mal, *maman*, kennst du einen Laurent Cercal? Der soll hier in der Nähe einen Hof haben."

„Wieso, was willst du denn von dem?" Madame Papperin, die das Geschirr in die Spülmaschine räumte, unterbrach neugierig ihre Arbeit.

„Ach nur so!", murmelte Papperin. Eigentlich war er stets bemüht, nicht über dienstliche Dinge mit seiner Mutter zu diskutieren. Er kannte sie zu gut, um nicht zu wissen, dass Geheimnisse bei ihr nicht gut aufgehoben waren. Sie hatte eine Menge Freundinnen, war Mitglied im örtlichen Bridgeclub und allgemein als jemand bekannt, der sich gerne und ausgiebig am Dorfklatsch beteiligte. Andererseits, dachte er sich, wenn jemand über die Leute hier Bescheid wusste, alle Gerüchte kannte, die im Dorf umgingen, dann war es Odile Papperin. Er beschloss deshalb, sie ein klein wenig einzuweihen.

„Madame Nez meint, er hätte etwas gegen den Trüffelbauern, der am Samstag erschossen wurde. Er soll sogar Morddrohungen gegen ihn ausgestoßen haben. Weißt du, was zwischen den beiden los ist?"

„Das ist typisch für Marie-Thérèse. Die hasst den Laurent und versucht ihm alle möglichen Dinge anzuhängen, ihn zu denunzieren und ihm zu schaden, wo immer sie eine Möglichkeit dazu sieht. Ich bin überzeugt, der hat eure Leiche nicht auf dem Gewissen!"

„Und woher kommt dieser Hass?"

„Ach, das ist eine lange Geschichte. Die waren vor Jahren mal ineinander verliebt." Als sie Jean-Lucs erstaunten Gesichtsausdruck sah, wies sie ihn zurecht: „Schau nicht so entsetzt, auch in dem Alter gibt es sowas. Nicht bloß bei euch Jungen!" Dann kam sie wieder auf Laurent Cercal zurück. „Zumindest sie hat an diese Liebe geglaubt. Bis sie dahinter gekommen ist, dass er ihre Feigenbäume heimlich abgeerntet und die Früchte auf dem Markt verkauft hat, während sie in Aix beim Arzt war. Natürlich ohne ihr etwas von dem Erlös abzugeben. Ab da war es schlagartig aus mit der Liebe. Und seitdem versucht sie, ihm zu schaden, wo es nur geht."

„Du glaubst, sie geht so weit, ihm einen Mord anzuhängen, den er gar nicht begangen hat? Und alles nur wegen ein paar Feigen?"

„Aber ja, die ist verrückt! Das wissen wir doch alle."

Papperin nickte zustimmend, wollte dann aber doch noch wissen:

„Dass der Cercal den Ermordeten gehasst hat, wie die Nez behauptet. Stimmt das dann gar nicht?"

„Doch, da war schon was. Vor Jahren, auf dem *marché aux truffes* in Aups, hat der Pradel, also eure Leiche, dem Cercal einen Kunden weggeschnappt. Er hat ihn um ein paar Euro unterboten und da hat der Kunde bei ihm gekauft statt bei Laurent Cercal. An sich eine Bagatelle. Es ging um einen Trüffel für zwanzig oder dreißig Euro. Die beiden haben sich hinterher ein bisschen geprügelt. Aber deswegen bringt man doch niemanden um!"

„Vor allem nicht nach so langer Zeit", stimmte Papperin zu. Trotzdem nahm er sich vor, mit dem Bauern zu sprechen und ihn zu fragen, wo er zum Tatzeitpunkt war. Aber das war nicht vordringlich. Am nächsten Tag wollte er sich zunächst mehr Informationen über den Ermordeten beschaffen.

Kapitel 3
Eine alte Bastide birgt große Überraschungen

Dienstag, 26. Januar

Während er seine Mitarbeiter zu ungeliebter Routine verdonnert hatte, nämlich sich nochmals die Augenzeugen der Mordtat vorzunehmen und sie aufs Neue intensiv zu befragen, machte sich *commissaire* Papperin gleich nach dem Frühstück auf den Weg in den nördlichen Teil des *départements* Var, dorthin, wo am Rande der Alpes de Haute Provence Eichenwälder die bergige Landschaft überzogen und wo viele Trüffelzüchter ihrem Metier nachgingen. Der Weg führte ihn anfangs durch die liebliche Hügellandschaft des *Centre-Var.* Langsam änderte sich das Bild. Je weiter er nach Norden kam, desto weniger sah man Weingärten und gepflegte Olivenhaine. Die Gegend wurde rauer, die Landschaft wilder. Zuerst herrschten noch Pinienwälder vor, die nach und nach in Bestände von kleinen, knorrigen Eichen übergingen. Er erreichte die kleine Stadt Aups, *chef lieu* des Bezirks. Jetzt mitten im Winter konnte er quer durch die Altstadt fahren. Sie war für den Verkehr freigegeben und würde erst ab Ostern mit Beginn der Touristensaison wieder zur Fußgängerzone erklärt werden. Papperin kam an dem mit Platanen bestandenen Hauptplatz vor dem *Hôtel de Ville* vorbei, auf dem jeden Donnerstag in den Wintermonaten der überregional bekannte *marché aux truffes* stattfand, an dem die Trüffelsucher und Trüffelzüchter der Region ihre Produkte zum Verkauf boten. Vorbei an dem Gebäude, in dem seit kurzem die *Maison de la Truffe d'Aups et du Verdon* residierte, einem Informations- und Besucherzentrum für Trüffelliebhaber, fuhr Papperin zum Nordausgang der Stadt und weiter in Richtung Lac de Sainte Croix. Er hatte sich den Ort, wo *La Chênaie*, der Bauernhof des ermordeten *truffiers* liegen musste, auf der Landkarte dick angekreuzt. Das Anwesen hatte zwar einen Hofnamen, aber keine Adresse, die man in ein Navigationsgerät hätte eingeben können. Abgesehen davon wäre das dem Kommissar auch gar nicht möglich gewesen, denn er fuhr immer noch seinen alten braunen Peugeot 405, den er vor Jahren in Paris gekauft hatte, lange ehe er nach Aix en Provence versetzt worden war. Und der hatte solch modernen Schnickschnack nicht. Papperin fand es nicht nötig, sich ein teures neues Auto zu kaufen, solange sein altes noch so tadellos fuhr. Bei den rüden Einparkmethoden, die nicht nur in der Metropole, sondern auch hier auf dem Land herrschten, würde ein neuer Wagen über kurz oder lang wieder mit etlichen Beulen und Dellen verunziert sein. Das einzige, was ihm wirklich fehlte - allerdings nur im Sommer - war eine Klimaanlage. Aber jetzt im Winter war das kein Thema.

Auf der D 957, kurz hinter der Abzweigung nach Bauduen, sollte es irgendwann rechts abgehen. Papperin hielt nach einem Feldweg Ausschau, der zum Anwesen von Patrick Pradel führen könnte. Nach wenigen hundert Metern schon wurde sein Suchen belohnt. Ein Schotterweg führte in den Wald. Am Wegrand, unmittelbar nach der Einmündung in die *route départementale* stand ein verrosteter grüner Briefkasten auf einem Betonsockel. Ein verblasster Schriftzug, der mit weißer Farbe quer über die Frontseite gepinselt war, verkündete, dass diese *boîte aux lettres* zur *Bastide La Chênaie* gehörte. Daneben konnte man auf einer an einem Holzpfosten befestigten Tafel lesen, dass es dort frischen *fromage de chèvre* zu kaufen gab.

Papperin folgte dem Weg, der sich kurvenreich bergauf wand. Er führte durch lichten Eichenwald. Die Vormittagssonne warf die Schatten der Äste und Zweige wie ein ständig in Bewegung befindliches Netzmuster auf die staubige Windschutzscheibe seines Peugeot. Die beschwerliche Fahrt schien kein Ende zu nehmen. Nachdem er zahllose Hügel umkurvt hatte, an hellen Kalkfelsen vorbei und durch kleine Schluchten geholpert war, gelangte er schließlich an eine Lichtung, auf der zwei Häuser standen - eine sehr alte, aus rohen Kalksteinen gemauerte *bastide,* sowie direkt daran angebaut ein neueres, etwas kleineres Haus mit dem für die Region typischen gelb-braunem Verputz. Ein ausladendes Vordach aus transparentem Wellkunststoff überspannte die Vorderfront des jüngeren Gebäudes. An den Stahlträgern und -streben rankten sich Weinstöcke hoch und bildeten unter dem Kunststoffdach ein dichtes Ästegewirr. Später im Jahr, wenn die Weinranken Blätter trugen, würde das ein lauschiger, schattiger Ort sein, an dem sich, so vermutete Papperin, das gesamte Leben der Bewohner des Anwesens abspielte. Aber dann erinnerte er sich, dass wohl kein reges Leben und keine große Betriebsamkeit herrschten, wohnte doch der *truffier* hier alleine mit seiner Mutter. Nach den Worten des Gendarmerieleutnants lebte sonst niemand in diesem großen Anwesen. Einsam standen die Gartenmöbel, Stühle und Tische aus Teakholz unbenutzt in der vollen Sonne, die durch die Überdachung auf die Terrasse strahlte.

Papperin hielt am Rande der Lichtung und betrachtete den Weiler. Keine Menschenseele und kein Tier waren zu sehen. Er suchte nach den Ziegen, die für die Produktion von Ziegenkäse unabdingbar waren. Möglicherweise befanden sie sich hinter den beiden Häusern. Oder man hatte die Herstellung des *fromage de chèvre* aufgegeben und nur vergessen, das Schild unten an der Hauptstraße zu entfernen. Die alte *bastide* hatte nur wenige Fenster, dafür ein hohes zweiflügeliges Holztor. Alle Fensterläden des Hauses waren geschlossen. Ganz anders im neueren Haus. Die Läden, deren lavendelblaue Farbe von der Sonne ausgebleicht und teilweise abgeblättert war, standen offen, so dass sich die Vormittagssonne in den Scheiben spiegelte.

Papperin ließ sein Auto langsam vor den Haupteingang rollen, stoppte und stieg aus. Noch immer rührte sich nichts.

„Hallo!", rief er. „Madame Pradel, sind Sie da?"

Er sah den altmodischen Klingelzug neben der Haustüre und zog kräftig daran. Statt des erwarteten Läutens einer

Glocke ertönte im Inneren des Hauses eine elektronische Melodie. Gleichzeitig erklang ein bedrohliches Knurren und ein Hund begann laut zu bellen. Immer noch rührte sich nichts. Papperin zog gerade ein zweites Mal an dem Draht und das Bellen verstärkte sich, als links von ihm eine Stimme rief:

„Ich komme ja schon!"

Eine alte Frau kam um die Hausecke.

Papperin erkannte sie sofort wieder: Mirèio Pradel, die Mutter des Ermordeten. Sie ging aufrecht und mit starrem Blick auf ihn zu. Ein nicht besonders großer Hund mit schmutzig-weiß gekräuseltem Fell umsprang ihre Beine.

Noch ehe die Alte fragen konnte, hielt Papperin ihr seinen Polizeiausweis hin und stellte sich vor.

„*Commissaire Jean-Luc Papperin, police judiciaire*. Ich würde Ihnen gerne einige Fragen zu Ihrem Sohn stellen."

Die Alte nahm den Hund am Halsband und schaute den Kommissar geringschätzig an.

„Der ist tot. Und wenn sie noch so viel fragen, damit machen Sie ihn nicht wieder lebendig."

„Das weiß ich auch. Aber wollen Sie nicht, dass sein Mörder gefasst wird? Ich zumindest will das und es ist meine Pflicht, den Täter zu finden und zu überführen."

„Ich dachte, die Gendarmerie macht das", entgegnete die Alte. Papperin erklärte ihr, dass seine Mordkommission für diesen Fall zuständig sei. Die Frau machte die Türe auf und winkte den Kommissar mit einer herrischen Handbewegung ins Haus. Es gab kein *Entrée*, keinen Vorraum, sondern man gelangte direkt in den großen Wohnraum, der die ganze Breite des Hauses einnahm. Die Alte wies ihm einen Stuhl an dem quadratischen Tisch zu, der in der Mitte des Raumes vor den beiden Sprossentüren stand, die auf die Terrasse führten. Papperin staunte, als er die gediegene, altmodische Ausstattung des Raumes sah: Solide, alte Bauernmöbel aus dunklem Holz, ein riesiger offener Kamin, der Boden aus sechseckigen Terracottafliesen.

„Wo ist der Hund", fragte sich Papperin. Auf sein Läuten hatte doch ein Hund direkt hinter der Haustür gebellt und bösartig geknurrt. Die Alte hatte anscheinend seine Gedanken erraten, denn sie klärte ihn sofort auf:

„Das hat Patrick installiert, zu meinem Schutz. Elisa hier", dabei tätschelte sie den Kopf der weißen Hündin „ist ein Trüffelhund und kein Kampfhund. Ein Lagotto Romagnolo. Patrick hat ihn für viel Geld in Italien gekauft und trainieren lassen. Das Bellen kommt aus dem Lautsprecher." Als sie Papperins verwunderten Blick bemerkte, fuhr sie fort:

„Weil ich oft alleine bin, auch nachts, hat er gemeint, das sei nötig. Aber eigentlich braucht es das nicht. Wer will schon einer alten Frau etwas antun. Und außerdem kann ich mich wehren und gegen Einbrecher verteidigen."

„Ohne unhöflich sein zu wollen", warf Papperin ein, während er die Frau betrachtete. „Sie sind nicht mehr die jüngste. Wie wollen Sie mit Einbrechern fertig werden?"

Sie dürfte mindestens siebzig sein, dachte er. Auch wenn sie fit und drahtig wirkte, so war sie doch relativ klein und wäre jedem halbwegs kräftigen Mann haushoch unterlegen.

„Natürlich werde ich nicht mit denen kämpfen. Aber es sind genügend Waffen im Haus." Dabei deutete sie auf einen schmalen Schrank, in dem die Schießgeräte offensichtlich untergebracht waren.

„Zwei Gewehre dort im Schrank. Und damit weiß ich bei Gott umzugehen. Mein verstorbener Mann hat mir das beigebracht." Dann ging sie zur altmodischen Anrichte und zeigte auf eine der drei Schubladen. Da hinten drin liegt sein alter Revolver - für den Fangschuss. Mein Mann war ein passionierter Jäger. Früher habe ich ihn oft auf die Jagd begleitet."

Papperin versagte es sich, sich die Waffen zeigen zu lassen, oder gar nach Berechtigungsdokumenten zu fragen. Er wollte lieber schnell auf den eigentlichen Anlass für seinen Besuch hier kommen.

„Lassen Sie uns über Ihren Sohn reden. Zu allererst darf ich Ihnen mein tief empfundenes Beileid aussprechen. Ich weiß, es ist grausam für eine Mutter, wenn sie ihren

Sohn verliert. Aber es hilft nichts, wir müssen den Mörder fassen. Und dazu benötigen wir so viele Informationen wie möglich zu Ihrem Sohn. Mit wem verkehrte er, was für Geschäfte betrieb er, wer waren seine Freunde und wer seine Feinde? Wer hatte ein Motiv ihn zu töten?"

Die alte Frau versteifte sich, stützte ihre zu Fäusten geballten Hände auf die Tischplatte und sah den Kommissar mit traurigem Blick an.

„Wir leben sehr einsam hier oben und es gibt viel Arbeit. Da bleibt keine Zeit für Freunde. Patrick geht ... ging ... mit Elisa in den Wäldern Trüffel suchen. Zusätzlich haben wir eine kleine Trüffelplantage. Trüffeleichen, die mein Mann lange vor seinem Tod gepflanzt hat. Es gibt immer genug Arbeit. Außerdem, Sie haben den Hof ja von außen gesehen, es muss ständig etwas repariert und ausgebessert werden."

„Also kaum Zeit für Freunde?", wunderte sich Papperin.

„Natürlich hat er sein Hobby, Autos und Motorräder. Da hat er jede freie Minute reingesteckt. Und daher hat er auch ein paar Bekannte, mit denen er sich ab und zu traf."

Papperin wollte nachfragen, was genau das für ein Hobby war, aber die Alte ließ ihn nicht zu Wort kommen.

„Feinde und ein Mordmotiv? Ich kann mir beim besten Willen nichts vorstellen. Gut, wir verkaufen Trüffel, wie andere Bauern in der Gegend auch. Aber die treffen sich selten, außer auf den Trüffelmärkten natürlich. Das sind Konkurrenten und der Wettbewerb ist hart. Aber unvorstellbar, dass einer von denen ihm so etwas antun würde!"

Papperin, der mit den Auskünften bisher nicht viel anfangen konnte, fragte höflich:

„Würden Sie mir zeigen, wo und wie Ihr Sohn hier auf *La Chênaie* gelebt hat, wo er seinem Hobby nachgegangen ist. Ich möchte gerne Eindrücke sammeln, aus denen sich vielleicht Hinweise für uns ergeben könnten."

Die Alte versteifte sich noch mehr und schaute den Kommissar ablehnend an. Aber dann murrte sie:

„Wenn es sein muss, meinetwegen! Aber ich glaube nicht, dass Sie was finden werden." Sie erhob sich und ging mit schnellen, festen Schritten durch eine der Türen, die aus dem Raum führten und auf eine Treppe zu.

„Ich wohne hier unten und Patrick hat sich das Obergeschoß eingerichtet."

Papperin folgte ihr in den ersten Stock. Wie das ganze Erdgeschoß, so war auch die Treppe im typisch provenzalischen Stil gebaut, mit gemauertem, weiß getünchtem Handlauf, die Stufen mit den rotbraunen *tomettes* belegt, den sechseckigen kleinen *terre-cuite*-Fliesen aus der Gegend um Salernes, die auch dem großen Wohnraum sein rustikales Aussehen verliehen hatten. Oben änderte sich der Wohnstil schlagartig.

„Patrick hat einen etwas anderen Geschmack", kommentierte die Alte Papperins verwundertes Stutzen. Die alten Bauernmöbel waren zum Großteil durch moderne Designermöbel ersetzt worden. Eine schwarze Ledercouchgarnitur dominierte den Wohnraum. Den Fußboden bedeckte ein grauer, teuer wirkender Veloursspannteppich. Ein ausladender, sehr schöner alter Provenceschrank stand in krassem Kontrast zu der Kommode daneben, deren helles Buchenholz so gar nicht zu dem dunklen Rotbraun des antiken Schrankes passte. Ein schwarzer, übergroßer TV-Bildschirm auf der Kommode vervollständigte als weiteres Stilelement den Eindruck von mangelnder Harmonie. Das empfand zumindest Papperin so. Teuer, aber hässlich, dachte er.

Mit einer merkwürdigen Mischung aus Stolz und Ablehnung führte Madame Pradel den Kommissar durch das Reich ihres Sohnes. Alles war aufgeräumt, nichts lag unordentlich herum. Das luxuriöse, hellgrau geflieste Bad war mit einer geräumigen Regenhimmeldusche, einer Whirlpoolwanne, einem stylischen Doppelwaschbecken aus grauem Granit und diversen lackglänzenden Kleinmöbeln ausgestattet.

Über dem breiten Doppelbett im Schlafzimmer hing ein riesiges Foto von einem Motorrad - einer schwarzen

Harley-Davidson. Das Bild wurde von der gegenüber liegenden verspiegelten Schrankwand widergespiegelt.

„Sein Hobby!", kommentierte die Alte. „Da hat er sein ganzes Geld hineingesteckt."

„Das alles muss ziemlich viel gekostet haben", dachte Papperin.

„Und wo ist das Motorrad?", fragte er.

„In der alten *bastide*. Die hat er sich als große Garage ausgebaut."

„Darf ich das auch sehen, bitte?"

„Wenn es sein muss!", erwiderte die Alte. Anstatt zurück zur Treppe und hinunter ins Erdgeschoß zu gehen, öffnete sie eine Stahltüre und bedeutete Papperin, ihr zu folgen. Sie gelangten auf eine Galerie, die wie ein Balkon in das völlig entkernte Innere des Altbaus ragte. Im Gegensatz zum leicht marode und verkommenen Äußeren der *bastide* war diese innen total renoviert und mit modern anmutenden technischen Geräten ausgestattet. Eine Hälfte des Raumes wurde offensichtlich als Garage und Werkstatt genutzt. In der anderen Hälfte ließen ein großer Gefrierschrank und ein noch viel größerer Kühlschrank Papperin vermuten, dass der Raum zum Lagern von Trüffeln benutzt wurde. Ein Arbeitstisch mit Computer, Drucker, Scanner und einer hochmodern wirkenden elektronischen Waage, sowie ein Stahlschrank und ein Tresor vervollständigten die Ausstattung.

„Hier geht er seinem Hobby nach." Madame Pradel deutete hinunter auf den Garagenteil des Raumes. „Und hier erledigt er die Büroarbeit und dort werden die Trüffel gelagert, verpackt und versendet." Mit entsprechenden Handbewegungen zeigte sie auf die jeweiligen Teile des Raumes. Papperin war sehr beeindruckt. Soweit er das beurteilen konnte, war die gesamte Ausstattung vom Allerfeinsten. Davon zeugten nicht nur die sehr teuer wirkenden technischen Geräte. Vor allem die beiden Fahrzeuge im Garagenteil des Raumes faszinierten ihn. Dort war die schwarze Harley aufgebockt, die er schon von dem Foto über dem Bett kannte. Daneben stand schwarz glänzend ein

Porsche Cayenne. Hier oben war schon ein Geländewagen nötig, dachte Papperin. Mit einem normalen Porsche wäre man auf dem holprigen Schotterweg hoffnungslos verloren. Er fragte sich, ob man mit der Kultivierung von und dem Handel mit Trüffeln wirklich so viel Geld machen konnte, um all das zu finanzieren: die neu eingerichtete Wohnung drüben und hier die nicht minder teuer ausgestattete alte *bastide*.

„Jetzt haben Sie alles gesehen", meinte die Alte und wollte den Raum wieder verlassen, doch Papperin hielt sie zurück:

„Ich würde mir gerne den Computer kurz anschauen. Ich darf doch?", fragte er höflich, war dann aber sehr überrascht von der schroffen Ablehnung:

„Nein, das geht Sie nichts an!"

Die Alte schwieg eine Weile und meinte dann, wohl um die plötzlich aufgekommene ruppige und unfreundliche Stimmung abzumildern: „Ich könnte es nicht ertragen, wenn Fremde in seine persönlichsten Dinge eindringen. Ich weiß selber nicht, was er alles in seinem PC gespeichert hat und was er in seinem Tresor aufbewahrt. Aber ich möchte, dass seine Privatsphäre gewahrt und geschützt bleibt. Das muss doch auch für die Toten gelten und nicht nur für Lebende. Bitte haben Sie dafür Verständnis. Ich habe Ihnen doch sonst alles gezeigt, was Sie sehen wollten."

Dem musste sich Papperin wohl oder übel fügen, zumindest für den Augenblick. Insgeheim beschloss er aber, bald mit einem richterlichen Durchsuchungsbeschluss wieder zu kommen. Erstens war es nicht unwahrscheinlich, hier Anhaltspunkte für das Mordmotiv zu finden. Außerdem war er überzeugt, dieser Patrick Pradel musste krumme Dinge gedreht haben. Nur mit dem Verkauf von Trüffeln konnte man solch einen Wohlstand sicher nicht anhäufen. Und dazu sollte in dem Computer oder im Tresor etwas zu finden sein.

Ohne die Alte zu fragen, stieg Papperin die Stahltreppe hinunter, die von der Galerie in den Garagen-, Büro- und Trüffellagerraum führte.

„Ich will mir nur die Harley anschauen", erklärte er an Madame Pradel gewandt.

„Ich hätte so etwas auch gerne besessen, aber meine Lebensgefährtin hat mir das Motorradfahren verboten. Sie hielt es für zu gefährlich."

„Wieso sagen Sie hielt? Hat sie sich von Ihnen getrennt?", fragte die Alte neugierig.

„Nein!"

„Eigentlich geht das die Frau nichts an", dachte Papperin. Aber dann sagte er doch:

„Nein, das Flugzeug, mit dem sie flog, ist verschollen. Man hat bisher keinerlei Spur gefunden, weder von dem Flieger, noch von den Passagieren. Seit Monaten schon. Und jetzt haben sie die Suche aufgegeben."

Auf einmal wurde die harte, starre Miene der Frau milder und weicher.

„Sie Armer! Glauben Sie mir, ich weiß wie man sich fühlt, wenn man einen lieben Angehörigen verliert. Kommen Sie, gehen wir wieder rüber und trinken einen Schluck Kaffee."

Während Papperin das Motorrad betrachtete, kam sie die Treppe herunter, ging quer durch den Raum und öffnete einen Flügel des großen Rundbogendoppeltors. Auch Papperin wandte sich zum Gehen. Er ließ einen letzten Blick durch den hallenartigen Raum schweifen. An einem Poster über dem Arbeitstisch blieb er hängen. Etwa eineinhalb mal einem Meter groß hing das Bild an der Wand. Eine Gruppe von *motards* auf ihren schweren Maschinen und in schwarzer Lederkluft schaute aus dem Fotoplakat auf ihn herab. Darüber, quer über den tiefblauen Himmel, war ein Emblem abgedruckt, das in Halbkreisform von dem Schriftzug *Motards Furieux de Provence* umrahmt war.

„Das ist sein Motorradclub", erläuterte Madame Pradel. „Mit denen macht er ab und zu Ausflüge. Kommen Sie, gehen wir zum Kaffee!"

Papperin, den die schroffe und ablehnende Art der Frau bisher eher abgestoßen hatte, fand sie plötzlich sympathisch. Wahrscheinlich wird man als Mutter so hart und unnahbar, wenn man seinen einzigen Sohn verloren hat, überlegte er und folgte der Frau über den Hof ins Wohnhaus. Sie bat ihn, an dem Tisch und auf dem Stuhl Platz zu nehmen, den sie ihm vorhin schon einmal zugewiesen hatte. Diesmal allerdings mit wesentlich freundlicherer Miene. Dann schaltete sie die Espressomaschine ein, die auf der Anrichte zwischen den beiden Terrassentüren stand.

„Die hat mir Patrick geschenkt." Sie deutete auf den chromblitzenden, modernen Kaffeeautomaten.

Während die beiden auf das Verlöschen der Aufheizkontrolle warteten, schauten sie schweigend durch die Sprossentüren ins Freie. Endlich ging das rote Lämpchen aus und duftender Espresso tröpfelte in die bereit gestellten Tässchen. Papperin hatte gerade zu einer Frage angesetzt. Er wollte sich über den Motorradclub und die Freunde des Mordopfers erkundigen, als das Läuten des Telefons dazwischendudelte. Madame Pradel schnellte hoch und eilte zu einem kleinen Telefontischchen.

„Oui? Ici madame Pradel", meldete sie sich. Dann lauschte sie eine Weile in den Hörer.

„Das ist sehr lieb, dass du anrufst, Cloé. Nein, es gibt nichts Neues. Wir können Patrick noch nicht beerdigen. Die vom Gericht geben ihn noch nicht frei." Papperin beobachtete ihr wechselndes Mienenspiel. Als das Telefon zu läuten begonnen hatte, hatte sich ihr Gesichtsausdruck verhärtet. Abweisend und frostig hatte sie den Hörer aus der Ladestation genommen. Dann auf einmal, als sie gewahr wurde, wer am anderen Ende der Leitung war, umspielte ein warmes Lächeln ihr Züge.

„Du willst bald vorbeikommen? Das freut mich sehr! Es ist so einsam, seit Patrick nicht mehr …" Die Trauer überfiel sie plötzlich und raubte ihr die Sprache.

„Nein, nein! Momentan bin ich nicht allein. Ein sehr netter Kommissar von der Polizei ist hier und wir unterhalten uns über Patrick. … Morgen? Sehr gut, ich freue mich auf dich! *Salut et à demain, ma chérie!*"

Sie legte das Telefon vor sich auf den Tisch.

„Das war Cloé, Patricks Verlobte." Wieder versagte ihr die Stimme und ihre Augen wurden feucht.

„Für sie ist das auch ganz entsetzlich. Die beiden wollten heiraten, eine Familie gründen, hier wohnen. Endlich wäre wieder Leben in unseren Hof eingekehrt."

„Ich würde gerne mit ihr sprechen. Vielleicht kann sie uns helfen. Sie kennt Ihren Sohn sicher sehr gut."

Madame Pradel nickte stumm.

„Wie heißt sie mit vollem Namen und wo wohnt sie?"

„Wo sie genau wohnt, weiß ich nicht. Sie ist über Nacht sehr oft hier geblieben. Oben, in Patricks Wohnung. Wo sie wohnt?", wiederholte sie sich. „Irgendwo weiter oben im Norden, ich glaube in Manosque.. Aber ich kann Ihnen die Nummer ihres *portable* geben." Sie nahm den Hörer nochmals auf, ließ sich das letzte Gespräch anzeigen und schrieb die Nummer auf einen Zettel: Cloé Blanchard, 06 32 44 13 55.

***

Auf Papperins Bitte zeigte sie ihm auch noch den Rest des Anwesens. Hinter den beiden Häusern befanden sich noch zwei *cabanons,* kleinere Steinhütten. Einer diente als Ziegenstall. Den anderen, größeren, benutzte sie für die Herstellung des Ziegenkäses. Gut zweihundert Meter entfernt befand sich die Plantage mit den Trüffeleichen. In regelmäßigen Reihen standen dort die Eichenbäume, deren Wurzeln seinerzeit mit Sporen des *Tuber melanosporum* geimpft worden waren. Sie waren schon viele Jahre alt und weit über mannshoch. Der kleine Trüffelhain war von einem Elektrozaun umgeben. Die beiden in Waden- und Kniehöhe gespannten stromführenden Drähte dienten dazu, die Wildschweine abzuhalten, die in den Bergen der nördlichen Provence in großer Zahl beheimatet waren, erklärte Madame Pradel.

„Jetzt im Winter ist die richtige Zeit zu ernten. Patrick hat ein gutes Händchen für die Trüffelzucht. Er hat schon sehr viele verkauft und seine Kunden sind äußerst zufrieden." So richtig hat sie noch nicht verinnerlicht, dass ihr

Sohn tot war, dachte Papperin. Immer wieder verfiel sie ins Präsens, wenn sie von ihm sprach.

Papperin war kein Fachmann auf dem Gebiet, aber er konnte sich nicht vorstellen, dass solch eine relativ kleine Trüffelplantage genug Geld einbrachte, um den Luxusstandard aufrecht zu erhalten, den der Tote sich geleistet hatte. Selbst wenn man annahm, die Plantage lieferte hundert Kilo Trüffel je Jahr, dann wären das je nach Marktlage siebzig- bis hunderttausend Euro Erlös, rechnete Papperin. Und davon mussten noch die Kosten und die Steuern abgezogen werden. Die Erlöse aus dem Verkauf des Ziegenkäses, konnte man wohl vernachlässigen. Papperin nahm sich vor, einen Fachmann zu Rate zu ziehen.

***

Auf der Rückfahrt nach Aix ließ er sich das eben Erlebte nochmals durch den Kopf gehen. Entweder lag er mit seiner Ertragsschätzung weit daneben, oder der Tote hatte noch beträchtliche andere Einkünfte. Was seine Mutter allerdings verneint hatte, als er sie ganz am Ende seines Besuches danach gefragt hatte.

Langsam kam Papperin wieder in die lieblichere Gegend der südlichen Provence. Er legte eine CD mit Chansons berühmter Interpreten ein. Während er die bekannten Melodien mitsummte und entspannt durch die Landschaft fuhr, wurde ihm eine augenfällige Parallelität von seinem, Papperins, Leben mit dem des Patrick Pradel bewusst. Pradel hatte, genauso wie er, gemeinsam mit seiner Mutter ein größeres Anwesen bewohnt, zu dem eine Plantage gehörte - ob das nun Trüffeleichen oder Ölbäume waren, war unbedeutend. Beide, er ebenso wie Pradel, hatten sich in einem abgeschlossenen Teil des Anwesens eine eigene Wohnung nach ihrem persönlichen Geschmack eingerichtet. Beide wollten sie dort eine Familie gründen und bei beiden war etwas Schreckliches dazwischen gekommen.

Gut, es gab auch wesentliche Unterschiede: Seine Mutter war wesentlich jünger und überdies eine erfolgreiche Unternehmerin, die wirtschaftlich auf ihren eigenen Füßen stand, während Mirèio Pradel finanziell völlig von ihrem Sohn abhängig war.

Der Vergleich ihrer beider Lebensumstände hatte Papperin doch sehr nachdenklich gemacht. Irgendwie kam es ihm unnatürlich vor, dass Pradel, ein stattlicher, muskulöser und erfolgreicher Mann in den besten Jahren immer noch bei seiner Mutter lebte. Ein *petit chéri à sa maman,* ein Muttersöhnchen. Papperin fragte sich, ob das auch auf ihn zutraf? So wollte er eigentlich nicht gesehen werden.

„Vielleicht sollte ich mir doch in Aix eine eigene Wohnung zulegen", überlegte Papperin. Dieser Gedanke hatte ihn auch früher schon öfters umgetrieben, vor allem, weil er von seinem vertrauten Schul- und Studienfreund Paul Vergier ein paar Mal darauf angesprochen worden war. Es wirke irgendwie komisch, hatte dieser gemeint, wenn ein Mann in Jean-Lucs Alter immer noch bei seiner *maman* lebe und sich von ihr bekochen und den Haushalt führen ließ. Auch Monique hatte das schon angedeutet. Allerdings nicht so krass wie Paul. Er, Papperin, hatte darauf stets erwidert, das Anwesen werde seit Generationen von seiner Familie bewohnt und er setze nur die Tradition fort. Außerdem wolle er gemeinsam mit Nia nach der Hochzeit dort leben, Kinder bekommen und eine eigene Familie gründen. Das Letztere hatte sich nun leider gründlich zerschlagen.

Mit diesen Gedanken im Kopf fuhr er in die Tiefgarage seiner Dienststelle in Aix.

***

„Monique, verbinden Sie mich bitte mit Paul Vergier!"

„Mit dem warst du schon lange nicht mehr essen. Freundschaften muss man pflegen. Es stimmt schon, es wird Zeit, dass du den mal wieder triffst. Ich weiß übrigens ein nettes kleines Restaurant, das haben wir kürzlich entdeckt. Da könntet ihr hingehen. Es ist …"

„Monique, ich brauche ihn wegen was Dienstlichem", unterbrach Papperin ihre gastronomische Empfehlung.

„Ich will einen Durchsuchungsbeschluss für das Anwesen von Patrick Pradel und seiner Mutter."

„Hat sie dich nicht reingelassen?"

„Doch schon, sie war sogar sehr nett. Anfangs war sie zwar noch ziemlich abweisend, aber dann ist sie langsam aufgetaut. Sie hat mich überall herumgeführt. Hat mir sogar einen Espresso gemacht. Aber an den Computer wollte sie mich nicht ran lassen und in den Tresor durfte ich auch nicht reinschauen. Ich denke, da könnte einiges Interessantes drin sein."

Und dann begann Papperin zu erzählen.

„Warte einen Augenblick, ich rufe die anderen dazu. Das müssen die doch auch alles wissen", wurde er von seiner Sekretärin gebremst.

Als alle Mitarbeiter versammelt waren, berichtete Papperin von seinem Besuch auf dem Hof des Ermordeten, von der teuren Einrichtung der *bastide*, von Patrick Pradels kostspieligem Hobby und von seiner, Papperins Vermutung, das dafür erforderliche Kapital könne nur durch kriminelle Nebengeschäfte zusammengekommen sein. Trüffelzucht und Ziegenkäse seien die einzigen Erwerbsquellen, habe die Mutter des Ermordeten ihm versichert. Und das werfe bei weitem, nicht genug ab, sei er überzeugt.

„Wir fahren Morgen wieder hin, diesmal mit richterlicher Legitimation und sehen uns die Dinge nochmal genauer an."

Monique Départdieu verließ den Besprechungsraum, um den Richter anzurufen. In der Zwischenzeit berichteten seine Mitarbeiter, was bei den Vernehmungen der Augenzeugen des Attentats herausgekommen war: Nichts, was der Polizei nicht bereits bekannt war.

„Dann werden wir morgen folgendermaßen vorgehen", begann Papperin mit der Arbeitsverteilung für den nächsten Tag. Man müsse zweigleisig fahren. Zum einen, resümierte er, seien diejenigen Personen zu befragen, deren Motiv für den Mord bereits bekannt sei - und sei es noch so schwach und unwahrscheinlich. Hierzu würden die Trüffelzüchter und -verkäufer zählen, mit denen der Ermordete in Konkurrenz gestanden habe. Des Weiteren gehörten die beiden Personen dazu, die seine, Papperins, Nachbarin namentlich genannt habe: der Bauer Laurent Cercal, der offensichtlich schon einmal eine Morddrohung gegen Pradel ausgestoßen hatte, sowie der Immobilienmakler Maxime Doisset. Dessen Motiv: Rache gegen den Liebhaber seiner Frau.

„Das Alibi, das seine Frau ihm gegeben hat, kommt mir nämlich nicht ganz koscher vor. Hier müssen wir unbedingt nachbohren!"

Die zweite Schiene, auf die sie ihre Ermittlungen konzentrieren müssten, betreffe die Person Patrick Pradels, dozierte Papperin weiter.

„Hierzu werde ich gleich morgen wieder zu seinem Hof fahren, bewaffnet mit dem Durchsuchungsbeschluss, den mir *juge* Vergier hoffentlich gleich ausstellen wird. Dazu brauche ich zweierlei Hilfe: Sie, Guy-deux", dabei schaute er seinen IT-Freak auffordernd an. „Sie kommen bitte mit und kümmern sich um den ganzen Elektronikkram - Computer, Festplatte, Passwörter und so. Und wir beide, Jeannine, wir nehmen uns den Rest vor, Durchsuchen der Räume, des Schreibtischs, der Schränke und so weiter. Außerdem ist es gut, wenn du dabei bist, weil als Frau kommst du wahrscheinlich besser mit der Bäuerin zurecht, als wir Männer das können. Ich kann mir vorstellen, dass sie Schwierigkeiten macht, wenn wir das Privatleben ihres Sohnes durchleuchten wollen. So! Und die anderen", dabei schaute er seinen Stellvertreter *lieutenant* Claude Lavalle und die beiden *brigadiers* an, „Sie suchen die Trüffelbauern auf, recherchieren deren Motivlage, fragen nach Alibis und überprüfen diese. Wichtig ist auch: Wer hat ein schwarzes Motorrad und eine Handfeuerwaffe vom Kaliber .357 Magnum? Habe ich was übersehen?" Papperin blickte fragend in die Runde.

„Was machen wir mit dem Immobilienmakler und mit dem anderen Bauern, dem mit der Morddrohung?", fragte *lieutenant* Lavalle.

„Den Laurent Cercal nehme ich mir vor, wenn ich beim Richter war. Sein Hof muss irgendwo auf der Route zu mir nachhause liegen. Das schaue ich mir sofort in *google-maps* an."

Was den anderen, diesen *immobilier* Doisset betreffe, meinte Papperin, den müsse man vorläufig wohl hintan stellen. Denn er sehe derzeit keine Möglichkeit, dessen Alibi zu erschüttern. In diesem Moment kam Monique zurück und nickte ihrem Chef zu.

„Gut, dann gehe ich jetzt zu meinem Freund Paul Vergier und hole den richterlichen Beschluss ab." Mit Blick auf sein Ermittlerteam meinte er: „Und Sie haben heute vermutlich noch genug Arbeit damit, die Trüffelbauern herauszufinden und mit ihnen Termine für morgen zu vereinbaren."

***

Es hatte Papperin einige Überzeugungskraft gekostet, bis er seinen Freund Paul überredet hatte, den gewünschten Durchsuchungsbeschluss auszustellen.

„Ich soll den Schutz der Privatsphäre des Opfers außer Kraft setzen, nur weil ihr mit euren Ermittlungen sonst nicht weiterkommt?", hatte sich der Richter entrüstet, nachdem Papperin ihm seine Bitte vorgetragen hatte.

„Solch eine richterliche Maßnahme richtet sich im Normalfall gegen den Täter", belehrte er seinen Freund, „und hat zum Ziel, diesen zu ergreifen oder einer strafbaren Handlung zu überführen. In eurem Fall sind beide Voraussetzungen nicht erfüllt: Die Maßnahme würde sich gegen das Verbrechensopfer richten, bzw. gegen dessen Mutter. Und beide kommen als Täter nicht in Betracht, vielmehr habt ihr noch keinen konkreten Täter im Visier."

Doch Papperin ließ nicht locker: „Im Normalfall sagst du. Aber es gibt Ausnahmen. Ergreifungsdurchsuchung und Ermittlungsdurchsuchung. Das haben wir doch seinerzeit alles gelernt, wir zwei, im Hörsaal der Jurafakultät in Paris. Und genau darauf will ich hinaus: Ermittlungsdurchsuchung zum Zweck der Auffindung von Beweismitteln."

Natürlich kannte *juge* Verbier diese Unterscheidung. Allerdings erinnerte er sich auch sehr gut an einen früheren Fall, als er seinem Freund zuliebe einen auf tönernen Füßen stehenden Haftbefehl ausgestellt hatte. Der war von der Beschwerdestelle des Gerichts sofort kassiert worden, nachdem die Schar der gegnerischen Anwälte lautstarken und medienwirksamen Protest eingelegt hatten. Die Causa ‚*Mistralmorde*' hätte damals beinahe zu einem schmerzhaften Rückschritt auf seiner Karriereleiter geführt.

Und jetzt kam Jean-Luc wieder mit so einer schwammigen Rechtfertigung.

„Mit dem, was du als Argument bringst", widersprach er dem Kommissar, „könnte man jede x-beliebige unbegründete Hausdurchsuchung legalisieren. Denn ich wette, dass man in weitaus mehr als der Hälfte aller Fälle Beweise oder Indizien für eine strafbare Handlung und Hinweise auf einen Täter finden würde."

Nach einer kurzen Pause, in der er seinen Kommissarfreund zweifelnd anschaute, meinte er: „Wenn die Frau Beschwerde einlegt, dann fallen wir beide kräftig auf die Nase. Wie damals - erinnerst du dich?"

„Erstens macht sie das mit Sicherheit nicht. Die lebt mit ihren Ziegen und den Trüffeln einsam auf ihrem Hof. Die ist nicht der Typ zu so etwas. Und einen Anwalt würde sie schon gar nicht um Hilfe fragen. Und zweitens: Es gibt gute Gründe, dass wir etwas finden. Denn ich bin hundertprozentig überzeugt, dieser Patrick Pradel ist nicht nur Opfer, sondern selbst ein Krimineller. Und deswegen müssen wir seine Wohnung, seinen Computer usw. unter die Lupe nehmen."

Endlich, nach diesem längeren Disput, war Paul Vergier überzeugt und stellte das gewünschte Dokument aus.

***

Es war kein großer Umweg, den Papperin machen musste, um auf seinem Heimweg von Aix nach Cabanosque beim Landwirt Laurent Cercal vorbei zu fahren. Das Anwesen, das nicht weit ab von der *route nationale* №. *7* lag, war klein und wirkte etwas ärmlich. Es lag in einer Geländesenke inmitten eines Olivenhains. Neben dem Wohnhaus stand eine lange, halbbogenförmige Wellblechkonstruktion. Sie sah aus wie ein Flugzeughangar, nur viel kleiner. „Vermutlich sind da sein Traktor und andere Gerätschaften drin", dachte sich Papperin, als er seinen Peugeot vor diesem schon ziemlich verrosteten Schuppen parkte. Als er ausstieg, kam ein Hund langsam angetrottet, schnupperte an Papperins Beinen und wedelte mit dem kupierten Schwanzstummel. Der Kommissar hatte eigentlich großen Respekt vor Hunden, um nicht zu sagen Angst. Aber diesem Tier sah man sein hohes Alter sofort an. Er machte alles andere als einen bedrohlichen Eindruck, bewegte sich so langsam und blickte so treuherzig zu dem späten Besucher auf, dass Papperin ihm sanft über den Kopf streichelte.

„Führst du mich zu deinem Herrchen?", fragte er und folgte dem träge voran humpelnden Wachhund zum Haus. Eine Klingel oder einen mechanischen Glockenzug gab es nicht.

„*Allô*! Ist jemand da?" rief Papperin. Als sich nichts rührte, drückte er die Türklinke nieder. Es war nicht abgesperrt. Er rief in den Hausgang hinein:

„*Allô*! Ich bin von der Polizei. Ist jemand zuhause?"

„*Entrez!*", forderte ihn eine Stimme auf. „Kommen Sie nur herein."

Papperin ging auf den Lichtspalt zu, der von einer nur angelehnten Türe in den dunklen Gang führte. Es roch etwas muffig, nach Schweiß und alten Kleidern. Außerdem hing ein leichter Knoblauchduft in der Luft. Papperin klopfte an der Tür und betrat, nachdem ihn ein erneutes „*Entrez!*" dazu aufforderte, das Zimmer.

Vor dem Kamin, in dem die Flammen an wuchtigen Holzprügeln fraßen, glommen und flackerten, saß ein Mann. Er erhob sich nicht, sondern winkte den Kommissar herbei und sagte dann mit dünner Stimme:

„Nehmen Sie sich einen Stuhl und setzen Sie sich zu mir. Entschuldigen Sie, wenn ich nicht aufstehe, aber mein Rheuma! Das ist heute besonders schlimm. Ich hoffe Sie verstehen das. Und nehmen Sie sich ein Glas aus der Anrichte dort." Papperin ging zu einem alten Küchenbüffet nahm sich ein Glas und schob einen schweren Holzstuhl vom Tisch hin zum Feuer.

„Was will die Polizei von mir?"

Jetzt aus der Nähe und im Schein des Kaminfeuers konnte Papperin den Mann genauer sehen. Im Lebensalter stand er seinem Hund kaum nach. Zwei dunkle Augen blickten den Kommissar aus einem runzeligen, von vielen Falten durchzogenen Gesicht an und musterten den Besucher aufmerksam von Kopf bis Fuß.

„So, so, die Polizei! Hier, schenken Sie sich erst mal ein!" Er hielt Papperin eine Flasche hin.

„Syrah-Grenache, hab ich selber gekeltert. Schmeckt mir besser als der aus der *cave coopérative*", eröffnete er das Gespräch, um dann zur Verblüffung Papperins hinzu zu fügen:

„Hat Marie-Thérèse wieder Unwahrheiten verbreitet? Was will sie mir diesmal anhängen?"

Papperin trank einen Schluck, während er überlegte, wie er vorgehen sollte.

„Sie sprechen von Madame Nez? Die scheint sie nicht besonders zu mögen, weil Sie ihr sofort Böses unterstellen."

„Nun, wir hatten da mal so einen kleinen Streit, völlig unbedeutend. Aber seit dem bekämpft sie mich. Beschuldigt sie mich etwa, den Trüffelmenschen erschossen zu haben?"

Papperin war mehr als erstaunt über die Treffsicherheit, mit der der alte Mann sofort auf den Punkt gekommen war.

„Genauso ist es", antwortete er. „Und?", fragte er. „Waren Sie es?"

„Mit meinem Rheuma? Glauben Sie, ich könnte damit Motorrad fahren? Vergessen Sie es. Sie hätten sich das Herkommen sparen können. Aber trotzdem, nett, mal jemanden hier zu haben, mit dem ich mich unterhalten kann. Selbst wenn Sie mich für einen Mörder halten."

Er hielt dem Kommissar wieder die Rotweinflache hin:

„Schenken Sie nach, so schlecht ist er nicht."

Papperin trank sein Glas aus und füllte es nach. Der Wein war wirklich nicht schlecht. Gut, kein *grand cru*, aber ein ehrlicher Landwein, süffig, herb, mit viel Tannin.

„Außerdem hab ich ein Alibi."

Papperin schaute ihn offenbar zweifelnd an, deshalb fuhr der Alte fort, sich zu rechtfertigen.

„Am Samstag war ich bei meiner Tochter. In Hyères. Und auch am Sonntag. Sie holt mich oft übers Wochenende zu sich nachhause. Damit ich in einer Familie lebe, sagt sie, und sehe, wie schön es ist, mit kleinen Kindern zu spielen – sie hat vier. Aber das ist ganz schön anstrengend. Ich bin immer froh, wenn ich wieder zuhause bin. Trotzdem ist es schön. Aber als altes Wrack verträgt man nicht mehr so viel Rummel. Sie sehen, ich bin nicht Ihr Mörder. Selbst wenn Sie mir das mit dem Rheuma nicht glauben. Theoretisch könnte ich es schon gewesen sein, denn ich hab ein Motorrad und ein paar Waffen. Gewehr oder Pistole, Sie können sich das Passende aussuchen!" Herausfordernd grinsend schaute er Papperin an. An dessen ungläubiger Miene erkannte er, dass der Kommissar ihn nicht ganz für voll nahm.

„Sie meinen, ich schwindle Sie an? Ob Sie's glauben oder nicht, ich war mal ein schneidiger Bursche, Kämpfer der *légion étrangère*. Habe geholfen unsere Kolonien zu verteidigen. Nordafrika, Maghreb. War eine wilde Zeit, damals! Für den Einsatz im Kosovo war ich dann leider schon zu alt. Aber ich wäre gern dabei gewesen."

Mit Staunen im Blick hörte Papperin dem alten Mann zu. So verhutzelt und verschrumpelt, wie er da im Sessel vor ihm saß, hätte man nie vermutet, einen der berüchtigten Fremdenlegionäre vor sich zu haben.

„Aus der Zeit kenn ich auch Marie-Thérèse. Die stammt aus Algerien, müssen Sie wissen! Da war sie noch ein geiles Luder. Und jetzt? Aber ich muss grad reden..." Frustriert schaute er auf seinen knochigen, verkrümmten Körper hinunter. „Bin ja auch nicht mehr ganz taufrisch." Dabei grinste er linkisch.

Eigentlich war sich Papperin sicher, dieser Mann war nicht der gesuchte Mörder. Obwohl es theoretisch natürlich möglich war. Die dicke schwarze Motorradkluft und der geschlossene Vollvisierhelm hätten seine klapperige Gestalt kaschiert. Und mit einem Motorrad bergab zu rollen, anzuhalten, zu schießen und dann weiterzufahren, das hätte der Alte wohl noch geschafft. Sicher ist sicher, dachte sich der Kommissar, ich werde mir seine Waffen zeigen und sein Alibi überprüfen lassen.

„Kommen Sie mit, ich zeig Ihnen mein Waffenarsenal. Das wollen Sie doch sehen, oder?", forderte ihn der Alte auf und erhob sich mühsam aus seinem Lehnstuhl. Im Nebenraum ging er zu einer Holztruhe, deren Deckel und Seitenwände mit kunstvoll geschnitzten Arabesken verziert waren. Die hellgrünen und blauen Farben waren verblasst und abgewetzt. Der Alte bückte sich mühsam zum Truhenverschluss hinunter und stellte auf dem Vorhängeschloss eine Zahlenkombination ein. Dann klinkte er den Bügel des Schlosses aus der Öse und klappte die Falle hoch. Die Scharniere gaben knarzende Geräusche von sich, als er den Truhendeckel anhob. Sorgfältig nahm er die in weiche Decken gehüllten Waffen aus der Truhe.

„Das war unser Sturmgewehr." Mit Stolz in der Stimme reichte er dem Kommissar eine altmodisch wirkende Langwaffe, deren hölzerner Schaft von Kratzern und Kerben zerfurcht war.

„Eine MAS49/56", erklärte der Alte. „Die hat die Armee noch bis in die 90-er Jahre als Standardwaffe benutzt. Dann wurde sie ausgemustert - leider! Das war ein treuer Gefährte, hat mir oft das Leben gerettet."

Auf Papperin, der keinerlei Erfahrung und Wissen von Kriegswaffen hatte, wirkte das Gewehr eher wie eine Antiquität, denn wie ein kriegstaugliches Sturmgewehr. Da ganz offensichtlich seit damals nicht mehr damit geschossen worden war, gab er es dem Veteranen zurück und nahm dafür ein Tuch mit einer darin eingewickelte Pistole entgegen. Eine MAB-PA-15, automatische Pistole, Parabellum 9 Millimeter. Damit kannte er sich besser aus, das war eine Standardwaffe der Streit- und Ordnungskräfte. Abgesehen davon, dass das Kaliber nicht stimmte und es sich um eine Pistole und nicht um einen Revolver handelte, war auch diese Waffe seit langem nicht mehr benutzt worden. Deshalb gab er sie dem Alten zurück.

„Und das ist alles? Sie haben von einem ganzen Waffenarsenal gesprochen!"

„Ich habe noch ein Jagdgewehr, eine Schrotflinte. Aber ich gehe schon seit ein paar Jahren nicht mehr auf die Jagd. Meine Gicht und mein Rheuma, wissen Sie." Bei diesen Worten grub er seine letzte Waffe, eine modernere, doppelläufige Schrotflinte der Marke Beretta, aus der Truhe hervor und reichte sie dem Kommissar.

Nachdem alles zurückgelegt und die Truhe wieder verschlossen war, forderte der Alte seinen Besucher auf: „Gehen wir wieder rüber zum Feuer und trinken wir noch einen Schluck. Ich bekomme so selten Besuch. Papperin wollte ihm diese Bitte nicht ausschlagen.

Es war spät geworden, als er den Alten verließ. Zu interessant waren die Geschichten und Anekdoten gewesen, die der Veteran aus seiner Kämpferzeit bei der Fremdenlegion erzählt hatte. Bei der Erinnerung an die alten Zeiten war er richtig wieder aufgelebt, so temperamentvoll berichtete er von seinen damaligen Erlebnissen. Aber immer wieder brachen sich auch der Frust und die Verbitterung darüber Bahn, dass er jetzt im Alter nicht mehr der dynamische Kämpfer von früher war. Seinen Lebensunterhalt als Landwirt mit Oliven, Feigen und Trüffeln verdienen zu müssen, empfand er als Erniedrigung und unter seiner Würde.

„Und wenn ich irgendwann nicht einmal das mehr kann, dann erschieß ich mich, bevor mich meine Tochter ins Altersheim steckt."

Trotzdem war es ein interessanter Abend, den er ganz offensichtlich genossen hatte. Und der Wein war durchaus trinkbar gewesen. Der alte Krieger verabschiedete den Kommissar mit einem überraschend festen Händedruck.

Während Papperin durch die Tür ging, rief er ihm noch nach:

„Und vergessen Sie nicht, sich mein Alibi von meiner Tochter bestätigen zu lassen. Ghyslaine Tolbert in Hyères les Palmiers. Die finden Sie im Telefonbuch.“

Kapitel 4
Nach und nach kommt Unglaubliches ans Tageslicht

Mittwoch, 27. Januar

Von der Verwaltung der *Maison de la Truffe d'Aups et du Verdon* hatten sie die Namen und Anschriften der gut zwei Dutzend Personen erhalten, die regelmäßig ihre Trüffel auf dem *marché aux truffes* zum Verkauf anboten. Mit all diesen Trüffelbauern hatten Papperins Mitarbeiter Gesprächstermine für diesen Mittwoch vereinbart. Das Abarbeiten der Termine stellte sich als mühsame und sehr zeitaufwendige Aktion heraus. Nicht nur, dass manch eines der Treffen schlichtweg geplatzt war, weil der Ansprechpartner entgegen der Vereinbarung doch nicht auf seinem Hof anwesend war. Bei den Gesprächen, die zustande kamen, dauerte es meistens erheblich länger als geplant. Bei den einen wurden sie zu einer Besichtigung des Hofes und der Trüffelhaine genötigt und anschließend zu einem Kaffee eingeladen. Bei anderen wiederum mussten sie bei einem oder mehreren Glas Wein die ganze Geschichte des Hofes und die Probleme der dort arbeitenden Menschen anhören, bis sie endlich die gewünschten Informationen bekamen. Sogar zum *déjeuner*, dem gemeinsamen familiären Mittagessen, wurden sie in einem Fall eingeladen.

Kaum einer der Trüffelsucher und Trüffelzüchter hatte ein gutes Wort für den Ermordeten gefunden. Fast alle verdächtigten ihn des Trüffeldiebstahls. Er soll mit seinem Hund nachts die Trüffelkulturen seiner Konkurrenten heimlich aufgesucht und dort mehr oder weniger große Mengen von Trüffeln ausgegraben und gestohlen haben.

Nein, so richtige Beweise habe man nicht, aber dies sei allgemein bekannt, bzw. werde von allen vermutet.

Durch die Aussage eines Trüffelzüchters wurde den Polizisten erst richtig klar, dass es sich bei dem Trüffelklau nicht um ein zu vernachlässigendes Bagatelldelikt handelte.

„Der hat uns Teile unserer Ernte gestohlen, nachts mit seinem Hund. Das heißt er hatte so gut wie keine Kosten. Deswegen konnte er unsere kostendeckenden Preise problemlos unterbieten. Vor allem bei den großen Restaurants und bei den Sterneköchen ist uns anderen viel Umsatz verloren gegangen. Deswegen haben wir alle so eine Wut auf ihn."

„Konnten Sie das nicht beweisen?", fragte *lieutenant* Lavalle. „Dann hätte er nicht nur eine Strafe aufgebrummt bekommen, sondern er hätte auch Schadensersatz leisten müssen."

„Beweisen! Das sagen Sie so einfach. Wir können uns doch nicht während der ganzen Trüffelsaison nachts auf die Lauer legen. Das geht über Monate. Nur einmal, da hätte es fast geklappt."

Dann berichtete er von einem Vorfall, der die Gemeinde der Trüffelbauern besonders erschüttert und erzürnt hatte. Damien Valbonne, einer ihrer Kollegen, hatte sich nachts auf die Lauer gelegt und den Trüffeldieb auf frischer Tat ertappt. Mit zwei Ladungen aus seiner Schrotflinte hatte er ihn von seinem Anwesen vertrieben.

„Und dann, ein paar Wochen später, hat dieser Lump sich gerächt", erzählte der Trüffelbauer weiter. „Eines Morgens waren die Elektrodrähte zerstört, die Damiens Plantage umzäunten und vor den Wildschweinen schützten. Wie die Heuschrecken sind die *sangliers* eingefallen und haben den Boden mit ihren verfluchten Rüsseln umgepflügt. Die ganze Ernte haben sie gefressen. Der arme Damien hat ein ganzes Jahr umsonst gearbeitet. Er wäre Pleite gegangen, wenn wir ihm nicht geholfen hätten. Der Pradel war ein hinterhältiger Betrüger. Geschieht ihm Recht, dass er jetzt dran glauben musste, *trou du cul!*"

***

Während sich Claude Lavalle mit den beiden Brigadieren früh morgens auf den Weg gemacht hatte, um Auskünfte von den Trüffelzüchtern einzuholen, saß Jean-Luc Papperin noch beim Frühstück in der Ölmühle. Er blätterte abwechselnd im *Var Matin* und im *Figaro*. Während die größere, nationale Tageszeitung keine Zeile mehr an den Mord in Cabanosque verschwendete, stand der Trüffelmord, wie ihn das Blatt kurz und plakativ nannte, noch stark im Zentrum der Berichterstattung der Regionalzeitung. Die Titelseite war zwar einem wichtigen aktuelleren Ereignis gewidmet, nämlich dem Auslaufen des Flugzeugträgers Charles de Gaulle aus dem Militärhafen von Toulon. Aber ab Seite zwei begannen Berichte, Interviews und Spekulationen über den Aufsehen erregenden Kriminalfall von Cabanosque. Der Vorstand der *Association des Trufficulteurs de Haute Provence* plädierte in einem zweiseitigen Interview für schärfere Regelungen bei der Gewerbezulassung von Trüffelzüchtern. Gleichzeitig forderte er, die Steuerprivilegien für diesen für die Nation so prestigeträchtigen Wirtschaftszweig zu erweitern. Nur dann hätten die nationalen Betriebe eine Chance, im harten Wettbewerb mit den Unternehmen aus Italien und Kroatien mithalten zu können. Zum wiederholten Mal fanden sich auf einer der hinteren Seiten neben einem Bericht über die regionale Bedeutung des samstäglichen Wochenmarkts in Cabanosque auch Fotos von diesem Markt. Auf mehreren Bildern war die Stelle, an der der ermordete *trufficulteur* seinen Stand aufgebaut hatte, durch dicke rote Pfeile markiert.

Jean-Luc Papperin hatte sich gerade den letzten Bissen eines knusprig-warmen Croissants in den Mund geschoben, als ein kurzer aber lauter Sirenenstoß sein beschauliches *petit déjeuner* abrupt beendete. Er schob die Zeitungen zusammen, leerte bereits im Stehen seine Kaffeetasse und verließ das Haus mit einem lauten in Richtung des Büros Gerufenen: *Au revoir maman, à ce soir!*"

Im Innenhof des weitläufigen Gebäudekomplexes wartete ein Fahrzeug der *police nationale* auf den Kommissar. *Brigadier* Jeannine Dalmasso und *brigadier* Guy Debordeau lehnten an der Motorhaube. Papperin eilte auf sie zu und begnügte sich zunächst mit einem knappen *bon jour* und einem Kopfnicken, besann sich dann aber, dass dies wohl etwas unhöflich war. Hatten die beiden doch einen nicht unbeträchtlichen Umweg über Cabanosque machen müssen, nur um seiner Bitte nachzukommen, von zuhause abgeholt zu werden. Also begrüßte er Guy-deux mit einem kräftigen Händedruck und einem freundlichen Schlag auf die Schulter. Bei Jeannine zögerte er, ehe er auch ihr die Hand zur Begrüßung reichte. Früher hätte er sie ganz anders begrüßt. Doch sie hatten ihr Verhältnis im beiderseitigen Einvernehmen für beendet erklärt und waren zu einem normalen dienstlichen Miteinander zurückgekehrt. Trotzdem musste er sich jedes Mal wieder am Riemen reißen, um sie nicht wie früher zu umarmen und zu küssen. Am Blitzen in ihren Augen glaubte er zu erkennen, dass es ihr ähnlich ging. Aber das gehörte der Vergangenheit an. Vor allem jetzt, nach dem ungewissen Schicksal des Fluges AF 327 und dem wahrscheinlichen Tod aller Insassen ... jetzt das Verhältnis mit Jeannine wieder aufleben zu lassen, das konnte er Nia nicht antun.

***

Die Fahrt zu dem einsamen Hof der Pradels dauerte fast eine dreiviertel Stunde. Endlich kamen sie an die Abzweigung, wo der holperige Schotterweg begann und schließlich erreichten sie die Lichtung, in der das Anwesen des Ermordeten lag. Vor dem großen Tor der alten *bastide* parkte ein kleines hellblaues Auto, ein Smart For-two-Cabriolet. Laut Nummernschild kam es aus dem *département* Hérault. Jeannine parkte das Polizeifahrzeug direkt daneben.

Die drei Polizeibeamten waren kaum ausgestiegen, als ihnen die Mutter des Ermordeten aus der Haustüre des Wohnhauses entgegen ging. Sie hielt wenige Meter vor den

Beamten an. Wie Papperin erst jetzt merkte, war es gar nicht Madame Pradel, sie sah dieser aber sehr ähnlich: Sehr schlank, aufrechte Haltung, eng anliegende graue Haare.

„Schon wieder die Polizei?", fragte die Unbekannte erstaunt. Sie schaute auf das mit der Aufschrift *police nationale* und mit den Farben der Trikolore gekennzeichnete Fahrzeug. Anschließend musterte sie die drei Beamten.

„Sie tragen keine Uniform, also müssen Sie von der Kriminalpolizei sein. Meine Schwester hat mir gesagt, dass Sie schon einmal hier waren."

Sie betrachtete jeden der drei Polizisten von Kopf bis Fuß. Besonders bei Jeannine verweilte ihr Blick lange. Sie schien sich zu fragen, was eine so schöne junge Frau bei der Polizei zu suchen hatte.

„Und Sie sind auch Polizistin?", fragte sie erstaunt.

Papperin fand es an der Zeit, sich und seine beiden Begleiter vorzustellen.

„Jean-Luc Papperin, *commissaire* der *police judiciare* in Aix en Provence und meine beiden Mitarbeiter *brigadier* Dalmasso und *brigadier* Debordeau. Und wer sind Sie?"

Die Frau wandte ihren Blick von Jeannine ab und antwortete:

„Cathérine Morton, ich bin die jüngere Schwester von Mirèio Pradel - ein Jahr jünger, um genau zu sein."

Die Familienähnlichkeit war nicht zu leugnen, dachte Papperin, während er die Frau genau betrachtete. Vor allem der harte, unerbittliche Gesichtsausdruck war derselbe, den Madame Pradel bei ihrem letzten Zusammentreffen, zumindest zu Beginn, gezeigt hatte.

„Ich bin gekommen, um meiner Schwester zu helfen, damit sie über den tragischen Tod ihres Sohnes besser hinwegkommt. Sie braucht jetzt Hilfe und Trost, aber mit Sicherheit keine Polizeiverhöre. Sie hat Ihnen bereits alles gesagt, was sie weiß und was Sie wissen müssen." Nach einem kurzen Stocken, während dem sie den Kommissar feindselig anstarrte, fuhr sie fort: „Wir sind der Meinung, dass Sie deshalb hier nichts mehr zu suchen haben."

Papperin fand den gewählten Ton zwar etwas zu hart und unhöflich. Trotzdem versuchte er es auf die entgegenkommende Tour und entschuldigte sich für die erneute Störung. Natürlich könne er verstehen, wenn ihre Schwester und sie in Frieden gelassen werden wollten, um in Ruhe ihrer Trauer nachgehen zu können. Andererseits bitte er um Verständnis für sein Vorgehen. Er sei verpflichtet, alle Hebel in Bewegung zu setzen, um den Mörder zu finden und zu überführen.

Die Miene der Frau wurde um keinen Deut freundlicher. Im Gegenteil, sie verwies die Beamten des Hofes:

„Aber wir sind nicht verpflichtet, Sie hereinzulassen. Also ziehen Sie wieder ab! Andernfalls werden wir rechtlich gegen Sie vorgehen."

Papperin wunderte sich sehr über diese harsche Haltung. Üblicherweise waren die Menschen sehr obrigkeitshörig und eher unterwürfig im Verhältnis zur Exekutive – vor allem auf dem Lande. Nur wenn sie bei gewerkschaftlich organisierten Bewegungen in Massen auftraten, um gegen die Regierung zu protestieren, wurden sie aufmüpfig, nicht selten sogar gewaltbereit. Aber einzeln? Es sei denn, es handelte sich um Kriminelle. Die ließen sich nicht von der Polizei einschüchtern.

Aber wenn die beiden Schwestern etwas zu verbergen hätten, vielleicht sogar mit dem Mord zu tun haben? Papperin verwarf diesen Gedanken sofort wieder. Keine Mutter würde bei so etwas mitmachen. Aber vielleicht die Schwester? Ihr Verhalten war äußerst ungewöhnlich.

„*Brigadier* Dalmasso, zeigen Sie der Dame den richterlichen Durchsuchungsbeschluss", forderte er Jeannine auf und unterstrich diesen Befehl mit einer Handbewegung. Auch duzte er sie nicht, um das Amtliche der Handlung zu unterstreichen.

***

Umso überraschter war er über den Empfang, den die Mutter des Toten ihnen bereitete, als sie in den großen *séjour* des Wohnhauses kamen.

„*Bon jour monsieur le commissaire*. Wissen Sie schon, wer der Mörder meines Sohnes ist?" Sie sah die bedauernde Miene des Kommissars. „Nein? Noch nicht? Wie schade! Es wäre eine so große Erleichterung für mich."

Sie machte eine einladende Armbewegung zum Esstisch und den darum gruppierten Stühlen.

„Kommen Sie, setzen Sie sich! Sie sind sicher auf der Suche nach weiteren Informationen. Ich habe nachgedacht. Selbstverständlich können Sie Patricks persönliche Unterlagen ansehen. Das war gestern etwas kurzsichtig von mir. Natürlich will ich, dass Sie seinen Mörder finden. Sie können einsehen, was Sie wollen. Alles steht Ihnen zur Verf..."

Hier fiel ihr ihre Schwester ins Wort:

„Stopp, Mirèio! Denk daran, was wir beschlossen haben!"

„Nicht ich, du hast das beschlossen!"

Papperin fragte sich, was die beiden wohl beschlossen hatten? Ob es um Geld ging? Laut sagte er:

„Dann würden wir uns als Erstes gerne im Büro umsehen."

Mirèio Pradel nickte, stand auf und begleitete die Beamten hinüber in die alte *bastide*.

Auf dem kurzen Weg über den Hof überlegte Papperin, was Mirèios Schwester wohl vor der Polizei verbergen wollte. Ob es sich um etwas Kriminelles handelte, oder sogar mit dem Mord in Zusammenhang stand? Und wieso war Mirèio auf einmal so zuvorkommend und hilfsbereit? Vielleicht hatte sie tatsächlich etwas zu verbergen und ihre Meinung nur deshalb geändert, weil sie zur Überzeugung gelangt war, dass die Polizei ohnehin alles aufdecken würde? Aber irgendwie glaubte er nicht so recht daran. Wahrscheinlich war es ihr wirklich ein Anliegen, bei der Aufklärung des Mordes an ihrem Sohn zu helfen. Das Verhalten ihrer Schwester allerdings war dem Kommissar ein Rätsel.

In der alten *bastide*, die sie durch das große zweiflügelige Rundbogentor betreten hatten, machten sich Papperin und Jeannine über die Papiere auf dem Arbeitstisch und über die Ordner im Stahlschrank her, während Guy-deux sich auf den Computer konzentrierte. Alles fand unter den Augen der beiden alten Damen statt, die jede Bewegung der Polizisten beobachteten. Mirèio mit neugierigen und ihre Schwester mit misstrauischen, argwöhnischen Blicken. Der Tisch führte zu keinen weiterführenden Erkenntnissen. Ein paar offensichtlich noch nicht bezahlte Rechnungen lagen unordentlich neben einem Block mit unleserlichen Telefonnotizen. Auf einigen losen Blättern hatte der Ermordete Berechnungen angestellt. Offensichtlich handelte es sich um Trüffelumsätze, weil neben Gewichtsangaben unterschiedliche Kilopreise verzeichnet waren. Papperin staunte über die Höhe der Beträge, die sich nach der Multiplikation ergeben hatten und verschiedenen Kunden zugeordnet waren – das vermutete er zumindest.

„Jeannine, schau mal her! Mit den Trüffeln hat er weit über hunderttausend Euro verdient." Das war erheblich mehr, als Papperin bei der Besichtigung der Trüffelkultur überschlagsmäßig geschätzt hatte.

„Oder das sind nur Wunschvorstellungen", meinte Jeannine, nachdem sie einen Blick auf die Zahlen geworfen hatte. „Schau, er hat die Mengen jeweils mit verschiedenen Kilopreisen multipliziert. Vielleicht hat er überlegt, wieviel er von jedem Kunden verlangen soll. Ich glaube nicht, dass das tatsächlich erzielte Einnahmen sind. Die Beträge sind so irrsinnig hoch. Ich denke, da ist seine Phantasie mit ihm durchgegangen."

Sie wandten sich dem Stahlschrank zu. Er war abgesperrt, aber der Schlüssel steckte im Schloss. Der Inhalt bestand aus verschiedenen Ordnern, die ziemlich schlampig beschriftet waren. Neben etlichen, vermutlich weniger interessanten Dossiers zu Steuern, Krankenkassen, Versicherungen, Haus- und Grundstücksurkunden und Ähnlichem fanden sie mehrere Hefter mit Bankunterlagen von zwei verschiedenen Finanzinstituten, der *Société Générale* und der *Crédit Agricole Provence Côte d'Azur* – nach Jahren geordnet.

„Jean-Luc, schau mal hier! Das Trüffelgeschäft muss doch ziemlich einträglich sein." Jeannine schob ihm den aufgeschlagenen Hefter mit dem aktuellen Kontoauszug hin. *Societé Générale – Relevé de Compte № 005* stand in fetter Schrift auf dem Kopf des Blattes.

„Über dreihunderttausend Euro Guthaben!", staunte sie. „Und hier die Einzahlungen der letzten Wochen und Monate." Sie blätterte in den Auszügen.

„Anscheinend hat er sich die Auszüge einmal in der Woche ausdrucken lassen. Da sieh, lauter Überweisungen von Restaurants, von *traîteurs* und Cateringfirmen. Lauter bekannte Namen, viele Spitzenköche, die haben alle bei ihm ihren Trüffelbedarf gedeckt. Liegt auf dem anderen Konto bei der CA auch so viel Geld?", fragte Jeannine.

„Nein, die üblichen Verbrauchsabbuchungen Versicherungen, Strom an die EDF, Wasserkosten an Veolia, Telefon an Orange, Lastschriften von Tankstellen und so weiter." Papperin blätterte in den CA-Auszügen. „Und regelmäßige Einzahlungen in Höhe von viertausend an jedem Monatsersten. Von Patrick Pradel. Vermutlich ein Dauerauftrag von seinem Konto bei der SG?"

Jeannine prüfte das nach und nickte, als sie die entsprechenden Gegenbuchungen gefunden hatte.

Die Höhe des Guthabens auf dem SG-Konto übertraf bei Weitem die Schätzung, die Papperin am Vortag im Anblick der nicht allzu großen Trüffeleichenkultur angestellt hatte. Er winkte die Mutter herbei und schob ihr den letzten Auszug vom SG-Konto hin.

„Madame Pradel, wussten Sie von dem hohen Geldbetrag, den Ihr Sohn auf diesem Konto liegen hatte?"

Sie zeigte keinerlei Erstaunen, als sie die Summe sah. „

Ja, natürlich! Er ist … war ein begnadeter Trüffelzüchter. Und er war sehr geschickt im Verhandeln mit seinen Kunden. Wir haben die besten Restaurants und Köche der Provence und der Côte d'Azur als Abnehmer. Natürlich kenne ich diese Bankauszüge. Wir haben keine Geheimnisse voreinander."

Als nächstes wandte sich Papperin dem Safe zu, der neben dem Stahlschrank in die Wand eingemauert war. Es war ein moderner, elektronisch gesicherter Tresor. Eine Zahlentastatur auf der Frontseite machte dem Kommissar klar, dass man ihn nur durch Eingabe der richtigen Zahlenkombination öffnen konnte. Auf die Frage, ob ihr die Ziffernfolge bekannt sein, antwortete Madame Pradel mit einem bedauernden Kopfschütteln:

„*Non! Je suis désolée,* aber das war sein ureigenstes Reich. Da hat er nicht einmal mich rangelassen."

***

Papperin, dem das alles nicht mehr ganz geheuer vorkam, ging zu seinem anderen Mitarbeiter. Hoffentlich konnte der ihm weiterhelfen. Er nahm an, dass der Computer des Ermordeten nicht nur den Zugangscode für den Tresor verraten würde, sondern auch, dass er nähere Auskünfte über die Herkunft des vielen Geldes bzw. der zugehörigen riesigen Trüffelmenge liefern würde. Leise mit fast unhörbarer Stimme fragte er: „Guy-deux, wie weit sind Sie mit dem PC?"

„Das ist eine harte Nuss, Chef", antwortete dieser ebenso flüsternd. „Ohne Passwort komme ich nicht hinein. Und auf die Schnelle ist da nichts zu machen. Ich muss das Ding mit nach Aix nehmen. Da habe ich die richtigen Tools um es zu knacken. Hier ist es aussichtslos. Ich habe alles versucht."

Er schob ein Blatt Papier zum Kommissar hinüber. Darauf standen Zahlen- und keinen erkennbaren Sinn ergebende Buchstabenkombinationen, jeweils in -Vierer, Sechser- oder Achterblöcken gruppiert und durch Bindestriche getrennt.

„Das habe ich unter der Schreibunterlage gefunden Höchstwahrscheinlich sind das PINs oder Passwörter. Ich habe alle durchprobiert, aber keines passt für den PC. Vielleicht für Eingangstüren, E-Mail-Accounts, Bankkonten, für amazon, e-bay, oder ganz einfach für Vorhängeschlösser mit Zahlencode. Aber nicht für den Computer. Das Passwort ist wahrscheinlich so einleuchtend, zumindest für ihn, dass er es sich nicht zu notieren brauchte."

„Eigentlich sollte man sowas nicht aufschreiben. Aber, ehrlich gesagt, anders kann man sich die vielen Codes und

PINs gar nicht merken. Ich mache das auch so", gestand Papperin seinem IT-Freak. „Allerdings nicht auf Papier, sondern auf meinem Handy gespeichert."

„Mensch, Chef! Machen Sie das bloß nicht. Auf dem Smartphone! Ich fasse es nicht! Das kann doch jeder hacken. Löschen Sie es, ehe es zu spät ist. Hat man Ihnen noch nicht Ihr Bankkonto geplündert? Wenn Sie die PINs schon aufschreiben müssen, dann auf Papier. Das ist zwar altmodisch, aber viel sicherer!"

Papperin nahm sich fest vor, diesem Rat so bald wie möglich zu folgen. Jetzt aber wollte er den Safe knacken. Er nahm sich das Blatt mit den Zahlen- und Buchstabenreihen vor und probierte alle dort aufgeführten Zahlenkombinationen - ohne jeden Erfolg. Als er schon resignieren wollte, nahm ihm Guy-deux die Liste ab und begann nochmal von vorne. Beim dritten Versuch erklang ein lautes Piepsen und die Tresortür sprang einen Spalt weit auf.

„Sie haben vergessen Stern und Raute vor und nach den Zahlen zu tippen", sagte sein Brigadier. Er zog die Stahltüre auf und schaute neugierig in das Innere. Bis auf zwei Kartons war der Safe leer. Vorsichtig nahm er sie und reichte sie seinem Chef, der sie auf den Arbeitstisch neben die Computertastatur stellte. Beim Anheben des ersten Deckels entfuhr ein überraschtes Pfeifen seinen Lippen. Die Schachtel war prall gefüllt mit Geldscheinen, die in Päckchen mit Zwanzig-, Fünfzig und Hunderteuroscheinen ordentlich gebündelt waren. Keine neuen, sondern lauter gebrauchte, mehr oder weniger stark zerknitterte und abgenutzte Scheine. Die zweite Schachtel enthielt eine größere Menge Goldmünzen und einige Schmuckstücke - eine Halskette aus Gold, zwei Perlenketten, einen Armreif aus schwerem, massivem Gold, drei Ringe mit verschiedenen Edelsteinen.

Papperin schaute zu Madame Pradel. „Wussten Sie das?"

Der ungläubige Ausdruck ihres Gesichts zeigte ihm, sie war genauso überrascht von dem Fund wie er selbst. Oder täuschte er sich und sie hatte Kenntnis von dem Geld und dem Schmuck? Dann wäre sie eine hervorragende Schauspielerin.

„Ich gehe nicht davon aus, dass das seine ehrlich erworbenen Ersparnisse sind“, sagte Papperin mit Blick auf die Schachtel mit den Bündeln von Geldscheinen. „Genauso wenig wie das hier“, er zeigte auf die Schmuckstücke, „ehrlich erworbene Geschenke sind, die er für seine Freundin gekauft hat. Es sieht vielmehr nach der Beute von Einbrüchen oder anderen Verbrechen aus.“

Mirèio Pradel schaute ihn entsetzt an. Sie tastete mit ihren Händen nach der Lehne des Stuhls, der vor dem Arbeitstisch stand. Ihr Blick wanderte vom Kommissar zur offenstehenden Safetüre, dann zu den beiden Schachteln und wieder zurück zu Papperin. Langsam setzte sie sich. Ihr Gesichtsausdruck verriet deutlich, wie sehr sie dieser Fund und die Schlussfolgerung geschockt hatten, die der Kommissar daraus gezogen hatte.

„Sie verstehen sicher, dass wir das mitnehmen müssen.“ Dabei deutete er auf die beiden Kartons, die Bankordner und den Personal Computer. „Selbstverständlich bekommen Sie eine Quittung dafür. Und dann“, jetzt wandte er sich an seine beiden Begleiter, „muss ein Durchsuchungsteam herkommen. Die sollen alles gründlich unter die Lupe nehmen. Eventuell finden sie noch weitere Geldbeträge oder Wertgegenstände ungeklärter Herkunft.“

Vor allem hoffte er, Hinweise zu den Personen zu erhalten, von denen diese Dinge stammten. Er sah ein weites Spektrum von Möglichkeiten: Diebstahl, Raub, Erpressung. Lediglich dass das alles auf legalem Wege erworben war, glaubte er ausschließen zu können. Nachdem er kurz mit Monique im Kommissariat telefoniert und sie gebeten hatte, ein Durchsuchungsteam herzuschicken, wandte er sich an seine beiden Mitarbeiter:

„Einer von euch muss hierbleiben, auf die Kollegen warten und ihnen sagen, auf was sie zu achten haben. Wir beide“, dabei schaute er Guy-deux an „fahren zurück ins Kommissariat. Jeannine, bleibst du bitte hier, weil Guy soll sich sofort um den Computer kümmern.“

***

Nachdem die Formalitäten erledigt waren - schließlich musste das Geld gezählt und eine Quittung über die mitgenommenen Gegenstände ausgestellt werden, waren der Kommissar und sein Brigadier endlich abgefahren, mit dem PC des Ermordeten und den beiden Kartons mit den Geldscheinen, den Schmuckstücken und den Goldmünzen.

Langsam fand Mirèio Pradel wieder in die Realität zurück. Ganz offensichtlich hatte sie der Fund seelisch schwer mitgenommen. Ihre Schwester hingegen war die ganze Zeit über kühl und beherrscht geblieben. Sie hatte alles genauestens beobachtet und aufgepasst, dass das Geld richtig gezählt und die Quittung korrekt ausgestellt wurde.

„Gehen wir rüber und trinken wir einen Espresso", meinte sie zu Mirèio und nahm sie fürsorglich am Arm. „Auf den Schreck hin haben wir außerdem ein Schlückchen Likör nötig."

Zu Jeannine gewandt fügte sie hinzu: „Sie kommen mit. Ich lasse Sie nicht allein hier zurück, damit Sie unbeobachtet überall herumschnüffeln können."

***

Im *séjour* des Wohnhauses zischte und gurgelte die Espressomaschine. Madame Pradel holte aus der Anrichte eine Flasche Thymianlikör und drei kleine Gläser. *„Liqueur de Farigoulette,* selbstgemacht", sagte sie zur neben ihr stehenden Polizistin und trug Gläser und Flasche zum Tisch.

„Stell ein Glas wieder zurück!" Die Stimme ihrer Schwester stoppte sie mitten in der Bewegung.

„Die bekommt nichts. Sie ist im Dienst!" Aus der schneidend kalten Stimme war die Botschaft klar herauszuhören: Es ging der Schwester nicht um die Einhaltung von Dienstvorschriften. Sie wollte Jeannine vor den Kopf stoßen, sie ausgrenzen.

„Aber einen Kaffee trinken Sie mit uns!", versuchte Mirèio Pradel die aufgekommene feindselige Stimmung zu besänftigen. Sie ging zur Espressomaschine und nahm drei

Tässchen von der Wärmeplatte. Jeannine fragte sich, weshalb die andere Frau derart hasserfüllt reagierte. Was hatte sie gegen die Polizei? Wahrscheinlich hatte sie negative Erfahrungen gemacht. Es gab ja auch jede Menge korrupte Machotypen unter den *flics*.

Ihr freundliches „Danke, sehr gerne!", wurde von lautem Motorengeräusch fast übertönt, das durch die offen stehende Türe in den Raum drang.

„Das wird Cloé sein", sagte Madame Pradel. Da sie Jeannines fragenden Blick sah, fügte sie zur Erklärung hinzu: „Cloé Blanchard, die Verlobte von Patrick."

Eine junge Frau stürmte in den Raum. „*Salut* Mirèio! Ich sehe, die Polizei ist da. Hat man den Mörder von Patrick schon ...." Sie hielt ein, als sie die verneinende Miene der Polizistin wahrnahm.

„Und wer sind Sie?", wandte sie sich enttäuscht an die andere, ihr offensichtlich unbekannte Frau.

„Meine Schwester, Cathérine Morton aus Montpellier", stellte Mirèio ihre Verwandte vor. „Sie hat von Patricks Tod aus der Zeitung erfahren und ist gekommen, um mir beizustehen, sagt sie." Man merkte, dass Madame Pradel lieber ohne den Beistand ihrer Schwester geblieben wäre.

Während Madame Pradel noch ein Likörglas aus der Anrichte holte und Madame Morton sich an der Espressomaschine zu schaffen machte, nahm Jeannine die neu angekommene Frau in Augenschein. Sie war jung, Mitte bis Ende zwanzig, schlank und groß gewachsen, hatte eine gute Figur - vielleicht etwas zu viel Busen, dachte Jeannine. Kurze, seidig glänzende Haare umschlossen ihr schmales Gesicht. Obwohl alles ein bisschen übertrieben wirkte, das Make-up, der Lippenstift, die hellblonden Haare - gefärbt, vermutete Jeannine - gefiel ihr die Frau. Sie fand sie sympathisch. Es entwickelte sich auch sofort ein angeregtes Gespräch zwischen den beiden.

Es sei das Schlimmste, was ihr in ihrem Leben bislang passiert sei, gestand Cloé der Brigadierin. „Sterben ist ja schon tragisch genug, aber umgebracht zu werden, das ist entsetzlich, *affreux, insupportable*!"

Jeannine beobachtete, wie die Augen der Frau feucht wurden und sich Tränen in den Augenwinkeln ansammelten, um dann langsam nach unten zu fließen, an der Nase vorbei, bis sie in den Fältchen neben dem knallroten Mund versiegten.

„Wir wollten heiraten, in sechs Wochen, im März, mitten im Frühling. Alles hatten wir so schön geplant. Und jetzt …"

Jeannine schwieg betroffen. Sie wusste nicht was sie sagen, wie sie die zutiefst erschütterte junge Frau trösten könnte. Ihr fielen nur lauter Banalitäten ein. Sie müssen jetzt stark sein … Sie sind ja noch jung … das Leben geht weiter, mit solchen Phrasen wollte sie der Armen nicht kommen. Lieber schwieg sie und schaute ihrem Gegenüber voll Mitleid in die Augen.

Urplötzlich, ohne Vorwarnung explodierte die Frau. *„Putain de merde!* Ich bring ihn um, schneide ihm den Schwanz ab. *Tête de con, fils de pute!* Dieses verdammte Schwein, wenn ich den in die Finger kriege, zieh ich ihm bei lebendigem Leib die Haut ab. Patriiiick!!!" Ein Aufschrei und dann ein leise geschluchztes: *„Merde, merde, merde!"* Weinend brach sie über der Tischplatte zusammen. Mirèio Pradel nahm sie in den Arme. Sie schaukelte sie sanft hin und her und flüsterte ihr beruhigend ins Ohr. Das ging eine ganze Weile so. Niemand sagte ein Wort. Später, sie wiegte die Weinende immer noch in ihren Armen, sagte sie über deren Schulter zu Jeannine: „Die waren so wahnsinnig verliebt, konnten gar nicht voneinander lassen. Und plötzlich ist sie alleine - das arme Ding!".

Auch Jeannine tat die junge Frau sehr leid. Dennoch wunderte sie sich über den äußerst vulgären Ausbruch. Sollte sie sich in ihr getäuscht haben?

***

Papperin hatte noch während der Rückfahrt nach Aix per Telefon mit seinen Leuten vereinbart, dass man sich um sechzehn Uhr in seinem Büro zur Lagebesprechung zusammenfinden sollte. Als er lange vor dieser Zeit dort ankam, hatte Monique schon alles für den Jour-fixe vorbereitet. Sieben Gedecke, Espressotassen, Teller und Gläser standen auf dem Tisch. Sie hatte zwei Baguettes aufgeschnitten und mit Schinken, Käse und Salatblättern belegt. In kleine Sandwichs zerteilt, lagen sie auf einer aufgefalteten Papierserviette in der Mitte des ovalen Besprechungstischs.

„Höchstwahrscheinlich ist keiner von euch dazu gekommen, etwas zu Mittag zu essen", antwortete sie auf den fragenden Blick ihres Chefs. Espresso mache ich, wenn alle da sind. Sonst wird er nur kalt." Aber sie füllte bereits die beiden bereitstehenden Espressokannen mit Wasser, presste das Kaffeepulver in die Filtersiebe und schraubte jeweils die Ober- und Unterteile zusammen.

„Wenn du willst, kann ich dir schnell einen kleinen machen. Ich habe ja nicht nur die beiden großen *caffettiere*."

Papperin nickte dankbar. Monique machte den besten Kaffee von allen Sekretärinnen im Haus. Nicht umsonst hatte sie mehrere Jahre in Siena in der Toskana gelebt, bis die Ehe mit ihrem italienischen Mann geschieden wurde und sie in die Provence zurückgekehrt war. Das einzige, was sie aus jener Zeit hinübergerettet hatte, war ihre Liebe zum italienischen Kaffee. Sie fuhr mehrmals im Jahr die rund zweihundert Kilometer ins ligurische Ventimiglia, um dort ihre Vorräte an *espresso napoletano* der Marke Kimbo aufzufüllen. Ansonsten war sie auf die Italiener nicht gut zu sprechen, nach den schlimmen Erfahrungen mit ihrem ersten Mann. Seit vielen Jahren schon war sie jetzt glücklich mit einem Provenzalen verheiratet. Genauso lang war sie als Sekretärin bei der *Brigade criminelle,* der Mordkommission der *police judiciaire* in Aix, angestellt. Während sie die kleine Kanne füllte und auf die Herdplatte stellte, fragte sie mit Interesse:

„Und? Was kam raus bei eurer Visite auf dem Hof des Ermordeten? Ohne neue Erkenntnisse hättest du den Jourfixe ja nicht anberaumt."

„Eine ganze Menge! Die Mutter dieses Patrick Pradel hat eine widerliche Schwester, die laufend versucht hat, uns die Arbeit schwer zu machen. Aber das ist nicht das Wesentliche. Schätzen Sie mal, wieviel Geld wir dort gefunden haben?"

„Keine Ahnung. Wohl nicht wenig? Zwanzigtausend?"

Als Papperin den Kopf schüttelte, erhöhte sie:

„Mehr? Fünfzigtausend?"

„Sie erraten es doch nicht. Weit über dreihunderttausend auf der Bank und fast nochmal so viel in bar in seinem Safe - alles in kleinen, alten Scheinen."

„Das muss er sich ergaunert haben. Auf ehrliche Weise kann man nicht so viel Geld verdienen!", entrüstete sich Monique. Papperin stimmte ihr hier voll zu.

„Was mir nicht klar ist", schaute er seine Sekretärin nachdenklich an, „ob und wie seine Mutter da mit drin steckt. Das Bankguthaben hat sie mit den guten Trüffelumsätzen erklärt. Von dem Bargeld im Tresor schien sie genauso überrascht wie wir. Am Anfang, bei meinem ersten Besuch gestern, da war sie völlig abweisend und wollte mich so schnell wie möglich wieder loswerden. Als sie das mit Nia erfahren hat, da hat sie plötzlich eine Kehrtwende gemacht und war freundlich, einfühlsam, fast sogar herzlich zu mir. Sie hat mir alles gezeigt. Nur an die persönlichen Dinge ihres Sohnes wollte sie mich nicht ran lassen. Ganz anders heute. Da hat sie uns auch hierbei voll unterstützt - im Gegensatz zu ihrer widerborstigen Schwester."

„Und? Was schießt du daraus?"

„Jetzt ist mir nicht klar: Ist sie so ahnungslos, oder steckt sie voll in den krummen Machenschaften ihres Sohnes mit drin. Dann ist mir ein noch schlimmerer Verdacht gekommen: Hat sie vielleicht was mit dem Tod ihres Sohnes zu tun. Das viele Geld! Wenn er stirbt, bevor er heiratet, dann gehört das alles ihr. Danach würde es seine Frau bekommen. Glauben Sie, eine Mutter ist zu sowas fähig?"

„Jean-Luc, so kenne ich dich gar nicht. Du bist doch sonst immer so gutgläubig. Und jetzt hältst du es plötzlich für möglich, dass eine Mutter ihren einzigen Sohn wegen Geld umbringt. Nein, das halte ich für ausgeschlossen. Eine Mutter, noch dazu von hier, aus der Provence, unmöglich! Dazu sind die Familienbande der Provenzalen zu stark."

„Woher wollen Sie wissen, dass die von hier ist?"

„Erstens der Hof. Welcher Zugereiste würde sich derart in der Einsamkeit niederlassen, um Trüffel zu züchten?"

„Och, da gibt es schon einige. Ausrangierte Manager zum Beispiel."

„Schon, aber die kaufen sich in der Regel ein Weingut, im Medoc oder in Burgund. Aber nicht hier. Aber vor allem der Name: Wer seiner Tochter einen so uralten provenzalischen Namen wie Mirèio gibt, der muss hier verwurzelt sein. Denk doch, die Frau ist über sechzig. Damals war das noch nicht in Mode, mit alten exotischen Namen zu prahlen."

„Sie meinen also, ich kann die Mutter von meiner Liste streichen?"

„Ja, Nein! Aber du solltest sie ganz weit hinten ansiedeln. Ah, jetzt kommen die anderen. Ich geh die Herdplatten einschalten."

Als alle eingetroffen waren, Platz genommen hatten und mit frischem, heißem Espresso versorgt waren, berichtete zunächst jeder, was er an diesem Tag an Neuigkeiten herausgefunden hatte. So erfuhr Papperin von dem zerstörten Elektrozaun und dem Hass, den der Trüffelbauer Damien Valbonne auf den Ermordeten hatte und dass dieser einmütig von allen befragten Personen für einen Trüffeldieb gehalten wurde. Auch dass Pradel mit seinen günstigen Preisen alle interessanten Kunden an sich gezogen hatte, zu Lasten der Umsätze der restlichen Trüffelzüchter, kam zur Sprache. Papperin selbst erzählte von den Geld- und Schmuckfunden, die sie auf dem Hof des Ermordeten gemacht hatten. Jeannine steuerte zum Schluss noch ihre Eindrücke von der Verlobten des Mordopfers bei.

„Ich fand sie eigentlich ganz sympathisch. Eine sehr schöne Frau, mit sinnlicher Ausstrahlung ..." Sie dachte kurz nach, um dann hinzuzufügen: „Soweit ich das als Frau überhaupt beurteilen kann. Als sie vom Mörder ihres Verlobten sprach, ist sie plötzlich emotional ausgeflippt und hat ihn mit vulgären Ausdrücken beschimpft – sowas Derbes habe ich noch nicht oft gehört. Das hat mich dann doch etwas gewundert."

Papperin fasste die Berichte zusammen.

„Jetzt haben wir eine ganze Reihe von Motiven für den Mord. Ganz allgemein hat wohl jeder der Trüffelzüchter, der von Partrick Pradel bestohlen bzw. um seine Umsätze gebracht wurde, einen Grund sich zu rächen. Ob das als Mordmotiv ausreicht? Dazu müssen wir jeden einzelnen genau unter die Lupe nehmen. Das eindeutig stärkste Motiv hat der Bauer mit dem zerstörten Elektrozaun, dieser ..."

„Damien Valbonne"

„Dem werden wir gleich morgen gründlich auf den Zahn fühlen. Das übernehme ich. Jetzt zu den Schmuckstücken. Ich glaube, wir können hier von Raub, zumindest von Diebstahl ausgehen. Das heißt, es gibt eine unbestimmte Anzahl von potenziellen Tätern. Ein bloßer Diebstahl ist als Mordmotiv eher unwahrscheinlich. Aber wenn dem ein Raubüberfall zugrunde liegt, könnte das ein starkes Motiv sein. Wir müssen uns also die aktenkundigen Raub- und Diebstahlfälle der letzten Zeit vornehmen. Stellt sich nur die Frage, in welchem Umkreis. Nur im Departement? In der Region PACA, im gesamten Midi? Guy-deux, machen Sie das bitte. Sie dürften das am schnellsten hinkriegen mit Ihren Computerkenntnissen. Welchen Personen wurden diese Schmuckstücke geraubt bzw. gestohlen? Mir ist leider nicht bekannt, ob es hierzu nach Regionen untergliederte Dateien gibt. Aber das finden Sie wahrscheinlich schnell heraus. Sie haben ja schon viel größere Probleme mit Ihren Computern gelöst. Außerdem sollten Sie sich auf die wirklich schwerwiegenden Fälle konzentrieren, auf solche, bei denen es Personenschäden gegeben hat, zum Beispiel Raubüberfälle mit schwerverletzten Opfern, oder Raub in Verbindung mit sexuellen Delikten, Vergewaltigungen usw. Solche Opfer sind von Interesse und natürlich auch ihnen nahestehenden Personen. Die Alibis dieser Personen müssen dann von uns überprüft werden."

Der angesprochene Guy-deux machte keinen sehr begeisterten Eindruck. In Archiven nach alten Fällen zu wühlen, war nicht gerade seine Lieblingsbeschäftigung.

„Nun zu dem Bargeld, das wir gefunden haben", setzte Papperin seine Suche nach Mordmotiven fort. „Hier tappen wir völlig im Dunkeln. Mal abgesehen von dem eher unwahrscheinlichen Fall, dass es sich um ehrlich verdientes und versteuertes Geld handelt, könnte es von einem Raub oder einem Diebstahl stammen. Hier haben wir so gut wie keine Chance, auf mögliche Täter zu stoßen. Anders als Schmuck lassen sich gebrauchte Geldscheine schwerlich identifizieren. Wer notiert sich schon die Seriennummer jedes Scheines."

„Und was, wenn er jemanden erpresst hat und das Geld daher kommt?"

„Sie haben Recht, Claude, auch das ist möglich. Eine Erpressung durch Mord zu beenden wäre ein sehr starkes Motiv. Nur haben wir hier keine Chance. Erpressungsopfer gehen nicht zur Polizei und erstatten Anzeige."

„Wer erbt das eigentlich alles?", fragte François Legrand, der sich bisher völlig aus der Diskussion herausgehalten hatte. „Das ist doch eine ganze Menge Kohle, die der Pradel da angesammelt hat. Bankkonto, Bargeld, der Porsche, die Harley, vermutlich gehört ihm auch noch das Anwesen, oder wenigstens ein Teil davon."

„Ich schätze mal, die Mutter", stellte *brigadier* Malmotte als Vermutung in den Raum. „Das ist soweit wir wissen seine einzige Verwandte."

„Du vergisst seine Tante, die Schwester seiner Mutter, diese Cathérine Morton", meinte Jeannine, die das unhöfliche, abweisende Benehmen der Frau noch in schlechter Erinnerung hatte.

„Aber die erbt doch nichts. Nach der gesetzlichen Erbfolge erben der Ehegatte und die Kinder zu gleichen Teilen. Wenn es die nicht gibt, dann erben die Eltern, dann die Großeltern. Tanten und Onkel erben nur, wenn es die einzigen Verwandten sind, sonst kriegen die nichts." Guy Malmotte kannte sich im Erbrecht aus eigener Erfahrung aus. „Da der Tote weder Frau noch Kinder hatte, erbt seine Mutter als Alleinerbin."

„Es sei denn, er hat ein Testament gemacht", widersprach Guy Debordeau.

„Dann greift aber die *réserve héréditaire*. Wenn er nahe genug verwandt ist, dann hat der Enterbte einen Pflichtteilsanspruch", dozierte *brigadier* Malmotte. „Vor ein paar Jahren habe ich das alles in meiner Familie miterleben müssen. Ihr glaubt gar nicht, wie liebe Verwandte plötzlich zu geldgierigen, hinterhältigen Hyänen werden."

„Dann müssen wir zunächst herausbekommen, ob es ein Testament gibt und was da drin steht. Das wird die Mutter sicher wissen", beendete Papperin diesen Punkt. Dann fiel ihm noch etwas ein:

„Bei der Leiche war doch ein Handy. Unsere Techniker haben das zur Auswertung mitgenommen. Haben die schon was rausbekommen?"

„Ja, ich habe mit denen telefoniert und sie haben mir eine Aufstellung der Telefonate geschickt", meldete sich Claude Lavalle und schob eine Liste zu seinem Chef hinüber.

„Die meisten Gespräche hat er mit einer Cloé Blanchard geführt."

„Seine Verlobte", warf Jeannine ein.

„Dann hat er öfter mit *La Chênaie* telefoniert, seinem Zuhause. Wahrscheinlich hat er mit seiner Mutter gesprochen. Außerdem sind da noch eine Handvoll Frauennamen. Lauter Handynummern, leider fangen die alle mit 06 an und sind nicht wie die Festnetznummern nach Regionen und Orten geordnet. Das heißt, wir wissen nicht, wo die Damen sitzen."

Lieutenenat Lavalle las die Namen vor: „Céline Delaporte, Stéphanie Coutons, Nicole Franchi, Thérèse Novellin, Viviane Tinteau. Und dann sollen noch eine Menge Fotos auf dem Handy gespeichert sein, außerdem seine gesamte E-Mail-Korrespondenz. Ob sie die ausdrucken sollen, haben sie mich gefragt."

„Am Einfachsten ist es, wenn sie uns das Handy geben. Und natürlich die PIN. Wo haben sie die übrigens her?", fragte Papperin. „Wahrscheinlich stand sie auf der Liste, die wir in der *bastide* gefunden haben", beantwortete Papperin seine Frage selbst.

„Kümmerst du dich um die Damen, Jeannine? ... Danke!" Papperin wandte sich wieder *lieutenant* Lavalle zu: „Wer steht sonst noch auf der Telefonliste?"

„Dann ist noch eine Reihe von Restaurants und *traîteurs* aufgeführt. Da ging es wohl um den Verkauf oder die Lieferung seiner Trüffel. Jetzt kommt was Interessanteres", Claude Lavalle blickte um Aufmerksamkeit heischend in die Runde. „Ein paar Mal hat er mit einem Bekannten von uns, das heißt von der Polizei, telefoniert. Luc Lemaire heißt der, vorbestraft wegen Einbruchs- und Sexualdelikten. Er hat bereits einige Male eingesessen und ist erst vor kurzem wieder entlassen worden."

„Um den müssen wir uns sofort kümmern", unterbrach Papperin.

„Da sind wir schon dabei. Ich lasse gerade nach seinem derzeitigen Aufenthalt nachforschen. Seine behördlich gemeldete Wohnadresse gibt es nämlich nicht – es ist ein Abbruchgrundstück in einem Marseiller Vorort: Saint Just."

„Gut. Bleiben Sie bitte dran. Das könnte eine heiße Spur sein", sagte Papperin und wandte sich dann an den IT-Spezialisten seiner Mannschaft:

„Guy-deux, haben Sie sich schon mit dem Laptop unserer Leiche befassen können?"

„Ich war gerade dabei, dann kam dieser Besprechungstermin dazwischen. Ich setze mich gleich wieder daran, kann aber nicht sagen, wie lange es dauern wird. Passwörter zu knacken ist eine knifflige Angelegenheit."

„Gut! Dann wissen wir, was wir zu tun haben: Jeannine, du besorgst dir das Handy und befragst die Damen. Claude, Sie bleiben an diesem Lemaire dran. Guy-deux, Sie suchen in den Archiven nach Raubüberfällen und Diebstählen, von denen unsere Schmuckstücke kommen könnten. Und natürlich der Laptop! Ich sehe mir diesen Damien Valbonne an. Und Sie beide, Guy und François nehmen sich die Trüffelzüchter vor, mit denen wir noch nicht sprechen konnten und die, deren Alibi noch unklar ist. Nächster Jour-fixe: Morgen, wieder um 16 Uhr. Bis dahin gibt es hoffentlich mehr Klarheit. Vor allem dürften dann auch die Ergebnisse der Kollegen vorliegen, die das Anwesen *La Chênaie* heute filzen. *Allez, au travail, mes chers collègues et à demain!*"

Kapitel 5
Lauter neue Mordmotive

Donnerstag, 28.Januar

Bevor sich *commissaire* Papperin auf den Weg machen konnte, um sich mit dem Trüffelzüchter zu unterhalten, dessen Elektrozaun von Patrick Pradel zerstört worden war, musste er noch einige unaufschiebbare Dinge im Kommissariat erledigen. Die Bürokratie forderte ihren Tribut. Ihm war zwar nicht klar, welchen Nutzen es bringen sollte, wenn er durch den Papier- und Formularkrieg von seinen eigentlichen Aufgaben, Verbrechen aufzuklären und die Täter aufzuspüren und dingfest zu machen, abgehalten wurde. Andererseits mussten auch diese Arbeiten erledigt werden. Das war der Tribut, den er für seine letzte Beförderung zum *commissaire divisionnaire* zahlen musste. Es war eine unvermeidliche Regel: Je höher man in der Polizeihierarchie aufstieg, desto weniger hatte man mit der Ermittlungsarbeit vor Ort zu tun. Zum Glück hatte er Monique, die sich in diesen Dingen bestens auskannte und ihm die meiste Arbeit abnahm. Aber unterschreiben musste selbstverständlich er die Dokumente. Und manches wollte er sich auch gar nicht vorformulieren lassen, zum Beispiel Personalbeurteilungen, die in längeren, aber regelmäßigen Zeitabständen von Paris angefordert wurden.

Er hatte gerade den Antrag auf die Beförderung seines Stellvertreters Claude Lavalle vom *lieutenant* zum *capitaine de police* unterschrieben, als es klopfte und eben dieser Claude Lavalle mit einem „darf ich kurz stören" den Raum betrat.

„Chef, ich habe etwas zu Luc Lemaire rausgefunden. Sie hatten mich doch beauftragt, hier weiter zu recherchieren. Also der Lemaire ist Anführer einer Motorrad-Gang. Und jetzt raten Sie, welcher?"

Papperin, der ahnte um welche Biker-Bande es sich handelte, wollte seinem *lieutenant* den Überraschungseffekt nicht verderben."

„Keine Ahnung. Vielleicht die Hells-Angels. Das würde passen, eine kriminelle Motorrad-Rockerbande. Und in welcher Untergruppe? Wahrscheinlich Marseille."

„Nein, nicht diese weltweite Organisation, viel kleiner. Die *Motards Furieux de Provence*!"

Lavalle schaute seinen Chef erwartungsvoll an. „Dieselbe Gang, bei der auch unser Ermordeter Mitglied war! Dann habe ich weiter gesucht und in unseren elektronischen Archiven gestöbert. Auf dem Konto der *Motards Furieux* steht eine Reihe von kriminellen Delikten: Einbrüche, Überfälle, Vergewaltigungen. Einige sind aufgeklärt und die Täter verurteilt - so wie unser Lemaire. Bei den meisten besteht zwar ein dringender Verdacht, aber es fehlen Beweise."

„Dann können wir wohl unterstellen, dass unser Patrick Pradel bei manchen dieser Verbrechen mitgemacht hat. Und das Geld und der Schmuck, die wir bei ihm gefunden haben, stammen von daher und sind sein Anteil an der Beute. Gute Arbeit, Claude!", lobte Papperin seinen Mitarbeiter. „Jetzt müssen wir als nächstes rausfinden, ob sich daraus ein Mordmotiv ableiten lässt und falls ja, welches? Rache eines der Verbrechensopfer?"

Die Tür zu Papperins Vorzimmer öffnete sich einen Spalt und Monique steckte ihren Kopf herein.

„Jean-Luc, Madame Pradel, die Mutter eurer Leiche, ist gekommen und will dich unbedingt sprechen. Darf ich sie reinbitten?"

Noch ehe Papperin etwas sagen konnte, drängte sich die kleine, drahtige Person an der Sekretärin vorbei ins Zimmer.

„*Bon jour, monsieur le commissaire.* Ich muss Sie unbedingt sprechen", begrüßte sie den Kommissar. Papperin bot ihr mit einer Handbewegung den Besucherstuhl vor seinem Schreibtisch an.

„Was führt Sie zu uns?", fragte er.

„Das ist so", begann sie und betrachtete angestrengt die in ihrem Schoß gefalteten Hände. „Es hat mir keine Ruhe gelassen. Das viele Geld und der Schmuck. Ich habe die ganze Nacht nachgedacht und gegrübelt. Kein Auge habe ich zugetan. Aber jetzt weiß ich, was ich tun muss. Ich wollte Sie erst anrufen, dachte aber dann, es wäre besser, direkt mit Ihnen zu sprechen. Deswegen bin ich zu Ihnen nach Aix gekommen."

Papperin fragte sich, ob sie dazu den Cayenne genommen hatte, oder die Harley? Aber er verwarf diesen Gedanken sofort wieder. Beide Fahrzeuge passten nicht zu ihr. Wahrscheinlich hatte sie sich den himmelblauen Smart ihrer Schwester ausgeliehen. Oder Frau Morton hatte sie hergebracht.

„Ich will Ihnen alles sagen." Madame Pradel blickte auf und schaute dem Kommissar treuherzig in die Augen. Papperin forderte seinen Mitarbeiter mit einer Handbewegung auf, zu bleiben, als der den Raum verlassen wollte.

„Was wollen Sie mir sagen?", wandte er sich wieder seiner Besucherin zu.

„Ich weiß, woher das Geld, die Münzen und der Schmuck stammen." Sie zögerte, schwieg eine Weile, gerade so, als ob es ihr unangenehm wäre, laut zu auszusprechen, was sie sich vorgenommen hatte.

„Sagen Sie, was Ihnen auf der Seele liegt", forderte Papperin sie auf. „Ihrem Sohn können Sie damit nicht mehr schaden. Der ist tot."

„Also, Patrick hat zweifach Schuld auf sich geladen", begann sie stockend. „Er ... er hat seine Kollegen betrogen, bestohlen."

„Die Trüffelzüchter, ich weiß", warf Papperin ein.

„Unser Trüffelhain hätte nie so viel hergegeben", gestand sie. „Und er hat unsere und die gestohlenen Trüffel verkauft - zu Sonderpreisen. Damit hat er alle großen Kunden für sich gewonnen. Auf diese Art hat er eine Menge Geld verdient. Erst wenn unsere Trüffel alle verkauft waren, haben sich die bei den anderen Trüffelbauern eingedeckt. Oft sind sie dann auf ihren Beständen sitzen geblieben. Weil, unendlich ist die Nachfrage nach den schwarzen Wintertrüffeln auch wieder nicht."

„Das betrifft das Guthaben bei der *Société Générale*, wir haben uns so etwas schon gedacht", nickte Papperin bestätigend. Es entstand eine längere Pause, in der sich Papperin fragte, weshalb ihr Sohn sich die Arbeit gemacht hatte, einen Stand auf dem Wochenmarkt zu betreiben. Dort waren mit Sicherheit keine großen Umsätze zu erzielen. Er äußerte diese Frage und erhielt als Antwort:

„Also erstens hat er keine Gelegenheit ausgelassen, um Geld zu verdienen. Aber das war nicht der eigentliche Grund. Es machte ihm Spaß, die anderen *truffiers* zu ärgern. Und das taten die, wenn sie ihn als Konkurrenten auch noch auf den Märkten antrafen."

„Wirklich kein sehr sympathischer Charakter", dachte sich Papperin zum wiederholten Mal, während er die Frau anschaute. Dann kam er auf den eigentlichen Anlass ihres Besuches zurück:

„Sie sagten, er habe zweifache Schuld auf sich geladen?" Mit einem fragenden Blick forderte er sie auf, weiter zu sprechen.

„Ja, Sie haben doch das Plakat mit seinen Motorradfreunden gesehen, das über dem Arbeitstisch in der *bastide* hängt." Wieder stockte sie.

„Also, das sind keine Freunde. Verbrecher sind das. Die haben mit ihren Motorrädern regelrechte Raubzüge unternommen. Angefangen hat es mit Handtaschen, die sie im Vorbeifahren den Damen aus der Hand oder von der Schulter gerissen haben. Später haben sie sich auf Einbrüche in Villen verlegt."

Erneut schwieg sie und blickte auf die Hände in ihrem Schoß.

„Mir war das alles nicht Recht. Ich habe ihn immer wieder bekniet, damit aufzuhören. Aber das geht nicht, hat er gesagt. ‚Die lassen mich nicht los. Und wenn ich aussteige', hat er gesagt, ‚dann rächen die sich.' Verstehen Sie, *monsieur le commissaire,* deshalb wollte er nicht damit aufhören."

Nach einer erneuten Stille, die nur durch das Knacken ihrer Fingergelenke unterbrochen wurde, die sie nervös knetete, fuhr sie fort:

„Aber letztendlich habe ich ihn überzeugt oder besser: überredet. ‚Wir verdienen mit den Trüffeln so viel ', habe ich ihm gesagt, ‚da brauchst du das Geld aus deinen Einbrüchen doch gar nicht.' Irgendwann hat er gesagt, dass ich Recht habe und dass er mit seinen Kumpels, so hat er sie immer genannt, reden wolle. Ob er es schon getan hat, weiß ich aber nicht."

„Doch, das hat er", dachte Papperin. Zumindest nahm er das sehr stark an. Vermutlich ging es in den Telefonaten, die Patrick Pradel in der letzten Zeit mit dem Gangboss Luc Lemaire geführt hatte, genau darum. Das musste zwar noch überprüft werden, aber Papperin war sich hier ziemlich sicher.

„So, jetzt habe ich Ihnen alles gesagt. Ich hätte das gerne schon viel früher getan, aber dann wäre er ins Gefängnis gekommen. Und das wollte ich nicht. Er ist doch mein Sohn, mein einziges Kind! Jetzt verstehen Sie vielleicht auch, warum ich Sie vorgestern nicht an seine persönlichen Dinge ran lassen wollte. Damals hatte ich noch nicht realisiert, dass jetzt alles egal ist, weil er nicht mehr lebt."

Man sah der Frau an, wie schwer es ihr fiel, schlecht über ihren Sohn zu reden, vor den Polizisten zuzugeben, dass er Straftaten begangen hatte. Papperin hatte Mitleid mit der Frau. Menschlich konnte er ihr Verhalten voll verstehen, aber als Polizeibeamter durfte er sich davon nicht beeinflussen lassen. Wie Monique glaubte auch er nicht, dass die Frau etwas mit dem Mord an ihrem Sohn zu tun hatte. Aber ganz ausschließen durfte er das auch nicht. Schließlich zog sie voraussichtlich großen finanziellen Vorteil aus Pradels Tod. Papperin dachte an das viele Geld, das sie im Anwesen *La Chênaie* gefunden hatten. Wenn es ihnen nicht gelang, den Nachweis für die kriminelle Herkunft dieses Vermögens zu führen, dann würde Madame Pradel alles erben. Möglicherweise sogar noch mehr, falls es noch weiteres, bisher unentdecktes Vermögen geben sollte.

„Wissen Sie, ob Ihr Sohn ein Testament gemacht hat?"

Die Frage kam von Claude Lavalle und brachte Papperins Überlegungen auf den Punkt. Madame Pradel schaute die beiden Beamten erstaunt an.

„Nein, davon weiß ich nichts. Aber das glaube ich wirklich nicht. Das braucht er auch gar nicht. Als seine nächste Verwandte würde ich ohnehin alles erben, es sei denn, er heiratet." Erneut schien sie vergessen zu haben: Ihr Sohn war bereits tot und sie war die Erbin - falls es wirklich kein anderslautendes Testament gab. Plötzlich kam ihr das wieder in den Sinn, denn sie sagte nachdenklich: „Aber heiraten kann er sie jetzt ja nicht mehr."

Ganz offensichtlich war sie sich nicht bewusst, dass sie sich mit dieser Aussage selbst ein Motiv für den Mord gegeben und sich in den Kreis der Verdächtigen eingereiht hatte. Aber Papperin gab Monique Recht, die die Mutter vorhin ganz ans Ende der Liste der Verdächtigen gesetzt hatte.

„Für Cloé ist das alles sehr tragisch. Sie hatte eigentlich nur Patrick. Und jetzt fällt sie voll ins Leere, weil sie hat ja nichts. Die Heirat von den beiden wäre so ideal gewesen. Patrick war vernarrt in sie, er trug sie auf Händen und sie wäre die ideale Frau für ihn gewesen, sie liebt ihn. Ich werde sie unterstützen müssen, finanziell, auch wenn Cathérine etwas dagegen haben wird. Meine Schwester", erklärte sie. „Sie haben sie ja kennengelernt." Wieder schwieg sie und schaute abwechselnd den Kommissar und seinen *lieutenant* an. Dann nahm sie ihre Handtasche und stand auf.

„Jetzt habe ich Ihnen alles gesagt. Hoffentlich hilft es Ihnen, den Mörder von Patrick zu finden. So, aber nun muss ich gehen. Cathérine wird sicher schon ungeduldig. Sie wartet im Auto auf mich. *Au revoir, monsieur le com-*

missaire!" Mit einem Nicken zu Claude Lavalle und einem erneuten *au revoir* verließ sie eilig das Zimmer.

„Jetzt haben wir ein neues Motiv und einen weiteren Kreis von Verdächtigen", meinte Papperin, als die Tür hinter der Frau wieder ins Schloss gefallen war.

„Klassische Bandenhinrichtung, wie bei der Mafia", stimmte *lieutenant* Lavalle zu. „Die *Gang* der *Motards Furieux* rächt sich an einem Abtrünnigen. Wahrscheinlich haben die sich gedacht, er begibt sich unter den Schutz der Kronzeugenregelung und sie wandern alle in den Knast. Da haben sie ihn vorher lieber umgebracht."

„Und die Art des Mordes passt auch genau: Im Vorbeifahren erschossen, von einer schweren Maschine aus. Schade, dass keiner der Augenzeugen gesehen hat, ob auf der Jacke des Fahrers das Emblem der *Motards Furieux* aufgedruckt war", bedauerte Papperin.

„Oder auf dem Helm", ergänzte Claude.

Mit Schwung wurde die Tür geöffnet und Jeannine stürmte herein. Sie schwenkte ein kleines schwarzes Ding in der Hand.

„Ich hab mir das Handy von der Technikabteilung geholt. Es sind ein paar tolle Fotos drauf." Sie wischte mit dem Zeigefinger ein paarmal über das Display. „Da, wie beim Playboy! Das ist was für euch Männer, zum Aufgeilen!" Sie reichte das Gerät ihrem Kollegen Claude, der durch das Fotoalbum blätterte, während Papperin über seine Schulter mitschaute. Ab und zu kam ein Selfie, auf dem der Ermordete sich mit einer Frau fotografiert hatte. Dazwischen waren lauter Bilder, die die Damen von den Selfies in nahezu unbekleidetem Zustand und aufreizenden Posen zeigten.

„Wenn das seine Verlobte gesehen hätte, dann wäre es wahrscheinlich Schluss gewesen mit den Hochzeitsplänen", meinte Jeannine.

„Oder sie hat die Fotos gesehen und nicht nur die Hochzeit abgesagt", dachte Papperin, „sondern ihren fremdgehenden Bräutigam gleich mit beseitigt." Er stellte diese Überlegung zur Diskussion und informierte Jeannine von der Aussage der Mutter über das Verhältnis zwischen Cloé und dem Ermordeten.

„Das glaube ich nicht", widersprach Jeannine. „Das hätte einen Eklat gegeben. Sie hätte ihn zur Rede gestellt, die beiden hätten gestritten. Das hätte die Mutter mit Sicherheit mitbekommen. Und letztendlich hätten wir das auch erfahren."

„Aber der Mörder könnte durchaus eine Frau sein. Schwarze Bikerkluft und Integralhelm - kein Mensch konnte erkennen, ob nicht doch diese Cloé drin steckte." Claude Lavalle fand Papperins Überlegung gar nicht so abwegig.

„Aber nicht die Blanchard", erhob Jeannine Einspruch. „Sie wird doch nicht ihren Gönner umbringen. Er hat sie ausgehalten und sie war finanziell von ihm abhängig. Das hast du doch gerade eben gesagt", begründete sie mit Blick auf Papperin. „Wenn sie ihn geheiratet hätte, dann hätte sie ohnehin alles geerbt. Also wenn schon, dann hätte sie erst die Hochzeit abwarten und ihn dann erschießen müssen. Diese Cloé können wir ausschließen, glaube ich!"

„Und wie ist es mit den anderen Frauen? Wenn eine von denen mitgekriegt hat, dass sie nicht die einzige ist, dann könnte sie ihn doch ... aus Eifersucht ...?", warf Claude ein.

„Denkbar ist das, aber ist es wahrscheinlich?" Papperin glaubte nicht an diese Lösung. „Trotzdem müssen wir auch diese Möglichkeit im Auge behalten. Jeannine, bitte kümmere du dich darum!", beendete er die Diskussion um die Liebschaften des Ermordeten. „Viel plausibler scheint mir die Sache mit den *Motards Furieux*. Da bleiben Sie dran, Claude!"

Die Besprechung schien zu Ende zu sein, Papperin nahm wieder an seinem Schreibtisch Platz und seine Mitarbeiter schickten sich an, den Raum zu verlassen. Doch unter der Tür blieb Lavalle stehen und wandte sich zu Papperin um:

„Und wenn es doch ein Testament gibt? Dass die Mutter das verneint, ist logisch, denn ohne Testament erbt sie alles. Aber wenn er eines gemacht hat, dann zu Gunsten von jemand anderem."

„Du denkst wieder an Cloé Blanchard?", fragte Jeannine. „Genauso könnte er eine der anderen … ‚Damen' … begünstigt haben. „Aber erstens wissen wir nicht, ob er eins gemacht hat und zweitens kennen wir den Inhalt nicht."

„Dann müssen wir es eben rausfinden", insistierte Claude Lavalle.

„Wie macht man ein Testament? Allein, im stillen Kämmerchen?", überlegte Papperin laut.

„Das wäre im Safe gelegen. Und wenn nicht, dann hätte es seine Mutter gefunden und verschwinden lassen. Also unwahrscheinlich, dass es so ein handschriftliches Dokument gibt bzw. noch gibt. Und ein notarielles Testament? So ein Bauernbursche geht doch nicht zu einem Notar!", mutmaßte Jeannine.

„Im Gegenteil", widersprach Monique, die die unter der offenstehenden Tür stattfindende Diskussion von ihrem Schreibtisch aus aufmerksam verfolgt hatte. „Wenn es wasserdicht sein soll, dann gehen die zum Notar. Gerade die Bauern. Glaub mir, ich kenne die Mentalität der Leute auf dem Land! Aber ihr solltet als erstes diese Cloé fragen. Wenn er jemandem etwas gesagt hat, dann wohl ihr."

„Ich fahre jetzt zu dem Bauern mit dem Elektrozaun", verkündete Papperin. „Können Sie mitkommen, Claude?"

Der *lieutenant* druckste etwas herum. Schließlich sagte er: „Ja, aber…"

„Was ist?", fragte Papperin.

„Es geht schon. Ich muss nur etwas organisieren. Eigentlich sollte ich heute Mittag unsere Tochter von der Schule anholen. Dann muss meine Frau eben doch aus ihrer Arbeit …"

„Nein, lassen Sie!", stoppte ihn Papperin. „Die Familie ist wichtig, viel wichtiger als der Besuch bei einem möglichen Tatverdächtigen." Jean-Luc Papperin war auch in einer glücklichen Familie aufgewachsen. Und seit je hatte er sich nichts sehnlicher gewünscht, als eine eigene Familie zu haben, ein harmonisches Leben mit Frau und Kindern zu führen. Er bereute bitter, dass sie bisher ihrer Karriere den Vorrang gegeben hatten, Nia und er. Und als sie beruflich alles erreicht hatten, kam dieser Schicksalsschlag dazwischen und machte alles hinfällig. Er hatte sich damit abzufinden, ohne Frau und Kinder weiter zu machen. Selbst die größten beruflichen Erfolge würden diese Lücke niemals wettmachen. Aber wenigstens konnte er dazu beitragen, das Familienleben seiner Mitarbeiter zu schonen und zu schützen.

„Kein Problem! Ich mache das alleine."

„Wenn du willst, kann ich mitkommen", bot Jeannine ihrem Chef an.

***

„Ich bin gespannt, ob der mit einem Alibi aufwarten kann", meinte Jeannine, nachdem sie eine Zeit lang schweigend auf der A8 nach Osten gefahren waren.

„Neben unseren Motorradbanditen hatte er das stärkste Motiv, den Pradel umzubringen. Mal sehen, was er zu sagen hat", antwortete Papperin. „Schon ein starkes Stück, die Ernte einer ganzen Saison kaputt zu machen. Da muss schon gewaltiger Hass im Spiel sein."

„Wenn der Valbonne ihn tatsächlich mit seinem Schrotgewehr getroffen hat, dann wird sich beim Pradel schon einiges an Rachegelüsten aufgestaut haben. Gut, wenn ich ein Mann und in seiner Lage gewesen wäre", überlegte Jeannine, „dann hätte ich ihm wahrscheinlich aufgelauert und ihn nach allen Regeln der Kunst verprügelt. Aber sich so zu rächen und ihn in den Ruin zu treiben, mit dem Elektrozaun und den Wildschweinen, das ist schon perfide!"

„Schauen wir mal, was er zu sagen hat", murmelte Papperin, während Jeannine das Auto in die Ausfahrt nach Saint Maximin lenkte. Das Polizeifahrzeug nahm an der Zahlstelle die Fahrspur der *télépéage* und konnte so ohne anzuhalten durchfahren. Weiter ging es auf der Landstraße D-560 nach Norden. Sie kamen an dem malerisch auf einem Hügel thronenden Ort Seillons Source d'Argens vorbei, durchquerten das mittelalterliche Städtchen Brue-Auriac. Die *départementale № 560* schlängelte sich durch das idyllische Vallon de Font Taillade bis sie schließlich Barjols erreichten. In der früher von Gerbereien geprägten Arbeiterstadt hatte sich mit der Zeit eine nicht unbedeutende Künstlerkolonie angesiedelt. Entsprechend bunt war das Leben um den Marktplatz. Sie umfuhren den riesigen Platz mit seinem moosbewachsenen Brunnen. Jeannine folgte den Anweisungen des Navis, das den kürzesten Weg zum Trüffelgebiet in der Gegend um Aups anzeigte. Die schmalen Landsträßchen zwangen sie, etwas langsamer zu fahren. Als Papperin tief einatmete und leise seufzte, fragte sie besorgt: „Ist dir nicht gut? Soll ich langsamer fahren? Oder anhalten?"

„Nein, nein, es ist nichts." Und nach einem kurzen Schweigen: „Ich habe nur daran denken müssen, bei einem unserer letzten Ausflüge haben wir dort oben", er deutete auf ein an den Felsen klebendes Nest „in Moissac-Bellevue in einem netten Lokal gegessen."

„Sie fehlt dir sehr, deine Nia. Du kommst nicht drüber hinweg, oder?"

„Ja, es ist schon Scheiße! Es hätte alles so schön werden können. Und plötzlich so ganz allein, ohne Familie. Irgendwie zweifelt man am Sinn des Lebens."

Jeannine sah, wie seine Augen feucht wurden. Tröstend legte sie ihren rechten Arm um seine Schulter. Unwillkürlich zog sie ihn zu sich hin, bis sein Kopf an ihrer Brust ruhte.

„Aber du bist doch nicht allein. Du hast deine Mutter, die Ölmühle ist dein Zuhause. Und auch wir im Kommissariat, wir sind doch auch wie eine Familie, mehr als nur Kollegen."

„Ach Jeannine!"

Sie bremste hart und steuerte das Fahrzeug in einen Feldweg.

„Komm, lass dich trösten!" Sie drehte seinen Kopf zu sich und drückte ihre Lippen auf seinen Mund. Zuerst ganz leicht und zärtlich. Dann fest. Sie spürte, dass er ihren Kuss erwiderte.

Plötzlich, wie auf ein Kommando ließen sie voneinander ab.

„Das wollten wir doch eigentlich nie mehr?“, schreckte er hoch.

„Aber es musste sein“, rechtfertigte sie ihr Vorgehen.

Schweigend saßen sie eine Weile nebeneinander und schauten sich in die Augen.

„Lass uns weiter fahren“, sagte sie und legte den Rückwärtsgang ein.

***

Das Anwesen des Trüffelzüchters Damien Valbonne lag weit abseits von den größeren Durchgangsstraßen mitten in den Hügeln südlich vom Lac de Sainte Croix, dem riesigen Stausee, der von den Wassern des Flusses Verdon gespeist wird, der sich am Nordende des Sees aus dem wild zerklüfteten Grand Canyon du Verdon kommend, in den meist türkisblauen See ergießt. Im Gegensatz zur *bastide* des Mordopfers, legten die Besitzer hier offensichtlich Wert auf eine gut instand gehaltene und breite Zufahrtstraße, die nicht nur ordentlich gekiest, sondern rechts und links von einer schier endlosen Reihe von Zypressen eingerahmt war und bis vor das große ockerfarbene Wohnhaus führte. Das Gehöft machte einen sehr sauberen, gepflegten Eindruck. Jeannine lenkte das Polizeifahrzeug an zwei größeren Gebäuden aus unverputzten Natursteinen vorbei, die wohl als Lagerräume dienten, bis vor das Wohngebäude. Sie parkte das Auto in einer Lücke zwischen einem Traktor und einem schmutzverkrusteten Motorrad. Offensichtlich war ihr Kommen bereits bemerkt worden, denn im selben Moment, in dem Papperin aus dem Auto stieg, öffnete sich die Haustüre, ein junger Mann trat heraus und kam ihnen entgegen. Kaum stand der Kommissar neben dem noch offenen Auto, als zwei wild aussehende braune Köter herbeigeprescht kamen und erst unmittelbar vor seinen Füßen so abrupt Halt machten, dass der Kies, den sie bei diesem Bremsmanöver zum Aufspritzen brachten, auf seine Schuhe niederprasselte. Dabei gaben sie abwechselnd tiefe, drohende Knurrlaute und lautes, aggressives Bellen von sich. Papperin wich erschrocken zurück, bis er mit seinen Beinen an den Autositz stieß und dabei fast das Gleichgewicht verloren hätte. Ein schriller Pfiff ließ die Hunde mitten in der Bewegung erstarren. Auf einen zweiten Pfiff hin ließen sie von ihren Drohgebärden ab, machten schwanzwedelnd kehrt und sprangen zu ihrem Herrchen.

„Kommen Sie ruhig, die tun Ihnen nichts!", forderte der junge Mann die beiden Kriminalbeamten auf.

„Dass Hundebesitzer immer glauben, ihre Bestien seien so harmlos", flüsterte Papperin seiner Begleiterin zu. „Dabei steht doch fast wöchentlich genau das Gegenteil in der Zeitung. Kampfhunde fallen Kinder an, Spaziergänger werden von herumstreunenden Hunden gebissen."

Inzwischen hatten sie den unter der Haustür wartenden Mann erreicht und wurden mit einer Frage begrüßt:

„Sind Sie der Kommissar, der sein Kommen am Telefon angekündigt hat?"

Papperin bestätigte dies mit einem Kopfnicken. Er gab dem Mann die Hand und hielt ihm mit der Linken seine Dienstmarke vor die Augen.

„*Commissaire* Jean-Luc Papperin", stellte er sich vor. „Das ist meine Kollegin *brigadier* Dalmasso. Und Sie sind…?"

„Philippe Valbonne. Sie wollen zu meinem Vater? Er ist im Büro!" Ohne eine weitere Aufforderung oder Geste, ihm zu folgen, drehte er sich um und verschwand im Haus. Papperin und Jeannine beeilten sich, hinter ihm her zu kommen. Nachdem sie einen langen Gang durchquert hatten, stieß der junge Mann eine Türe zu seiner Rechten auf und stellte sich breit in die Türöffnung.

„Damien, deux flics pour toi!", kündigte er die beiden Beamten an.

Ein mürrisch gebrummtes „Was wollen die von mir?", klang ihnen entgegen, als sich Papperin und Jeannine an dem kräftigen, muskulösen Mann verbeidrängten, der immer noch breitbeinig in der Tür stand und keinen Schritt zur Seite wich. Schließlich standen sie in dem als Büro bezeichneten Raum. Hinter einem breiten, ausladenden Schreibtisch, der gut seine hundert Jahre auf dem Buckel hatte, saß ein älterer Mann. Dass er der Vater des Jüngeren, immer noch in der Türe Stehenden war, war nicht zu leugnen. Nicht nur, dass man an ihren Gesichtszügen sofort die Verwandtschaft erkannte, nein auch der Körperbau, die breiten Schultern, die muskulösen Arme, die kurzgeschnittenen, wie Borsten in die Höhe stehenden Haare - beim Jüngeren schwarz, beim Älteren grau - die schwieligen, von harter Landarbeit verkündenden Hände, all das ließ die beiden unzweifelhaft als Vater und Sohn erkennen.

„Also? Was wollen Sie von mir?", wiederholte der Ältere seine Frage. Er blickte auf und musterte die beiden Beamten.

„Wir haben ein paar Fragen in Zusammenhang mit dem Mord an Patrick Pradel."

„Ich hab's in der Zeitung gelesen. Geschieht ihm Recht, dem Schweinekerl. Ich hoffe, Sie finden den Täter nie. Das war kein Mörder, sondern ein Wohltäter. Einen Orden sollte der bekommen und nicht in den Knast wandern. Also?"

Er stand auf und kam um den Schreibtisch herum nach vorne. Unmittelbar vor Papperin stoppte er, stemmte beide Hände in die Hüften und schaute dem Kommissar herausfordernd in die Augen.

„Was wollen Sie mich fragen? Ob ich den gemocht habe, den Pradel? ... Nein! ... Aber das wissen Sie ja schon. Der hat bei uns nachts Trüffel gestohlen, dabei habe ich ihn erwischt und ihm eine Ladung Schrot in den Arsch gejagt. Dann hat er sich gerächt und mich fast ruiniert." Er starrte immer noch in Papperins Augen.

„*Dieu merci!* Jemand hat ihn abgeknallt und jetzt ist er verreckt!"

„Das waren nicht zufällig Sie?"

„Ich hätte es gemacht, aber jemand ist mir zuvor gekommen."

„Das behaupten Sie! Haben Sie ein Alibi? Wo waren Sie am Samstagvormittag?"

„Das geht Sie einen Dreck an!", kam die rüde Antwort. Der Bauer wandte sich ab und ging zurück hinter seinen Schreibtisch.

„Mein Vater war hier. Ich kann das bestätigen", kam es aus Richtung der Tür vom Sohn des *truffier*. „Wir haben drüben im Vorratshaus gearbeitet."

„Quatsch, haben wir gearbeitet. Ich war auf der Jagd – auf *sangliers*!", widersprach der Vater seinem Sohn. „Halt du dich da raus!"

„Und? Gibt es dafür Zeugen?"

„Ich brauch keine Zeugen!"

„Das wäre aber besser für Sie!"

Der Sohn schaltete sich eifrig in das Gespräch ein.

„Selbstverständlich gibt es Zeugen, Papa. Jean-Pierre und Lucas können das sicher bestätigen."

Auf Papperins fragenden Blick machte der Sohn genauere Angaben.

„Zwei Nachbarn von uns, Jean-Pierre Levèvre und Lucas Colasse. Die haben ihn am Samstagfrüh abgeholt."

Auf weiteres Nachhaken musste der Sohn zugeben, dass jeder der drei mit seinem eigenen Auto gefahren war. Er konnte auch nicht sagen, wann sein Vater zurückgekommen war. Jeannine notierte die Adressen und Telefonnummern der beiden Jagdgenossen.

„Und wo waren Sie zur fraglichen Zeit?", wandte sie sich an den Sohn.

„Hier!"

„Auf dem Hof? Gibt es dafür Zeugen? Ihre Mutter zum Beispiel? Die würden wir übrigens auch gerne befragen."

Jetzt polterte wieder der Alte dazwischen.

„Es gibt keine Mutter. Ich bin Witwer, meine Frau ist vor vier Jahren gestorben. Philippe und ich", dabei deutete er auf seinen Sohn „wir machen hier alles alleine."

Papperin zuckte etwas zurück. Da waren sie ins Fettnäpfchen getreten. War das harsche, unfreundliche Wesen des Alten nicht eine Abwehrreaktion auf die im Raum stehende Mordanschuldigung, sondern vielmehr auf den nach wie vor nicht verwundenen Tod seiner Frau zurück zu führen, auf die trostlose Tatsache, den Hof ohne sie weiter bewirtschaften zu müssen. Er sah den Mann plötzlich in einem völlig anderen Licht, hatte Mitleid mit ihm. Natürlich gab es ein Motiv für den Mord und der Bauer hatte eine berechtigte Wut auf Pradel. Aber war der Mann wirklich ein Mörder? Irgendwie glaubte er auf einmal nicht mehr so recht daran. Trotzdem, sie mussten weitermachen, Indizien sammeln, Beweise suchen, die seine Schuld oder Unschuld bestätigen konnten.

„Wir werden Ihre beiden Jagdgenossen befragen", kündigte er an, um dann direkt zu fragen:

„Besitzen Sie eine Waffe?"

„Natürlich", raunzte der Mann zurück. „Wie sollte ich denn ohne Waffe auf die Jagd gehen können. Dazu brauche ich Schusswaffen, ein Jagdgewehr für die Wildschweine und eine Schrotflinte für die Vögel."

„Die interessieren uns nicht", unterbrach ihn der Kommissar. „Haben Sie Faustfeuerwaffen? Pistolen oder Revolver?"

„Sie meinen für den Fangschuss, wenn ich mit dem Gewehr nicht richtig getroffen habe? Sowas brauche ich nicht. Wenn ich schieße, dann treffe ich."

„Ich will wissen, ob Sie so eine Waffe besitzen und nicht, ob Sie sie für die Jagd brauchen."

„Nein! Sowas habe ich nicht", kam die klare Antwort des *truffiers*.

„Und die Kawasaki draußen, gehört die Ihnen, können Sie damit fahren?"

„Ich habe sogar einen Motorradführerschein, genauso wie Philippe. Wieso interessiert Sie das?"

„Nur so", wiegelte Papperin ab. „Wir interessieren uns für alles." Dann wandte er sich zu Jeannine um, die mit Block und Kugelschreiber schräg hinter ihm stand.

„Hast du die Adressen und Telefonnummern der Jagdfreunde?" Als sie nickte, meinte er: „Okay, das wäre es für heute. Wir werden sicher wiederkommen. Und falls Ihnen noch etwas einfällt, dann rufen Sie uns an. Hier!" Er gab dem Alten seine Karte.

„Wenn Sie bitte Ihre Hunde zurückhalten, bis wir sicher im Auto sind, wäre ich Ihnen sehr dankbar", bat er den Sohn, verabschiedete sich mit einem Kopfnicken und einem hingeworfenen *au revoir* und verließ mit Jeannine den Raum. Vor dem Haus blieb er kurz neben dem Motorrad stehen und betrachtete es interessiert. „Schwarz", murmelte er. Laut rief er seiner Kollegin über das Autodach zu:

„Jeannine, schau dir das an: Auch wenn es jetzt wegen der Dreckkruste aus Staub, Sand und Erde eher rötlichbraun wirkt, so ist die Grundfarbe eindeutig schwarz."

***

Auf der Rückfahrt nach Aix diskutierten sie über die Aussagen des Alten und seines Sohnes.

„Summa summarum - was denkst du? Ist er unser Täter?", fragte Papperin die sich auf den nachmittäglichen Verkehr konzentrierende Jeannine.

„Also wenn die beiden Jagdgenossen ihm kein wasserdichtes Alibi geben, dann bleibt er einer unserer Hauptverdächtigen. Zwei Dinge sind mir komisch vorgekommen: Erstens das krampfhafte Bemühen des Sohnes, den Verdacht von seinem Vater abzulenken. Und zweitens die Behauptung, sie hätten keine Kurzwaffe. Das kann ich mir bei einem Jäger überhaupt nicht vorstellen. Da sollten wir mit einem Durchsuchungsbeschluss wiederkommen. Ich bin überzeugt, wir finden eine Waffe. Und wenn das alles zusammenkommt, Motiv, kein Alibi, Motorrad und Waffe, dann ist er reif für den Haftrichter."

Eine Weile schwieg Papperin in Gedanken versunken. „Irgendwie tut er mir aber auch leid", sagte er mit ruhiger, nachdenklicher Stimme, die fast im Brummen des Motors unterging. „Er scheint ein ehrlicher Typ zu sein, der mit seiner Meinung nicht hinter dem Berg hält." Noch leiser fügte er hinzu: „Und solche Menschen mag ich - eigentlich!" Trotz der geflüsterten, kaum hörbaren Bemerkung, hatte Jeannine alles verstanden. Aus der Erfahrung der mehrjährigen Zusammenarbeit wusste sie, ihr Chef hatte eine tiefe, untrügliche Menschenkenntnis. Seine Gefühle durfte man nicht einfach so bei Seite schieben. Andererseits war dieser Damien Valbonne ein klassischer Anwendungsfall eines wasserdichten Indizienurteils - wenn, und das musste selbstverständlich akribisch überprüft werden, wenn sich alle Vermutungen und Hinweise erhärteten. Auch davon war sie überzeugt.

Die Dämmerung setzte früh ein. Eigentlich war es noch Nachmittag, aber die Sonne war schon untergegangen. Es war schließlich noch Januar. Die malerische Landschaft, auf der Hinfahrt noch hell vom Sonnenlicht durchflutet, lag jetzt in verschiedenen düsteren Grautönen vor ihnen. Noch hatte Jeannine das Licht nicht eingeschaltet. Das Auto glitt wie ein Schatten durch die langsam hinwegschlummernde Landschaft. Die Konturen der grauen Hügel verschwammen mit dem noch etwas helleren Grau des Himmels. Wenn sie durch eine größere Ebene fuhren und der Blick nicht von Bergen eingeengt wurde, zeigte ein schmaler roter Streifen am Horizont die Richtung an, wo die Sonne verschwunden war.

Sie kamen zu der Kreuzung mit dem Feldweg, wo Jeannine auf der Hinfahrt gehalten hatte. Auch jetzt bremste sie kurz ab, zögerte und trat dann doch das Gaspedal voll durch, so dass der Wagen einen Satz nach vorne machte.

„Du hast ja Recht. Das war vernünftig", seufzte Papperin und legte seine Hand auf ihr rechtes Bein. „Aber anders wäre es schöner."

Als sie endlich in Aix und bei ihrem Kommissariat ankamen, war es stockfinstere Nacht geworden, von der man jedoch in der Stadt kaum etwas merkte. So hell, bunt und flackernd leuchtete die Weihnachtsdekoration, die die Straßenzüge überspannte und Bäume, Strommasten, Fenster und Hauswände verzierte. Ganz offensichtlich hatte es bislang niemand für nötig gefunden, den glitzernden und blinkenden Zierrat zu entfernen.

„Die Stadtverwaltung könnte wenigstens den Strom abschalten, jetzt, wo Weihnachten, Sylvester und Neujahr längst vorbei sind", bemängelte Papperin.

„Irgendwann drehen die den schon ab", meinte Jeannine. „Aber das meiste von dem Zeug, vor allem die Lichterketten in den Bäumen, die lassen sie das ganze Jahr über dran. Am nächsten Weihnachten brauchen sie dann bloß wieder den Strom einzuschalten und schon ist die Weihnachtsstimmung wieder da. Das haben sie letztes Jahr doch auch schon so gemacht. So ersparen sie sich das mühsame Rausfummeln der Elektrodrähte aus dem Geäst. Und sobald die Bäume wieder Blätter tragen sieht man die Kabel eh nicht mehr."

Kapitel 6
Reicht das wirklich für eine Verhaftung aus?

Freitag, 29. Januar

Papperin nahm sich vor, als erstes an diesem Morgen den *juge d'instruction*, seinen Freund Paul Vergier, aufzusuchen und ihn zu bitten, einen Durchsuchungsbeschluss für das Anwesen des Damien Valbonne auszustellen. Auf dem Weg von der Ölmühle zu seiner Dienststelle in Aix überlegte er, wo er den Untersuchungsrichter um diese frühe Tageszeit wohl an ehesten antreffen könnte. Als unabhängiger Richter war dieser nicht an feste Dienstzeiten gebunden. Am wahrscheinlichsten würde er ihn wohl bei einem zweiten Frühstück in seinem Lieblingslokal antreffen, dem *Café-Bistrot Les Deux Garçons*. Da auch er Lust auf einen guten *café crème* hatte, beschloss Papperin kurzerhand, zunächst dort Halt zu machen. In jedem Fall käme er in den Genuss des Kaffees und eines Croissants, selbst wenn Paul nicht dort sein sollte. Und falls doch - umso besser, dachte er sich. Einen Parkplatz zu finden, war um diese frühe Zeit kein Problem. Er stellte seinen alten Peugeot einfach zwischen zwei der vielen Lastautos ab, die die umliegenden Geschäfte und Restaurants belieferten und deshalb Fahrspur und Gehsteige wahllos zuparkten. Das war so üblich und störte niemanden, frühmorgens bevor die Geschäfte öffneten und die wenigen Wintertouristen den Boulevard bevölkerten.

Der Kommissar erblickte seinen Freund sofort, als er den gläsernen Vorbau betrat. Er saß ganz vorne an der Glasfront und genoss die noch blassen Strahlen der frühen

Morgensonne, die sein markantes Gesicht und die langen schwarzen Haare hell beleuchteten. Selbst im Sitzen wirkte der Richter groß und schlank, fast dürr. Als er sich nach Papperin umwandte, schien der vorstehende Adamsapfel an seinem überlangen Hals vor Freude auf und ab zu hüpfen.

„*Salut Jean-Luc!* Welch ein Zufall, dass auch du gerade Lust auf einen Morgenespresso hast. Komm, setz dich zu mir!" Er reichte seinem Kommissarfreund die Hand und die beiden begrüßten sich mit den üblichen Wangenküsschen. Der Gegensatz zwischen den Freunden hätte größer nicht sein können. Die langen schwarzen Haare des Richters reichten bis über den Hemdkragen. Eine dichte Haarsträhne fiel über sein linkes Auge und verdeckte eines der runden, in dunklem Metall gefassten Brillengläser. Wenn Jean-Luc nicht gewusst hätte, dass Vergier ein angesehener Richter war, hätte er ihn für einen Künstler gehalten. Auch die saloppe Kleidung bestärkte diesen Eindruck. Papperin dagegen wirkte mit seinem kurz geschnittenen schwarzen Kraushaar, dem eleganten Sakko aus Harris Tweed und dem dezent gestreiften Hemd mit offenem Kragen mehr wie ein erfolgreicher Manager - völlig anders als das übliche Klischee des lässig-schlampig gekleideten Kommissars, so wie es in zahllosen TV-Krimiserien verbreitet wurde. Lediglich beim Beinkleid gab es keinen Unterschied, beide - der Richter wie der Kommissar - trugen die weltweit verbreiteten dunkelblauen Jeans.

„*Salut Paul!* Nein, es ist kein Zufall, ich habe dich gesucht."

„Dann erzähle, was du auf dem Herzen hast!"

„*Un grand crème, s'il vous plaît !*", bestellte Papperin beim herbeigeeilten Kellner und begann dann sein Anliegen vorzutragen. Er berichtete vom Verdacht, den er gegen Damien Valbonne hegte, von dessen starkem Motiv und der möglichen oder wahrscheinlichen Gelegenheit.

„Wenn wir jetzt auch noch eine Waffe finden, die vom Kaliber her passt und aus der vor kurzem geschossen wurde, dann ..."

„Dann habt ihr alles beisammen, um eine Anklage aufgrund der gefundenen Indizien zu rechtfertigen. Das sehe ich auch so. Diesmal ist es völlig anders als letzthin, als es um die Durchsuchung des Anwesens des Mordopfers ging. Aber zum Glück habt ihr damals ja etwas Konkretes gefunden! Jetzt liegt der Fall völlig klar: Ihr habt einen konkreten Tatverdacht und einen potenziellen Täter. Allerdings solltet ihr das angebliche Alibi gründlich hinterfragen. Unabhängig von dem Durchsuchungsbeschluss, den ich euch nachher im Gericht gleich ausstelle."

Papperin verhehlte auch seine persönliche Meinung nicht, nach der er Zweifel an der Täterschaft des Trüffelbauern hatte.

„Weißt du, der Charakter des Mannes passt eigentlich nicht zu so einem heimtückischen Mord."

„Trotzdem", entgegnete der Richter, „diesen Valbonne müsst ihr gründlich durchleuchten. Ich hielte es für einen eklatanten Fehler, wenn ihr dies bloß wegen deines persönlichen Gefühls unterließet. Psychologie ist schön und gut, aber harte Fakten und Beweise sind besser. Vor allem vor Gericht."

***

Kurze Zeit später traf Papperin mit dem frisch ausgestellten richterlichen Beschluss im Kommissariat ein.

„Danke, Monique! Heute ausnahmsweise keinen Espresso. Ich habe mit Paul Vergier im *Deux Garçons* bereits genug Koffein getankt. Rufen Sie bitte alle zusammen. Wir müssen wieder rausfahren, Hausdurchsuchung bei diesem Valbonne. Ich habe den Durchsuchungsbeschluss."

In wenigen Minuten waren Papperins Mitarbeiter um ihren Chef versammelt. Er teilte seine Leute ein: Jeannine Dalmasso, Guy Malmotte und François Legrand sollten mit ihm kommen, während Claude Lavalle und Guy-deux in Aix bleiben sollten. Guy-deux war mit der Auswertung von Pradels PC ausgelastet und Claude sollte sich weiter mit diesem Luc Lemaire befassen und außerdem versuchen, mit den beiden Jagdfreunden von Valbonne Kontakt aufzunehmen.

„Monique, bitte kümmern Sie sich darum, dass die von der Bereitschaft uns noch ein Team zur Verfügung stellen. Es ist ein zu großes Anwesen, als dass wir vier alleine damit in angemessener Zeit zu Rande kämen. Sie sollen so schnell wie möglich nachkommen. Und wir", er schaute seine Mitarbeiter an, „wir starten jetzt sofort. Abfahrt in zehn Minuten, unten in der Tiefgarage!"

***

Am späten Vormittag erreichten sie das Anwesen von Damien Valbonne. Vor dem Wohnhaus parkte diesmal ein weißer Pickup neben dem Traktor, der auch schon das letzte Mal dort gestanden hatte. Die schwarze Kawasaki fehlte heute. Wieder wurden sie von den beiden braunen Wachhunden mit Knurren und Gebell empfangen. Sie gebärdeten sich so wild und drohend, dass die vier Beamten nicht auszusteigen wagten. Jeannine musste mehrmals hupen, bis sich endlich die Haustür öffnete und Damien Valbonne erschien. Jetzt wiederholte sich alles wie beim letzten Mal. Auf den lauten Pfiff ihres Herrchens kehrten die Hunde schwanzwedelnd zu ihm zurück und umsprangen ihn freudig.

„Was wollen Sie jetzt schon wieder?", rief dieser ihnen statt einer Begrüßung zu.

Papperin übergab ihm ein Blatt Papier.

„Bon jour monsieur Valbonne", begrüßte Papperin den Landwirt. *„Je suis désolé!* Aber wir müssen Ihr Anwesen durchsuchen. Das hier ist die richterliche Verfügung. Bitte sperren Sie die Hunde weg oder legen Sie sie an die Kette, damit wir ungestört arbeiten können."

Der Bauer folgte Papperins Aufforderung. Er nahm die beiden Hunde fest am Halsband und führte sie zu einem Zwinger. Als er zurückkam, bat Papperin ihn höflich:

„Führen Sie uns bitte kurz durch Ihren Hof und zeigen Sie uns die Räumlichkeiten, damit wir das Durchsuchungsteam, das in Kürze ankommen wird, einweisen können."

„Einen Scheiß werde ich tut! Wenn Sie schon alles auf den Kopf stellen und durchwühlen wollen, dann muss ich Ihnen dabei nicht auch noch helfen."

„Gut, dann machen wir das ohne Sie." Papperin bedeutete seinen Leuten, ihm ins Haus zu folgen. Sie unterzogen jeden Raum im Wohnhaus einer kurzen Durchsicht und verschafften sich einen Überblick über die Nebengebäude. Der *truffier* war ihnen auf Tritt und Schritt gefolgt und hatte ihr Tun äußerst kritisch und mit grimmiger Miene beobachtet. Jetzt warteten sie vor dem Haus auf die Ankunft ihrer angeforderten Kollegen. Es dauerte nicht lange bis ein Mannschaftswagen der *police nationale* auf der schmalen Zufahrtsallee erschien. Er fuhr mit rotierendem Blaulicht, aber ohne Sirene. Dann lief alles sehr schnell, geordnet und routinemäßig ab. Nachdem Papperin erklärt hatte, worauf es ihm ankam und dass man vor allem nach einer Faustfeuerwaffe Ausschau halten sollte, teilte er die Leute ein und gab das Startsignal. Er selbst beteiligte sich nicht an der Durchsuchung, sondern blieb beim Landwirt. Einerseits verhinderte er damit, dass dieser noch irgendwelche belastenden Dinge beiseiteschaffen konnte. Andererseits hoffte er, durch das Gespräch mit dem Bauern noch weitere ermittlungsrelevante Informationen zu bekommen.

***

„*Monsieur le commissaire,* können Sie bitte kurz herkommen?" Einer aus dem Durchsuchungsteam hatte aus dem Fenster des Obergeschoßes gerufen. Papperin eilte ins Haus und stieg die steile Steintreppe nach oben. Dicht auf den Fersen folgte ihm Damien Valbonne. Die Schublade einer Anrichte war halb herausgezogen. Ein Beamter deutete auf den Inhalt. In einem grauen Frotteetuch, das jetzt halb aufgedeckt war, glänzte mattschwarz der Lauf eines Revolvers. Papperin bedeutete dem Mann mit einer Handbewegung, dass man ihm die Waffe geben solle. Während er sich

Latexhandschuhe überstreifte, schlug der Beamte das Tuch vollends auf und nahm den Revolver aus der Lade.

„Smith and Wesson, Kaliber 38 spezial", stellte François Legrand fest, der über Papperins Schulter zugeschaut hatte. Die Trommel war leer.

„Da passt auch eine .357 Magnum-Patrone rein", konstatierte er. „Darf ich mal?"

Papperin gab ihm die Waffe. Der Kommissar wusste um die Jagdleidenschaft seines Mitarbeiters und hatte großen Respekt vor dessen Spezialwissen. Was Waffen anbelangte, konnte man *brigadier* Legrand nichts vormachen.

„Die ist vor kurzem benutzt worden. Lassen Sie das unsere Techniker anschauen. Vielleicht kriegen die raus, welche Munition damit verschossen wurde."

Auf den fragenden, fast bewundernden Blick seines Chefs fügte er hinzu: „Für verschiedene Patronentypen werden unterschiedliche Treib- und Zündmittel von den Herstellern verwendet. Wenn wir Glück haben, lässt sich feststellen, ob dieselben chemischen Zusammensetzungen vorliegen wie bei den Projektilen aus der Mordwaffe."

„Haben Sie auch Munition gefunden?", fragte Papperin den Entdecker des Revolvers. Doch der schüttelte den Kopf. „Nein, da war nichts. Vielleicht bei den Kollegen in den anderen Zimmern", vermutete er.

Papperin wandte sich dem Trüffelbauern zu. Sein sonst tiefbraun gebranntes Gesicht war deutlich blasser geworden.

„Hatten Sie gestern nicht gesagt, sie besäßen keine Faustfeuerwaffe?" Papperin schauten den Bauern bei dieser Frage sehr streng an.

„Habe ich auch nicht. Die gehört nicht mir!"

„Wem dann?"

„Philippe!", murmelte er. „Meinem Sohn", fügte er hinzu.

„Und warum haben Sie das gestern nicht schon gesagt?"

„Weil Sie das nicht gefragt haben. Sie wollten nur wissen, ob *ich* einen Revolver habe."

„Aber Sie wussten, dass diese Waffe im Haus ist?"

„Bien sûr!"

„Und wo ist die zugehörige Munition?"

„Keine Ahnung. Das müssen Sie schon selber rausfinden. Ich werde einen Teufel tun und Ihnen das sagen, selbst wenn ich es wüsste. Ich werde mich doch nicht selbst belasten. *Sie* wollen mir diesen Mord anhängen, dann müssen Sie das auch beweisen. Außerdem benutze ich das Ding da nicht!" Dabei zeigte er auf den Revolver in Papperins Hand. Urplötzlich bekam er einen Wutausbruch.

„Und jetzt hauen Sie endlich ab! Verschwinden Sie von meinem Hof! Oder verhaften Sie mich. Dann kann ich Ihnen aber versichern, dass unser Anwalt mich in kürzester Zeit wieder rausholt. Oder wollen Sie lieber Philippe verhaften? Schließlich ist es seine Waffe. Oder glauben Sie mir das nicht? Also: was ist jetzt?"

„Wir nehmen den Revolver mit und lassen ihn untersuchen. Dann kommen wir wieder. Und Sie und Ihr Sohn wären gut beraten, wenn Sie sich zwischenzeitlich zur Verfügung halten, erreichbar sind. Nicht klammheimlich mit unbekanntem Ziel verreisen. Ist das klar? Die Beamten vom Durchsuchungsteam bleiben noch hier und machen weiter. Wo ist übrigens Ihr Sohn?"

„Keine Ahnung. Ich glaube, er ist nach Manosque gefahren."

***

Sofort nach seiner Rückkehr ins Kommissariat ließ Papperin den Revolver ins Labor bringen, mit dem Auftrag, zu überprüfen, ob die Pulver- und Verbrennungsrückstände im Lauf der Waffe chemisch mit den am Tatprojektil gefundenen identisch waren. Ungeduldig warteten sie auf das Ergebnis dieser Analyse. Sollte hier wirklich eine Übereinstimmung vorliegen, dann reichten die Indizien wohl aus, um eine Inhaftierung von Damien Valbonne zu rechtfertigen. Die Wartezeit bis zum Eintreffen des Laborergebnisses überbrückten sie bei einem Espresso in Moniques Sekretariat. Endlich kam der Anruf: Ja, es lag die erhoffte chemische Identität vor. Der Laborleiter am anderen Ende relativierte seine Aussage allerdings sofort: „Dir muss aber klar sein, Jean-Luc, dass wir lediglich die Identität des Treibmittels nachweisen konnten." Dr. Florian Berlinotte war ein sehr gründlicher, gewissenhafter Wissenschaftler, der sich nicht zu vorschnellen Schlussfolgerungen hinreißen ließ. Vielmehr überprüfte er jedes Analyseergebnis mit äußerster Sorgfalt, ehe er Behauptungen aufstellte und diese der Staatsanwaltschaft bzw. dem Gericht als Beweise vorlegte. Auch seinem Freund Jean-Luc Papperin gegenüber blieb er dieser Objektivität treu. Deshalb präzisierte er:

„Das heißt aber noch lange nicht, dass das Mordprojektil aus dieser Waffe verschossen wurde. Es beweist nur, dass in beiden Patronen dasselbe Treibmittel verwendet wurde. Deshalb stammt es höchstwahrscheinlich vom selben Hersteller. Und mit ebenso hoher Wahrscheinlichkeit war der Patronentyp identisch, also eine .357-Magnum. Mehr lässt sich aus dem Befund nicht herauslesen. Pech, dass das einzige Projektil, das ihr gefunden habe, so deformiert war! Wir können beim besten Willen und trotz unserer hervorragenden technischen Ausstattung nicht feststellen, ob eure Mordkugel aus diesem Revolver abgeschossen wurde."

„Okay, das habe ich verstanden", erwiderte Papperin. „Du meinst also, das reicht nicht für eine Festnahme - auch zusammen mit den anderen Indizien und Hinweisen nicht, die wir gefunden haben?"

„Die kenne ich nicht, kann das also nicht beurteilen. Das musst du entscheiden. Aber mal was ganz was anderes: Wann lädst du uns mal wieder zu einem deiner fantastischen Menüs ein, die du so gut kochst? Émilie und mich?"

„Bald, Florian! Aber erst, wenn wir den Fall hier gelöst haben. *Salut et merci*!"

Nachdem er das Gespräch beendet hatte, wandte sich Papperin seinen Mitarbeitern zu.

„Ich weiß nicht. Jetzt haben wir eine ziemlich schlüssige Indizienkette und normalerweise würde ich ihn jetzt ohne Wenn und Aber verhaften und dem Richter vorführen.

Ich zweifle auch nicht, dass der ihn in U-Haft stecken würde. Nur ..."

„Man merkt es, der ist dir sympathisch", unterbrach Monique seine Überlegung.

„Ob sympathisch oder nicht, das spielt keine Rolle und darf auch es auch nicht spielen. Aber der Mann ist doch viel zu ehrlich. Er gibt doch unumwunden zu, dass er eine Riesenwut auf den Pradel hat. Im Affekt jemanden umzubringen, traue ich ihm zu. Aber so eine geplante, kaltblütige Hinrichtung? Das entspricht nicht seinem Wesen."

Es entspann sich eine heftige Diskussion. Die beiden Brigadiere Legrand und Malmotte sahen die Indizienkette als völlig ausreichend an. Jeannine, die dem eigentlich auch zustimmte, schätzte allerdings das psychologische Gespür ihres Chefs sehr hoch ein. Schließlich kannte sie ihn wohl am besten von allen ihren Kollegen. Deshalb hielt sie sich bei der Frage, ob man Valbonne jetzt sofort inhaftieren sollte, mit einer Festlegung noch zurück. Eigentlich wäre es jetzt üblich, dass sich die Untergebenen der Ansicht ihres Chefs bedingungslos anschlossen. Bei den meisten hierarchisch strukturierten Organisationen wäre das die normale Konsequenz. Papperins Führungsstil entsprach allerdings nicht dem in Frankreichs Behörden und Unternehmen üblichen autoritären Muster. Nicht umsonst hatte er zu Beginn seiner Laufbahn als Kommissar Lehrgänge in den Vereinigten Staaten besucht und an einem gemeinsamen Projekt mit dem dortigen FBI mitarbeiten dürfen. Er hatte sich damals fest vorgenommen, diese Erfahrungen in seine Arbeit als Kommissar in Frankreich einfließen zu lassen. Deshalb praktizierte er in seinem dienstlichen Einflussbereich einen demokratisch-kooperativen Führungsstil. So hieb- und stichfest fand er die Argumente für eine sofortige Festnahme allerdings auch wieder nicht, dass er sich zur Ansicht seiner Mitarbeiter und der Verhaftung hätte durchringen können.

„Monique, bitte schenken Sie uns nochmal einen Espresso nach, wir sollten noch etwas länger über unsere Optionen nachdenken."

„Also, wenn wir ihn festnehmen", brachte *brigadier* Legrand in die Diskussion ein, „dann bringt uns das einen dicken Pluspunkt bei der Presse und der öffentlichen Meinung. Und nach den Ermittlungspannen, die der Polizei in der letzten Zeit unterlaufen sind, wäre das durchaus gut für unser Renommee."

„Ein Teil der Fiaskos geht aber auf das Konto der *gendarmerie*. Die kann man uns nicht anlasten", versuchte Monique die *police nationale* in Schutz zu nehmen.

„Die Öffentlichkeit macht da keinen Unterschied, das fällt auf beide zurück. Aber ich habe etwas Neues zu berichten." Claude Lavalle war in das Sekretariat gekommen. Alle Köpfe drehten sich zu ihm hin.

„Ich habe mit den beiden Bauern telefoniert, die Valbonne uns genannt hat. Also, das Alibi, dass er zu haben glaubt, können wir vergessen. Das war nicht Samstag, der dreiundzwanzigste, an dem die drei auf der Jagd waren, sondern am Sonntag, einen Tag später. Da hat der Valbonne wohl versucht, uns ein Alibi anzudrehen, in der Hoffnung, dass seine beiden Kumpane sich an das Datum nicht mehr erinnern und den Samstag bestätigen. Pech gehabt! Jetzt haben wir ihn!"

„Chef, das schließt die Beweiskette!", stellte François Legrand befriedigt fest.

„Ihr habt mich zwar immer noch nicht davon überzeugt, dass er damit als Mörder hundertprozentig überführt ist. Aber bei der Indizienlage, müssen wir auf jeden Fall den Untersuchungsrichter informieren. Er muss entscheiden, ob das alles für einen Haftbefehl ausreicht."

***

Das Gespräch mit Paul Vergier, dem *juge d'instruction* verlief für Papperin enttäuschend. Das erste, was ihn ärgerte, als er am *Cour d'assises* bei seinem Freund eintraf, war die Anwesenheit des Staatsanwaltes. Der Richter hatte ihn wegen des großen Aufsehens, den dieser Mord in der Öffentlichkeit erregte, zu diesem Gespräch hinzugebeten. Nachdem Papperin den Fall vorgetragen hatte, war vor allem der Staatsanwalt hoch erfreut von der Lösung die sich hier anbot. Man konnte ihm ansehen, er war in Gedanken schon bei der Pressekonferenz, die er unverzüglich anberaumen würde und auf der er als Anklagevertreter vor den Medien mit der schnellen und effizienten Arbeit der Polizei prahlen konnte. Ein Karrieremensch und politischer Beamter, der jeden Strohhalm ergriff, um sich in seinem beruflichen Fortkommen nach oben zu bewegen.

„*Monsieur le procureur*", wagte Papperin das Vorpreschen des Staatsanwalts zu bremsen, „denken Sie bitte auch an die Schmach und den Hohn, die über die Behörden ausgeschüttet würden, wenn sich herausstellte, dass Sie den falschen Täter angeklagt haben. Ich würde mit dem Haftbefehl und der Untersuchungshaft noch etwas warten."

„*Non! Impossible, ...*"

„Sie meinen wegen Fluchtgefahr?", entkräftete der Kommissar den vermuteten Einwand des Anklagevertreters vorweg. „Die besteht nicht. Der Mann ist derart mit seinem Anwesen, mit seiner Scholle verwurzelt, der denkt nicht daran, sich abzusetzen. Außerdem dürfte es ihm an den nötigen Finanzmitteln mangeln, die für ein Untertauchen erforderlich sind. Das können Sie vergessen!"

Doch Papperin konnte sich mit seiner Ansicht nicht durchsetzen, dass weder der Charakter des *truffiers* zur Art und Weise passte, wie der Mord begangen wurde, noch, dass die vorliegende Beweiskette nicht lückenlos war und deshalb nicht zweifelsfrei auf Valbonne als Täter hinwies.

Es half nichts. Alle Argumente Papperins stießen auf taube Ohren. Die Besprechung endete, wie er es befürchtet hatte. Sein Freund Paul Vergier, der als *juge d'instruction* nach der Rechtslage die Ermittlungen zu leiten hatte und dem die Entscheidungsbefugnis zustand, Haftbefehle auszustellen und nach Abschluss seiner Untersuchungen der Staatsanwaltschaft die Eröffnung eines Strafverfahrens zu empfehlen oder dies abzulehnen, ließ sich vom *procureur* überreden, den Haftbefehl auszustellen. Nachdem der Anklagevertreter befriedigt gegangen war, sagte der Richter zu seinem Kommissarfreund leicht resignierend:

„Du glaubst ja gar nicht, welch große Aufregung dieser Fall in der Politik auslöst. Ich bin heute sowohl vom Präfekt es *Départements* angerufen worden, als auch vom Präsidenten des *Conseil Général*. Du kannst dir denken, was die wollten."

„Ja, ich weiß! Schnellstmöglich einen Mörder auf dem Präsentierteller serviert zu bekommen, damit sie sich den Erfolg auf ihre politischen Fahnen schreiben können, für die bevorstehenden Wahlen. Aber da musst du doch nicht mitmachen. Du bist doch unabhängig als Richter!"

„Unabhängig in meinen Entscheidungen bin ich, das schon. Aber man kann mich versetzen. Und du glaubst doch nicht, dass ich Lust habe, meinen Job als Richter irgendwo in den Übersee-Departements auszuüben - Guadeloupe, Mayotte, La Réunion oder Martinique. Meine Frau ist in Aix berufstätig und unsere Kinder gehen hier in die Schule. Und außerdem gibt es ja durchaus Argumente, die für eine U-Haft sprechen. Also, nimm es nicht so tragisch! Ich verspreche dir, ich werde die Untersuchungen objektiv führen."

***

Noch am selben Abend wurde die örtlich zuständige Gendarmerie beauftragt, den Trüffelzüchter Damien Valbonne festzunehmen und nach Aix en Provence zu überstellen. Der Mann hatte sich ohne Widerstand zu leisten, aber unter lautstarkem Protest, abführen lassen. Das erste Verhör fand gegen zweiundzwanzig Uhr im Beisein von *commissaire* Papperin, des Staatsanwalts Marcel Salbony und eines Justizbeamten im Untersuchungsgefängnis statt. Die hart und forsch vorgetragenen Anschuldigungen, die der *Procuruer de la République* dem Inhaftierten vorhielt, schienen an diesem wirkungslos abzuprallen. Ganz offensichtlich hatte er sein Verhalten geändert. Statt des wütenden Protests und der lauten Beschimpfungen, die er bei seiner Verhaftung und während der Überführung von sich gegeben hatte, saß er jetzt ruhig vor den drei Vertretern der Staatsmacht und schaute sie der Reihe nach mit verächtlicher Miene an. Schließlich raffte er sich zu einem knappen Statement auf:

„Ich weiß, dass ich unschuldig bin. Deswegen wird es ihnen nicht gelingen, mir den Mord anzuhängen. Außerdem möchte ich sofort einen Anwalt sprechen - das ist mein Recht als Bürger der Republik."

Recht hat er, dachte Papperin, dem dieses übereilte und nicht ganz gesetzeskonforme Verhör gegen den Strich ging. Deshalb ergriff er das Wort:

„Wir brechen jetzt hier ab und führen die Vernehmung fort, sobald Ihr Rechtsbeistand zur Stelle ist."

„Non, non, non!", widersprach der Staatsanwalt heftig. „Wir machen weiter. Es ist nur eine Frage der Zeit, bis der Mann geständig ist. Das sehen Sie doch!"

„Um das Geständnis dann nicht vor Gericht verwenden zu können, weil es nicht korrekt zustande gekommen ist?"

„Keine Sorge, das bekomme ich schon hin. Also", wandte er sich wieder an den Beschuldigten: „Sie sind mit Ihrem Motorrad und mit der Waffe Ihres Sohnes am Samstag, dem 23. Januar nach Cabanosque gefahren und haben dort den *trufficulteur* Patrick Pradel erschossen. Sie haben kein Alibi und der Revolver, den wir bei Ihnen gefunden haben ist die Tatwaffe. Kriminaltechnische Untersuchungen haben das zweifelsfrei ergeben. Und ein Motiv hatten sie auch. Jetzt gestehen Sie endlich!"

Der Staatsanwalt war aufgesprungen und starrte den nach wie vor in stoischer Ruhe vor sich hinstarrenden Trüffelbauern mit zornigem Blick an.

„Ich gestehe nichts, weil ich es nicht war. Und ich will endlich einen Anwalt!"

Papperin schaltete sich ein: „Wen sollen wir benachrichtigen? Haben Sie einen Familienanwalt?"

„Wir sind eine ehrliche und rechtschaffene Bauernfamilie, wir haben noch nie einen Rechtsanwalt gebraucht. Besorgen Sie mir doch einen."

Der Staatsanwalt hatte wieder Platz genommen und trommelte ungeduldig mit den Fingern auf die Tischplatte. Er schien einzusehen, dass er so nicht weiterkam.

„Gut, dann hören wir hier auf. Jetzt ist es fast Mitternacht. Samstag und Sonntag sind die Anwaltskanzleien geschlossen. Frühestens am Montag können Sie Ihren Anwalt haben. Bis dahin kommen Sie hoffentlich zur Erkenntnis, dass ein umfassendes Geständnis für Sie am besten ist."

Er sprang auf, nahm seine Tasche und verließ mit einem gebellten *„Bonne nuit, messieurs!"* den Raum.

Kapitel 7
Ein Überfall und ein fragwürdiges Alibi führen zu Papperins erstem Bordellbesuch

Samstag, 30. Januar

Obwohl Wochenende war und die Sonne vom wolkenlosen Himmel strahlte, hatte Papperin sich nach dem Frühstück auf den Weg nach Aix gemacht. Er wollte sich nochmal mit dem inhaftierten Trüffelbauern unterhalten, ohne Beisein des aggressiven Staatsanwalts. Die Indizien, die gegen Damien Valbonne sprachen, waren erdrückend, aber es blieben Lücken. Jean-Lucs Freund Florian hatte Recht, seine chemischen Analysen bewiesen nicht, dass Valbonnes Revolver die Tatwaffe war, sondern nur, dass Munition desselben Fabrikats damit verschossen wurde. Was natürlich nicht ausschloss, dass es sich doch um die Mordwaffe handelte. Trotzdem, Papperin hielt den Bauern nicht für den Täter. Das passte nicht zu seinem Charakter. Aber vielleicht täuschte er sich auch.

Außerdem gab es so viel anderes zu erledigen. Höchstwahrscheinlich waren auch weitere Mitglieder seines Teams da und sie konnten den Fall nochmals in Ruhe besprechen. Vielleicht hatte Guy-deux den PC bereits geknackt und konnte mit neuen Erkenntnissen aufwarten.

Die Autobahn führte unter dem mächtigen Eisenbahnviadukt hindurch, der die Stadt Aix mit dem südlichen Umland verband. Kurz dahinter nahm Papperin die Ausfahrt Pont de l'Arc und fuhr durch die lange Avenue Pierre Brocelette nach Aix hinein. Die über die Straße gespannten Weihnachtsdekorationen blinkten und glitzerten jetzt nicht festlich, so wie sie dies nachts taten. Tagsüber war der Strom abgeschaltet und die aufwändigen Girlanden hingen matt und grau über der Fahrbahn. Selbst die helle Morgensonne konnte ihnen kein Leuchten entlocken. An der Fontaine de la Rotonde, dem großen Kreisverkehr mit dem berühmten Löwenbrunnen bog Papperin ab und erreichte schließlich sein Ziel, das Gebäude der *police judiciaire*. Er rollte die steile Rampe in die Tiefgarage hinunter und steuerte seinen Stellplatz an. *„Commissaire Papperin – Brigade criminelle"*, das Schild an der Mauer wies ihm den Weg und verkündete allen Benutzern unmissverständlich, dass hier nur der Leiter der Mordkommission parken durfte. Er wunderte sich, nein, er ärgerte sich jedes Mal, wenn er sein Auto hier abstellte, über den heruntergekommenen Zustand der Garage. Nackter, schmutzig-grauer Beton, an dessen rauer Oberfläche sich die Abgase von Jahrzehnten festgesetzt hatten und der seit ewigen Zeiten keine Reinigung mehr erfahren hatte, tauchte die weiträumige Parketage in ein schummeriges Dunkel, gegen das die kahlweißen Neonlampen vergebens ankämpften. Papperin nahm die kleine lederne Aktentasche vom Beifahrersitz und kramte darin nach seinem Schlüsselbund. Er sah den Schatten nicht, der sich hinter einer der grauen Betonsäulen bewegte. Als er die Wagentür öffnete um auszusteigen, sprang eine dunkle Gestalt hinter der Säule hervor und drückte die Tür hart gegen Papperins Körper. Beine und Brustkorb eingeklemmt, erstarrte der Kommissar eine Schrecksekunde lang. Dann erst fühlte er den spitzen Schmerz an seinem Hals.

„Sie lassen sofort meinen Vater frei, oder ich steche zu!"

„Philippe Valbonne!"

Papperin hatte den Sohn des verhafteten Trüffelzüchters erkannt. Die beiden Männer starrten sich in die Augen, hasserfüllt der eine, erstaunt und erschreckt der andere. Dann, nach einer gefühlten Ewigkeit:

„Nehmen Sie das Messer weg!"

„Nein! Erst wenn ihr meinen Vater freilasst! Wir tauschen – Sie gegen *papa!*"

Papperin, der in den Augen seines Angreifers Panik, Frust und Hoffnungslosigkeit sah, wechselte zum vertraulichen Du:

„Nein, so geht das nicht. Du hast doch keine Chance. Komm! Gib das Messer her!"

Der junge Bauer reagierte nicht, er stand nach wie vor starr da, presste die Wagentür gegen den Kommissar und drückte die Messerspitze in Papperins Hals.

„Wir gehen rauf und unterhalten uns in aller Ruhe über deine Sorgen. Aber dein Vater bleibt hier - vorläufig." Bei diesen Worten nahm Papperin dem jungen Mann das Messer aus der Hand, was der widerspruchslos zuließ. Als wäre nichts geschehen, stieß der Kommissar die Türe auf, beugte sich ins Wageninnere, nahm seine Ledertasche und schloss dann das Auto ab.

„Dort vorne ist der Lift", wies er mit der Hand den Weg und ging, ohne sich um den anderen zu kümmern, zu den Aufzügen am Ende der Tiefgarage. Philippe Valbonne folgte ihm zögernd.

***

„So, und jetzt erzähl mir, welcher Teufel dich geritten hat, hier einfach so einzufallen und mich mit dem Messer zu bedrohen. Dir muss doch klar gewesen sein, dass das aussichtslos ist!"

Der Kommissar und der junge Bauer saßen sich am großen Besprechungstisch in Papperins Dienstzimmer gegenüber. Während des ganzen Weges nach hier, durch die Tiefgarage, im Aufzug und oben auf dem Gang, war kein Wort gefallen. Jetzt platze es aus dem Mann heraus:

„Weil Sie meinen Vater verhaftet haben. Er ist kein Mörder. Er ist ein gutmütiger Mensch - auch wenn er streng ist und manchmal Wutanfälle bekommt. Er ist der beste Vater der Welt!"

„Das mag ja so sein, aber die Indizien sprechen nun mal gegen ihn. Er hat ein Motiv und die Gelegenheit - sein Alibi ist geplatzt. Und vom Typ und von der Munition her könnte der Revolver die Tatwaffe sein. Geschossen hat er damit auch erst vor kurzem."

„Das stimmt nicht! Das war ich. Ich habe Zielschießen gemacht, auf leere Flaschen, hinter dem Haus."

„Wann?"

„Am Sonntag"

„Das prüfen wir nach. Aber trotzdem könnte dein Vater am Samstag mit der Waffe ..."

„Hat er aber nicht!"

„Woher willst du das wissen. Du hast schon mal versucht, ihm ein falsches Alibi zu geben."

„Ich weiß, das war ein Fehler. Aber ich wollte, dass Ihr wieder abhaut und uns in Ruhe lasst. Wir haben auch ohne Polizei genug Probleme."

„Was für Probleme?"

Der junge Mann sackte in sich zusammen und starrte auf die Tischplatte. Er schien zu überlegen, was er dem Kommissar anvertrauen sollte. Dann gab er sich einen Ruck und schaute Papperin in die Augen.

„Viele Probleme. Seit Mutter gestorben ist, hat sich *papa* geändert. Er ist depressiv geworden, hat ihren Tod nicht verwunden. Der Hof verkommt. Ich schaffe die viele Arbeit alleine nicht und *papa* hilft mir kaum noch. Das Geld war immer schon knapp. Aber nach dem letzten Ernteausfall wegen den Wildschweinen ... Unsere Nachbarn haben uns geholfen ... aber wir haben das zurückgezahlt ... mit einem Bankkredit finanziert. Dafür müssen wir jetzt Zinsen zahlen, und das nicht zu knapp."

Er machte eine Pause, ließ ganz offensichtlich das erlittene Unglück, den Tod er Mutter, die Untat des Pradel und die finanziellen Folgen nochmal in seinem Kopf vorüberziehen. Seine Miene wurde immer härter, zorniger.

„Mein Gott bin ich froh, dass dieser Schweinehund tot ist!", brach es schließlich aus ihm heraus. „Jetzt kann er uns wenigstens nicht noch mehr schaden. Wenn es nicht ein anderer erledigt hätte, dann hätte ich ihn selber irgendwann einmal umgebracht."

Papperin war dieser Gedanke schon seit einiger Zeit durch den Kopf gegangen. Jetzt sprach er ihn laut aus:

„Vielleicht waren Sie es ja, der ihn erschossen hat und nicht Ihr Vater. Motiv, Motorrad und Waffe - all das gilt auch für Sie!"

Der junge Mann schaute den Kommissar entsetzt an.

„Nein, wir waren es beide nicht. Ich ..."

Er stockte, schien zu überlegen.

„Ich habe ein Alibi. Ich war im ... Puff ... in Manosque."

„Kann das jemand bezeugen?"

Wieder entstand eine längere Pause. Schließlich sagte er mit leiser Stimme:

„Sie heißt Valérie."

„Und weiter?"

„Den Nachnamen weiß ich nicht."

„Das müssen wir nachprüfen. Welches Bordell? Oder gibt es in Manosque nur eines?"

Philippe Valbonne nannte Papperin die Adresse. Er schien das Bedürfnis zu haben, sich zu rechtfertigen, dem Kommissar verständlich zu machen, weshalb er dort war.

„Die viele Arbeit auf der *ferme*. Damit bin ich von Früh bis Nacht beschäftigt. Vor allem jetzt, wo *papa* so gut wie nicht mehr mitarbeitet. Ich habe überhaupt keine Zeit, mich um eine Beziehung zu kümmern. Und umgekehrt: Welche Frau will sich schon mit einem abgeben, der außer Arbeit nichts im Kopf hat. Dazu *papa* und seine schlechte Laune. So will keine leben. Aber ab und zu braucht man doch ..."

Er schwieg.

„Okay, ich hab es kapiert", Papperin rückte seinen Stuhl zurück und stand auf.

„Jetzt gehen Sie nach Hause. Und nehmen Sie Ihr Messer mit." Er schob das Opinel über den Tisch hinüber.

„Aber...?"

„Die Attacke auf mich vergessen wir. Aber denken Sie künftig erst nach, bevor Sie so eine Dummheit machen. Und bleiben Sie erreichbar, denn aus dem Schneider sind Sie noch nicht. Auch wenn ich das mit Ihrem Alibi glaube. Wir müssen das erst überprüfen."

„Mein Vater?"

„Der bleibt in Haft, das hat der Richter so verfügt. Aber ich kann Ihnen verraten, dass wir auch noch andere Verdächtige haben."

***

Nachdem der junge Valbonne gegangen war, setzte sich Papperin an seinen Schreibtisch und begann lustlos in der Posteingangsmappe zu blättern. Es war in den letzten Tagen so viel passiert, dass er gar keine Zeit gehabt hatte, sich um die täglichen Routinedinge zu kümmern. Ein Rundschreiben der *Direction Générale des Douanes et Droits Indirects (DGDDI)* forderte alle Dienststellen der Exekutive auf, Personal zur Bekämpfung der illegalen Immigration freizustellen und dem Kommando der DGDDI zu unterstellen.

„Wenn die glauben, wir haben nichts zu tun und hätten freie Kapazitäten, dann haben sie sich aber gewaltig getäuscht!", murmelte Papperin. Er wandte sich seinem PC zu und verfasste eine geharnischte E-Mail, in der er das Ansinnen der obersten Finanzbehörde für seinen Zuständigkeitsbereich ablehnte. Dann besann er sich auf das Gespräch mit dem jungen Valbonne und überlegte, wie er dessen Alibi am einfachsten überprüfen konnte. Wahrscheinlich lässt es sich nicht vermeiden und einer von uns muss dem Bordell in Manosque einen Besuch abstatten. Wen sollte er da hin schicken? Aber eigentlich hatte er Lust, bei dem schönen Wetter selbst einen kleinen Ausflug zu machen. Vielleicht ließ sich das mit einem gepflegten Mittagessen in einer ländlichen *auberge* verbinden. Er überlegte, wo man in der Gegend gut Essen konnte. Auf dem Korridor klappte eine Tür, Schritte erklangen und ein Kopf steckte sich durch die Tür in Papperins Zimmer.

„Chef, ich habe Ihr Auto in der Garage gesehen. Müssen Sie heute auch arbeiten? Bei dem Superwetter?"

Papperin nickte und meinte dann.

„Aber ich habe gerade beschlossen, einen kleinen weekend-Ausflug nach Manosque zu machen und ein Alibi zu überprüfen. Wollen Sie mitkommen, Guy-deux?"

„Grundsätzlich sehr gerne, nur: bei mir hat sich so viel aufgestaut, das muss ich heute wegschaffen. Ich bin immer noch am Laptop vom Pradel dran und außerdem hat mich Claude gebeten, dass ich mir den Luc Lemaire vornehme - IT-mäßig. Da hat Claude nicht die Tools dazu. Aber vielleicht…" er horchte zur Tür hin. „Da kommt noch jemand."

In dem Moment kam Jeannine vergnügt pfeifend den Gang entlang.

„*Salut* Jeannine! Der Chef muss nach Manosque und sucht jemanden, der ihn begleitet. Hast du Zeit?"

„Ein Samstagsausflug, nach Manosque. Warum so weit weg? Was gibt es dort besonderes?"

Papperin schilderte jetzt das Gespräch mit dem jungen Valbonne. Um sein Alibi zu überprüfen, müssten sie die Insassen des Freudenhauses befragen.

„Ins Bordell willst du. Also das ist dann doch eher etwas für meine männlichen Kollegen", meinte sie schmunzelnd mit Blick auf Guy-deux.

„Er hat keine Zeit. Kommst du mit? Wir könnten das mit einem lukullischen *déjeuner* oder *dîner* verbinden - je nachdem wie lange wir uns in diesem Etablissement aufhalten müssen. Mir fällt auch schon ein Lokal ein. Im Süden von Manosque gibt es ein preisgekröntes Sternerestaurant. Einverstanden?"

„*D'accord!*" stimmte Jeannine zu und freute sich - sowohl auf die Fahrt mit Jean-Luc durch die schöne Landschaft entlang der Durance, als auch auf die angekündigten kulinarischen Genüsse.

***

„Sie möchten zu Valérie? Die ist nicht da, müsste aber bald kommen. Wer sind Sie überhaupt?"

Die dick geschminkte Frau hinter dem von hellen Spotleuchten angestrahlten roten Bartresen schaute die beiden Polizeibeamten verwundert an. Sie fragte sich, was ein

Mann mit seiner Frau in ihrem Edelpuff wollte. Einer Frau, die so viel erotische Ausstrahlung hatte, dass sie durchaus Verwendung in ihrem Haus für sie hätte. Gut, sie müsste viel stärker geschminkt und deutlich leichter bekleidet sein, aber dann …

Papperin, der ahnte, was die Bordellchefin dachte, legte seinen Dienstausweis auf den Tresen.

„*Police judiciaire. Commissaire* Papperin und das ist meine Kollegin Dalmasso. Wir wollen nichts Weiteres, als eine Aussage von dieser Valérie."

„Bullen! Ich hätte es mir denken können. Für eine *policière* sehen Sie viel zu gut aus", sagte sie zu Jeannine. „Sie könnten hier arbeiten. Also wenn Sie …"

„Reden Sie keinen Unsinn!", fuhr Papperin dazwischen. „Sagen Sie uns lieber: Kennen Sie einen Philippe Valbonne. Er soll hier Kunde sein. Er behauptet, zuletzt bei dieser Valérie gewesen zu sein. Können Sie uns sagen wann das war?"

„Also, wir führen hier kein Gästebuch. Wenn Sie das glauben, dann haben Sie keine Ahnung, wie so ein Haus funktioniert. Diskretion ist unsere oberste Maxime. Unsere Gäste wollen anonym bleiben. Und das respektieren wir. Deswegen weiß ich nicht, ob Ihr Valbonne hier Kunde ist. Und jetzt bitte ich Sie, mein Haus zu verlassen. Die Polizei ist hier unerwünscht."

Sie blickte die beiden Beamten mit ablehnender Miene an. Dann schien sie nachzudenken und zur Erkenntnis zu kommen, dass es für ihr Haus von Vorteil sein könnte, wenn sie mit den Behörden ein gutes Verhältnis pflegte. Nach kurzem Zögern fragte sie deshalb deutlich zuvorkommender:

„Können Sie ihn mir beschreiben? Wie sieht er aus? Haben Sie ein Foto von ihm?"

„Leider nicht", bedauerte Papperin. „Aber seine … „ Papperin suchte nach einem neutralen Wort für Nutte.

„*Maîtresse*", flocht Jeannine ein.

„Seine *maîtresse,* diese Valérie, hat er gesagt, die kenne ihn."

„Wenn Sie die sprechen wollen, müssen Sie später nochmal kommen. Ich habe Ihnen ja schon gesagt, dass sie nicht hier ist", erwiderte die Bordellbesitzerin.

Nach einem kurzen Nachdenken bot sie dann an:

„Sie können auch hier an der Bar warten. Sie sollte längst da sein. Aber sagen Sie um Gotteswillen niemandem, dass Sie von der Polizei sind. Am besten ..."

„...soll ich wohl so tun", setzte Papperin ihren angefangenen Satz in Gedanken fort, „als sei ich ein Freier, der sich gerade mit seiner *poule de luxe* unterhält. Damit wir nicht auffallen, falls weitere Kunden kommen sollten." Aber um diese Zeit - es war noch nicht einmal Mittag - war das eher unwahrscheinlich.

Der Kommissar und seine Brigadierin nahmen in einer der mit rotem Samt ausgekleideten Nischen Platz und warteten. Nach einiger Zeit kamen zwei Mädchen, offensichtlich ‚Angestellte' des Hauses, begrüßten ihre Chefin mit Küsschen und ließen sich auf den Barhockern am Tresen nieder. Es fand eine getuschelte Unterhaltung statt. Immer wieder blickte eine der Damen heimlich zu den beiden Polizeibeamten in der Nische. Nach einer guten Viertelstunde kam eine Neue. Mit einem fröhlichen *Salut!* gesellte sie sich zu der Gruppe. Die plätschernde Unterhaltung stoppte abrupt. Mit einer Kopfbewegung wies die Chefin die Neue auf die wartenden Polizisten hin. Das Mädchen löste sich aus der Gruppe und steuerte auf die beiden zu.

„Wieso wollen Sie wissen, ob ich den Philippe Valbonne kenne?"

„Es geht um die Überprüfung einer Aussage. Also: Kennen Sie ihn?"

Das Mädchen nickte.

„Kommt er oft her?"

„Ja, schon. Nicht regelmäßig, aber er will immer zu mir."

„Wann war er das letzte Mal bei Ihnen?"

Sie überlegte, griff in ihre langen schwarzen Haare und zog eine Strähne durch ihren Mund.

„Er kommt meistens am Wochenende."

„Auch am letzten *week-end?*"

Sie dachte nach. „Ja, am Samstag."

„Am 23. Januar? Sind Sie ganz sicher?"

„Ja, weil er ist zu so einer ungewöhnlichen Zeit gekommen. Vormittags. Sonst kommt er fast immer nur abends."

Papperin nickte. Damit war das Alibi bestätigt. Sogar die Uhrzeit konnte sie angeben. Jeannine nahm noch die Personalien der Dame auf, notierte sich den Familienamen und die Adresse, Daten, die diese nur widerwillig von sich gab.

Papperin erhob sich. Mit einem *„merci et au revoir"* wandte er sich dem Ausgang zu. Jeannine steckte Block und Kugelschreiber in ihre Umhängetasche und folgte ihrem Chef.

Im selben Augenblick wurde die Eingangstür aufgestoßen und es erklang ein fröhliches *„Salut mes copines!"*

Papperin trat höflich zur Seite und ließ der Eintretenden den Vortritt. Sie schwenkte eine Tragetasche mit der Aufschrift einer *Pâtisserie & Viennoiserie* und rief: „Ich habe ein paar *petit fours* mitgebracht. Machst du uns einen Café, Brigitte, *s'il te plaît?"* Die Chefin wandte sich der großen chromglänzenden Espressomaschine zu. Papperin, der sich in der Tür umgewandt hatte und der eleganten Frau nachblickte, sah mit Erstaunen, wie diese plötzlich erstarrte. Wie vom Blitz getroffen stoppte auch Jeannine. Gleichzeitig riefen beide: „Was machen *Sie* hier?"

Jeannine löste sich als erste aus der Erstarrung und sagte mit einer Handbewegung erst zur Eintretenden und dann zu Papperin:

„Darf ich vorstellen: Cloé Blanchard, Verlobte des Ermordeten Patrick Pradel und *commissaire* Papperin, *police judiciaire, brigade criminelle"*

***

„Eine unglaubliche Geschichte, Aschenputtel auf modern." Jeannine hob ihr Glas und prostete Papperin zu.

„Das arme aber wunderschöne Mädchen vom Land gerät in die Fänge von Kriminellen und landet als Prostituierte im Bordell. Da kommt der schöne Prinz in Gestalt des *trufficulteur* Patrick Pradel und befreit sie aus diesem Milieu. Er holt sie zu sich auf sein Schloss beziehungsweise auf seinen Hof. Sie beschließen zu heiraten und wollen ein glückliches Leben mit ihren hoffentlich zahlreichen Kindern und seiner Mutter führen. Und wenn sie nicht gestorben sind, dann …"

„Dann wurde der schöne Prinz erschossen", unterbrach Papperin Jeannines literarischen Ausflug in die Märchenwelt.

„Richtig rührend die Geschichte", fuhr er fort. „Der reiche Trüffelbauer geht ins Puff, trifft dort die Frau seiner Träume. Er verliebt sich in sie und sie in ihn. Es ist Liebe auf den ersten Blick. Natürlich gibt sie sofort ihren Job als Prostituierte auf und freut sich auf ihr neues Leben an der Seite eines reichen Mannes. Nur ab und zu besucht sie ihre alten ‚Kolleginnen', bringt Kuchen mit und sie halten ein gemütliches Schwätzchen - Erinnerungen an alte Zeiten und so weiter. Klingt fast zu schön, um wahr zu sein."

„Es scheint aber zu stimmen", meinte Jeannine. „Ich habe ja gesehen, welch herzliches Verhältnis sie zur alten Madame Pradel hat, ihrer künftigen Schwiegermutter."

Sie verstummte, weil ein Kellner an den Tisch getreten war, um die leeren Vorspeisenteller wegzunehmen. Ein zweiter Kellner trug den Hauptgang des Menüs auf und erläuterte mit vornehm leiser Stimme: *„Le Pigeonneau de Haute-Provence, doré à l'ail doux."*

Sie widmeten sich dem Genuss dieser Spezialität des Hauses. Das zarte Fleisch der Täubchen harmonierte wunderbar mit dem milden Knoblauch. Dazu der fruchtige Sauvignon blanc aus dem Weingut Domaine de la Poussie in Sancerre - Papperin schwebte im kulinarischen Himmel. Er nahm sich fest vor, das Gericht zuhause nachzukochen, so gut schmeckte es ihm. Erst als der letzte Tropfen der herrlichen Soße mit einem Stück Baguette aufgesogen und genossen war, kam das Gespräch wieder in Gang.

„Sie hat wahnsinnig viel geredet, ohne sich unterbrechen zu lassen. Wir haben fast keine Fragen stellen müssen", resümierte Papperin, als er sich die Unterhaltung nochmals vor Augen geführt hatte, die Jeannine und er mit Cloé Blanchard in einer kleinen Bar in Manosque geführt hatten.

Nachdem die Verblüffung abgeklungen war, die sowohl von Cloé Blanchard als auch von Jeannine Besitz ergriffen hatte, hatte Pradels Verlobte vorgeschlagen, sich zu einem *café* zusammen zu setzen, „aber nicht hier bei *Brigitte*", hatte sie betont, sondern „irgendwo draußen in der Stadt." So hatten sie sich auf den Weg in die Altstadt gemacht und in einem gemütlichen Café nahe der Église Saint-Sauveur einen Tisch gefunden, wo sie sich ungestört unterhalten konnten.

Cloé Blanchard hatte immer wieder betont, wie dankbar sie Patrick sei, dass er sie dort herausgeholt und ihr ein neues Leben ermöglicht hatte.

„Er ist ein wunderbarer Mann. Er hat mich verwöhnt, hat mir alle Wünsche von den Augen abgelesen. Er wollte mich immer um sich haben, mich gar nicht mehr weglassen von sich."

Aber sie habe sich ein kleines Stückchen Freiheit vorbehalten, sei vorläufig noch nicht zu ihm in die *bastide* gezogen, sondern habe ihre kleine Wohnung in Manosque behalten. Und das sei gut so, meinte sie, nach diesem fürchterlichen Unglück, dem Mord an Patrick. Denn ohne ihn wolle sie nicht auf dem abgelegenen Anwesen *La Chênaie* leben, allein, nur mit der trauernden Mutter.

Die Nachspeise wurde serviert: Papperins Lieblingsdessert *tarte tatin*.

„Fährst du?", fragte er Jeannine und als diese nickte, bestellte er sich einen Calvados – *hors d'âge*. Zu dem warmen karamellisierten Apfelgericht gehörte der normannische Apfelbrand nach seinem Geschmack einfach dazu.

„Das hast du geschickt gemacht", lobte ihn Jeannine, „wie du die Sprache auf das Vermögen und das Testament gebracht hast."

Nachdem Cloé Blanchard die Mutter des Toten mitfühlend bedauert hatte, die jetzt mit ihrer Trauer einsam auf dem Hof leben musste, hatte Papperin gemeint:

„Aber wenigstens braucht sie sich keine finanziellen Sorgen zu machen. Sie erbt wohl das Vermögen ihres Sohnes. Wie wir wissen, ist das nicht wenig. Es sei denn, er hat ein anderslautendes Testament gemacht."

„Wie reich Patrick ist … war … weiß ich nicht. Aber er hatte immer ausreichend Geld bei sich", hatte Cloé geantwortet. „Und auch sein Auto und seine Harley waren sicher nicht billig. Von einem Testament hat er nie gesprochen. Wenn es eines gäbe, dann wüsste ich das, denn wir hatten keine Geheimnisse voreinander."

Sie nippte an ihrem Kaffee und schaute den Kommissar nachdenklich an. Dann stellte sie die Tasse zurück auf die Untertasse, riss das Zuckerheftchen auf und schüttete den Inhalt in den Kaffee. Sie beobachtete wie das weiße Pulver langsam im Kaffeeschaum versank und rührte mit dem kleinen Mokkalöffel bedächtig um.

„Aber Geld hilft Mirèio nicht bei ihrer Trauer", meinte sie schließlich. „Wenn es tatsächlich so viel ist, wie Sie andeuten, dann könnte sie sich eine schöne Wohnung in der Stadt kaufen. Aber wie ich sie kenne, will sie nicht wegziehen. Die Familie lebt seit Generationen dort."

Wieder nahm sie einen Schluck aus der Kaffeetasse, dann schien sie einen Entschluss gefasst zu haben. Mit einer energischen Bewegung stellte sie die Tasse zurück.

„Ich will ihr helfen, darüber hinwegzukommen. Ich werde sie oft besuchen, mit ihr etwas unternehmen, in die Stadt fahren, einkaufen. Aber ich kann mir nicht vorstellen, wie sie die ganze Arbeit schaffen soll. Vielleicht sollte sie die Plantage verpachten?"

***

Die Rückfahrt nach Aix fand zunächst schweigend statt. Nur das leise Brummen des Motors, der den Polizeiwagen über die nächtliche Autobahn zog, war zu hören. Jeannine und Papperin saßen im Dunkeln und hingen ihren

Gedanken nach. Er genoss noch einmal das vorzügliche *dîner*, das leider schon vorbei war. Jeannine beschäftigte das Schicksal der beiden Frauen - Cloé Blanchard und Mirèio Pradel. Die eine schien das große Los gezogen zu haben und fand sich plötzlich auf dem harten Boden der Realität wieder. Die andere hatte ihren einzigen Sohn verloren, ein Verlust, der auch mit noch so viel Geld nicht aufgewogen werden konnte.

Ein lustvolles Stöhnen unterbrach die Stille:

„Das war so hervorragend, da will ich bald wieder hin", seufzte Papperin. „Mit Odile, auch ihr wird es sehr gefallen. Kommst du wieder mit? Am nächsten Wochenende?"

Das angenehme Ambiente bei dem vorzüglichen Menü und das vertraute Beisammensein mit Jeannine hatten Papperin ganz vergessen lassen, dass sie eigentlich vereinbart hatten, ein zwar freundschaftliches, aber strikt dienstlich-kollegiales Verhältnis zu wahren und keine persönlichen oder familiären Beziehungen mehr zuzulassen. Unschlüssig, ob das eine gute Idee war, antwortete Jeannine nur mit einem gebrummten „Hmmm" um dann auf Dienstliches zurück zu kommen.

„Was hältst du von dieser Cloé?"

„Eine sympathische junge Frau", meinte Papperin. Es ist fast ein Glück, dass ihr Verlobter tot ist und sie nicht mehr in seine krummen Geschäfte hineinziehen kann."

„Du vergisst, wo sie herkommt! Ganz sauber ist die auch nicht. Immerhin hat sie als Nutte gearbeitet."

„Nicht freiwillig! Das hat sie uns doch gesagt. Und sie hat es ja auch geschafft, wieder rauszukommen."

Offensichtlich hat sie einen großen Eindruck auf Jean-Luc gemacht, mit ihrem Aussehen und ihrem Sexappeal, dachte Jeannine. Dass sich Männer immer so von Äußerlichkeiten beeinflussen lassen, wunderte sie sich. Anscheinend war auch ihr Jean-Luc dagegen nicht gefeit.

Kapitel 8
... schon wieder ein fragwürdiges Alibi

Sonntag, 31. Januar

„Warum bist du so still?"

Odile Papperin hatte den schweren Holztisch im *séjour* der Ölmühle für das gemeinsame sonntägliche Frühstück reich gedeckt. Neben dem noch ofenwarmem Baguette und knusprigen Croissants, die sie frühmorgens aus der *boulangerie* geholt hatte, gab es ihre selbstgemachte Feigenmarmelade und die *confiture d'oranges et de clémentines de Corse,* die ihr Sohn so liebte und die sie immer in dem kleinen *8 à Huit*-Lebensmittelgeschäft im Nachbardorf für ihn kaufte. Dazu hatte sie eine frische bretonische *beurre aux grains de sel de Guérande* auf einem Glastellerchen angerichtet. Normalerweise ließ sich Jean-Luc - wenn sein hektischer Beruf ihm dafür Zeit ließ - zuerst ein Croissant schmecken, um dann auf ein Stück des der Länge nach aufgeschnittenen Baguettes reichlich Salzbutter zu streichen und darauf ein paar Teelöffel der korsischen Orangenmarmelade zu verteilen. Natürlich trank er dazu mehrere Tässchen Espresso. In der wärmeren Jahreszeit setzte er sich anschließend mit der Sonntagszeitung in den Schatten der großen Platane im Innenhof der Ölmühle, zündete sich eine seiner geliebten *Gitanes-Maïs* an und trank ein Gläschen Rosé dazu. Jetzt im Winter fand das üblicherweise alles im großen Wohnraum statt, allerdings meistens ohne Zigarettenqualm, weil Odile den Gestank des kalten Rauches nicht ausstehen konnte.

Heute Morgen schien ihrem Sohn allerdings die nötige Ruhe zu fehlen. Kaum hatte er sein Croissant verschlungen und hastig die Espressotasse geleert, entschuldigte er sich bei Odile:

„*Excuse moi, maman,* aber ich muss jetzt ins Kommissariat. Gestern ist uns einer der möglichen Täter von der Schippe gesprungen…"

„Gestorben? Wer?"

„Nein, aber sein Alibi hat sich bestätigt und er kommt für den Mord nicht mehr in Frage. Jetzt müssen wir den anderen Spuren und Hinweisen nachgehen und hoffen, dass wir einen Täter finden und ihm den Mord auch nachweisen können."

„Ich dachte Ihr habt den Übeltäter schon, diesen Trüffelbauern. Das stand doch ausführlich in der Zeitung?"

„Der Staatsanwalt hält ihn für den Mörder und will Anklage erheben. Das hat er in den Medien lautstark verkündet, aber ich bin absolut nicht überzeugt. Im Gegenteil …"

„Und was willst du heute, am Sonntag, erreichen. Da ist doch niemand, außer der Feiertags-Notbesetzung. Bleib lieber hier und erhole dich, spanne aus. Ich koche was Gutes. Am Montag kannst du dann wieder voll einsteigen in deinen Job. Die Verbrecher laufen dir schon nicht davon. Und du brauchst jetzt mal etwas Ruhe nach dem ganzen Stress der letzten Woche."

Einerseits war Papperin gerührt über die offensichtliche Sorge, die sich seine Mutter um sein Wohlergehen machte. Sie ist eine sehr liebe *maman*, dachte er. Andererseits war ihm auch klar, dass sie den Sonntag nicht gerne allein zuhause verbringen wollte. In der Ölmühle gab es jetzt im späten Winter nicht mehr sehr viel zu tun. Die Oliven waren längst geerntet, das neue Öl war gepresst und wartete in den riesigen INOX-Containern auf Kunden. Heute war allerdings nicht damit zu rechnen. Die Firmenkunden kamen grundsätzlich nur an Werktagen. Und Touristen, die während der Saison zu durchaus beachtlichen Wochenendumsätzen führten, gab es jetzt nicht. Im Winter war die einheimische Bevölkerung unter sich. Papperin überlegte. Eigentlich hatte Odile Recht, er könnte auch von zuhause arbeiten. Er wollte ohnehin nur die Archive durchforschen und im polizeiinternen Netz und im Internet Informationen zu den Verdächtigen recherchieren. Dass könnte er auch von Cabanosque aus. Wahrscheinlich würde er im Kommissariat Guy-deux antreffen oder Claude, die ihm ihre neuesten Ergebnisse mitteilen könnten. Aber insgeheim war ihm klar, er wollte nach Aix, weil er hoffte, dort Jeannine anzutreffen. Mit ihr am Computer sitzen, gemeinsam die Internetrecherchen machen, den Fall diskutieren - davon träumte er. Dann könnte er sie zum Mittagessen in ein gutes Restaurant einladen. Er war innerlich zerrissen. Einerseits sehnte er sich nach ihrer Nähe, andererseits war ihnen beiden klar, dass das auf Dauer nicht gut gehen konnte.

„*Maman*, du hast Recht. Ich bleibe heute hier", gewann die Vernunft die Oberhand. „Das ist geruhsamer. Aber trotzdem muss ich was tun. In meinem Arbeitszimmer am Computer. Du wirst den Sonntag weitgehend alleine verbringen müssen, ich kann dir nicht viel Gesellschaft leisten. *Désolé!*"

Papperin zog sich in den Trakt des Anwesens zurück, in dem er die Wohnung für sich und Nia ausgebaut und sein Arbeitszimmer eingerichtet hatte. Sofort vergrub er sich in verschiedenen Archiven auf der Suche nach Informationen zu den in ihren Fall involvierten Personen. Zu Damien Valbonne fand er in den Dateien der verschiedenen Polizei- und Verwaltungsbehörden nichts Belastendes. Über Google gab es lediglich Hinweise auf zahlreiche Presseberichte, die sich mit der Zerstörung des Elektrozauns und deren Folgen befassten. Aber das war alles nichts Neues für Papperin. Auf der Suche nach Informationen zu Philippe Valbonne, Damiens Sohn, wurde er auf die Homepage eines Sportschützenvereins geleitet. Nach den vielen Ehrungen, die dort beschrieben wurden, musste es sich bei Philippe um einen herausragenden Schützen handeln. Aber auch das brachte Papperin nicht weiter, denn Philippes Alibi war unumstößlich. Er wollte sich gerade dem Immobilienmakler aus Aups, diesem Maxime Doisset, zuwenden, als sein PC ihn darauf aufmerksam machte, dass eine neue E-Mail eingegangen war. Sein Mitarbeiter Claude Lavalle hatte ihm geschrieben. Die Rockerbande der *Motards Furieux* halte heute ein Treffen in Saint Maximin la Sainte Baume ab. Er, Claude Lavalle, werde hinfahren, weil er dort sicher deren Chef Luc Lemaire treffen werde. Mit dem müsse er unbedingt reden.

„Da will ich dabei sein", murmelte Papperin, griff zum Telefon und rief im Kommissariat an.

„*Oui?*", meldete sich eine Stimme, nachdem es mehrere Male geläutet hatte.

„*Allô?* Claude, sind Sie dran?"

Als der Angerufene das bestätigte, fuhr Papperin fort:

„Wo haben Sie die Info her?"

„Die haben es auf ihrer Homepage ganz offen verkündet. Wundert mich eigentlich, dass Verbrecher so offen auftreten."

„Warum wundert Sie das. Die sind ein eingetragener Verein, der ganz normale Zusammenkünfte abhält. Das können sie gefahrlos im Netz kundtun. Ihre kriminellen Pläne, die werden sie selbstverständlich draußen lassen. Darüber reden sie wahrscheinlich nur, wenn sie unter sich sind - nicht einmal am Telefon." Dann kam Papperin auf das Rockertreffen zurück:

„Saint Maximin, das ist ja ganz in der Nähe von mir. Ich werde auch hinkommen. Wo findet das Treffen genau statt?"

„Auf der Place Malherbe. Das muss mitten im Zentrum sein."

„Ich weiß, der Marktplatz, nicht weit von der Basilique Sainte-Marie-Madeleine. Treffen wir uns vor der Basilika. In einer halben Stunde. Schneller werden Sie von Aix aus nicht dort sein können, *d'accord?*"

***

Die Place Malherbe bebte vom Knattern und Röhren der schweren Motorräder, die in langer Schlange auf den zentralen Platz der Stadt Saint Maximin einbogen. Etwa zwei Dutzend Männer in schwarzer Lederkluft mit dem Emblem der *Motards Furieux de Provence* auf dem Rücken umkurvten den langgezogenen Platz mehrere Male, ehe sie ihre Maschinen in einer Reihe mitten auf dem Platz aufbockten, um dann in eine der umliegenden Bars einzufallen. Unter lautem Palavern stürmten sie auf die Terrasse, schoben mehrere Tische zu einer langen Tafel zusammen und ließen sich auf die herbeigezogenen Stühle fallen.

„Vingt-six demis!" rief einer der Männer ins Innere der kleinen Bar. Dann warteten sie auf das georderte Bier.

Commissaire Papperin und *lieutenant* Lavalle näherten sich der Meute mit gemischten Gefühlen. Beiden war klar, man würde sie hier nicht mit offenen Armen empfangen. Vermutlich ahnten die *motards,* dass es sich um Polizeibeamte handelte. Zu unterschiedlich war das Outfit. Auf der einen Seite die massigen, schwarzen Schutzanzüge mit dem Vereinslogo quer über die breiten Schultern, einem roten Halstuch um die gedrungenen Hälse und einer schwarzen Sonnenbrille auf den überwiegend kahl geschorenen Köpfen. Papperin war sich sicher, dass Arme und Brust, wären sich nicht von der Motorradkluft verborgen, über und über mit martialischen Tattoos bedeckt waren. Auf der anderen Seite die beiden Ermittler, mit ihrem bürgerlichen Aussehen in Jeans und Sakko.

„Hey ihr! Bullen sind hier unerwünscht!", rief ihnen eine raue Stimme entgegen. „Also: zieht Leine!"

Als Polizist fällt man offensichtlich sofort auf, dachte Papperin, vor allem in bestimmten Milieus. Er wandte sich an den Rufer:

„Ob ihr uns mögt oder nicht, ist uns so etwas von egal. Wir mögen euch auch nicht. Aber wir müssen euren Chef sprechen: Luc Lemaire."

Papperin blickte in die Runde und wandte sich dann an den direkt vor ihm Sitzenden: „Wer von euch ist es?"

Der Angesprochene spuckte auf den Terrassenboden. Dann drehte er sich um und rief einem Mann, der sich draußen an seiner Maschine zu schaffen machte, zu:

„Hey Luc! Da sind zwei *flics*. Die wollen was von dir."

„Sag ihnen, ich hab keine Zeit."

Papperin wandte sich ab und ging hinaus zu dem Anführer der Motorradbande. Claude Lavalle folgte ihm.

„Ich schätze mal, Sie müssen sich die Zeit nehmen mit uns zu reden. Wenn nicht, dann nehme ich Sie vorläufig fest und wir unterhalten uns auf dem Kommissariat. Also?"

„Was wollen Sie von mir?", lenkte der Gangboss ein und setzte sich seitlich auf seine Harley. „Ich hab mit der Polizei nichts am Hut. Hab meine Strafe abgesessen und bin als freier Mann hier. Sie können mich zu nichts zwingen - und schon gar nicht mich festnehmen!"

„Täuschen Sie sich da mal nicht! Als Verdächtiger in einem Mordfall kann ich mit Ihnen alles Mögliche machen."

Papperin beobachtete den Mann genau, wie er auf die Anschuldigung reagierte. Aber der zeigte keinerlei auffällige Regung.

„Sie meinen Patrick? Damit hab ich nichts zu tun."

„Dann verraten Sie uns, wo Sie gestern vor einer Woche waren - vormittags."

„Überall und nirgends. An dem Samstag habe ich eine Spritztour mit meiner Davie gemacht."

„Dann kann sie das wohl bestätigen. Den vollständigen Namen, die Adresse und die Telefonnummer bitte."

Luc Lemaire krümmte sich vor Lachen, so sehr, dass er beinahe von seinem Motorrad gefallen wäre. Dann tätschelte er den großen Tank seines Gefährts und lachte:

„Name, Vorname, Adresse. Ha, ha! Das hier ist meine Davie - Harley-Davidson. Die können Sie gerne befragen. Ich fürchte nur, da werden Sie nicht viel Erfolg haben." Nachdem er sich wieder beruhigt hatte, meinte er:

„Jetzt mal im Ernst. Wieso kommen Sie zu mir? Wieso wollen Sie mir den Mord an Patrick anhängen. Er ist einer meiner besten Freunde, seit Jahren Mitglied in unserem Verein. Einer unserer wichtigsten Männer. Er verdient viel Geld mit seinem Trüffelding und davon steckt er viel in den Club - sehr viel sogar. Wieso sollte ich den umbringen?"

Papperin zögerte. Er überlegte, wieviel Informationen er preisgeben sollte. Er formulierte im Kopf seine nächste Frage, als sich *lieutenant* Lavalle mit erbarmungsloser Offenheit einschaltete:

„Von seiner Mutter wissen wir, dass er aussteigen wollte - aus eurer kriminellen Gang. Und dass ihr Verbrecher seid, das wissen wir. Manches vermuten wir, aber eine ganze Menge konnten wir auch beweisen. Deswegen bist du ja auch gesessen - Vergewaltigungen, Raubüberfälle. Und jetzt hast du dich nochmal gesteigert: Mord an deinem Komplizen, ehe der auspackt und euch noch weiter reinreitet."

„Alles Bockmist!", fuhr ihm Lemaire in die Rede. „Der Patrick hat mir ja alles erzählt. Dass seine *maman* ihn bequatscht hat, bei uns auszusteigen und uns bei den Bullen zu verpetzen, weil ihr das gegen den Strich ging, wieviel Geld er in unseren Club investiert. Er tut nur so, hat er gesagt, als macht er nicht mehr mit, damit seine Alte Ruhe gibt und nicht zu den *flics* rennt. Nur vorübergehend, bis sie sich wieder eingekriegt hat. Außerdem wär er ja blöd. Denn wenn das stimmen würde, dass wir kriminelle Sachen machen, dann würde er ja auch mit drinhängen, dann hätte er ja auch Dreck am Stecken. Also: Alles Fehlanzeige!"

„*Non, non, non!* Da haben wir andere Informationen. Wegen des Kronzeugenartikels im *code pénal* wäre er straffrei davongekommen. Und wir hätten ihn sogar vor euch und eurer Rache schützen müssen. Für uns ist klar: Ihr habt ihn umgebracht, damit er euch nichts anhängen kann. Und da du der Boss bist und noch dazu kein Alibi hast ..."

„Wer sagt, dass ich kein Alibi habe?"

„Na, du selbst! Bist mit deiner Davie durch die Gegend gekurvt."

„Aber doch nicht allein!" Er sprang von seiner Maschine und ging zu seinen Kollegen auf der Terrasse. „Hey Kumpels, ihr könnt doch bezeugen, wo wir am Samstag letzte Woche hingefahren sind."

„Na klar, Boss! Nach ..." Jetzt zögerte der Antwortende kurz.

„Nach Saint Tropez" sprang ihm ein anderer aus der Gruppe bei.

„Stimmt, da waren wir", fiel ein Dritter ein. „In der doofen Kneipe, wo der Blödmann von Barkeeper uns kein Bier mehr ausschenken wollte."

„Weil wir angeblich so besoffen waren!", beteiligte sich der nächste an der Bestätigung des Alibis für ihren Chef.

„Wann?" Man sah Claude Lavalle an, dass er den Beteuerungen der *motards* nicht glaubte.

„Wir sind so gegen acht Uhr früh im Marseille losgefahren." Jetzt hatte der Anführer wieder das Wort ergriffen. „Über die *route des crêtes* … Cassis, La Ciotat, dann Bandol, Hyères, *corniche des Maures* und zurück auf den schnellen *routes nationales* … die klassische Bikerrunde eben!"

„Ein perfektes Alibi", bestätigte Papperin. In Gedanken ergänzte er: „das ihr euch soeben zusammenimprovisiert habt."

***

Ins Kommissariat nach Aix mussten sie getrennt fahren, jeder mit seinem eigenen Wagen. Dort allerdings setzten sie sich sofort zusammen, um sich ausführlich über das merkwürdige Verhör der *Motards Furieux* auszutauschen.

„Nehmen Sie denen das ab, mit dem Alibi, Chef?", eröffnete *lieutenant* Lavalle das Gespräch.

„Auf gar keinen Fall. Das haben die schnell aus dem Stegreif improvisiert", vermutete Papperin.

„Oder das ist die Standard-Version, die sie sich früher einmal ausgedacht haben, für den Fall, dass sie irgendwann einmal ein Alibi für einen aus ihrer Bande benötigen."

„Okay, auf alle Fälle sind wir uns einig, dass dieses vermeintliche Alibi einer Überprüfung nicht standhält. Sehr clever übrigens, dass sie auf der schnellen Rückfahrt nicht die *autoroutes* genommen haben wollen. Da hätte man sie an den Zahlstellen nämlich auf Video erfasst und wir hätten es überprüfen können. Auch das spricht dafür, dass es sich um ein vorbereitetes, gefaktes Alibi handelt."

Papperin ging zum Kühlschrank und entnahm ihm eine Flasche Perrier. Nachdem zwei Gläser eingeschenkt und leer getrunken waren, meinte Papperin:

„Claude, nehmen Sie sich die Gangmitglieder bitte nochmal einzeln vor und quetschen sie sie aus. Ich bin sicher, die verwickeln sich in Widersprüche. Welche Route sie genau gefahren sind, wo und wann sie eingekehrt sind, was sie konsumiert haben usw. Am besten laden sie die einzeln vor - hierher aufs Kommissariat. Wenn Sie Unterstützung brauchen, dann nehmen Sie Jeannine oder François dazu. So, für heute machen wir Schluss. Es ist Sonntag. Ihre Frau und ihre Kinder wollen schließlich auch etwas von ihrem *papa* haben."

***

Cathérine Morton war auf der Rückfahrt von ihrer Wohnung in Montpellier. Als sie vor fünf Tagen vom Tod ihres Neffen Patrick erfahren hatte, war sie etwas überhastet losgefahren, um ihrer Schwester Mirèio beizustehen. In der Eile hatte sie so gut wie nichts mitgenommen, weil sie nicht daran gedacht hatte, dass sie so lange bleiben würde. Deshalb fehlten ihr Kleidung und Wäsche zum Wechseln. Vor allem aber hatte sie ihre Medikamente vergessen. Gut, manches davon war wohl nicht so wichtig und nutzte hauptsächlich der Pharmaindustrie. Aber das Asthmaspray sollte sie für Notfälle immer bei sich haben und auch ihre Herztabletten wollte sie nicht so lange aussetzen. Ihr Hausarzt hatte sie ausdrücklich darauf hingewiesen, dass sie die Betablocker regelmäßig einnehmen müsse.

Als es gegen siebzehn Uhr langsam dunkel wurde, war sie erst kurz hinter Nîmes. Es würde noch gut drei Stunden dauern, bis sie in *La Chênaie* ankam. Aber das machte nichts, sie hatte einen Schlüssel. Selbst wenn Mirèio bereits schlief, käme sie ins Haus. Deshalb ließ sie sich Zeit. Sie war ohnehin keine schnelle Autofahrerin, sondern lieber langsam und vorsichtig unterwegs. Deshalb musste sie sich auch nicht so auf das Fahren und den Verkehr konzentrieren, sondern hatte Zeit, ihren Gedanken nachzuhängen.

Und es gab einiges, worüber sie nachdenken musste. Vor allem über das viele Geld, das sie bei ihrem Neffen gefunden hatten und das jetzt wohl Mirèio erben würde. Vor zwei Jahren etwa, bei ihrem letzten Besuch in *La Chênaie* hatte Patrick ihr stolz sein Reich vorgeführt: Seine modern und kostspielig eingerichtete Wohnung, die neu ausgestattete *bastide* mit all den modernen Gerätschaften und den beiden teuren Fahrzeugen. Und wie er angegeben hatte! Das sei nicht alles, hatte er geprahlt. Er hätte noch viel mehr, aber das habe er sicher angelegt. Banken würde er nicht alles anvertrauen. Die zockten einen doch nur ab und seien auf das Geld ihrer Kunden aus. Nein einen Teil seines Vermögens habe er gut versteckt. ‚Schließlich bin ich Landwirt und kenne jeden Quadratzentimeter unseres Anwesens', hatte er gesagt.

„Ein Teil seines Geldes liegt auf der Bank, dann lag in seinem Safe etwas. Was er wohl gemeint hat, mit den Quadratzentimetern seines Bodens?", grübelte sie. „Hat er womöglich Geld vergraben?" Nein, das würde vermodern, vielleicht von den *sangliers* ausgegraben. Die Wildschweine waren eine Landplage in dieser Gegend. Also hatte er es irgendwo versteckt, wo es trocken war und vor Mensch und Tier sicher. Die schwarze Nacht, das gemächliche Dahingleiten durch die Dunkelheit, die gespenstisch am Straßenrand aufragenden Zypressen, die von den Bauern in hohen Hecken gegen die Wucht des Mistrals gepflanzt waren, all das beflügelte Cathérines Phantasie. Stand nicht eine alte *borie* irgendwo in seiner Trüffelplantage. Diese kleinen runden Trockenmauerhütten aus dem vorigen oder vorvorigen Jahrhundert, die überall in der Provence anzufinden waren, boten früher nicht nur Hirten und Feldarbeitern Schutz, sondern waren auch als Verstecke prädestiniert - vor allem heutzutage, wo sie von niemandem mehr genutzt wurden. „Vielleicht", steigerte sie sich in diesen Gedanken hinein, „nein: höchstwahrscheinlich hat Patrick diese kleine Hütte als Versteck genutzt." Das musste sie nachprüfen. Sie könnte das Geld so gut gebrauchen. Mirèio würde sie nichts davon sagen. Die hatte sowieso genug. Schon malte sie sich aus, was sie mit dem gefundenen Geld anfangen würde.

Plötzlich wurde es heller. Sie hatte Arles erreicht. Die Autobahn überquerte die Rhône. Links vor ihr leuchteten und glitzerten Abertausende von Lichtern - Straßenlaternen, erleuchtete Fenster und die blinkenden Weihnachtsdekorationen, die die größeren *rues* und *boulevards* schmückten. Das Lichtermeer führte sie wieder in die Realität zurück. „So ein Quatsch!", schalt sie sich. „Natürlich hat er dort kein Geld versteckt. Das lag doch alles im Safe und auf der Bank!" Als sie die Stadt hinter sich gelassen hatte und es wieder dunkel um sie wurde, regte sich ihre Phantasie wieder und die Wunschträume kamen erneut zum Vorschein.

Spät kam sie in *La Chênaie* an. Es war fast neun Uhr. Alle Lichter im Haus waren bereits erloschen. „Dann schläft Mirèio schon", dachte sie und fasste den Plan, die Gelegenheit zu nutzen und unbeobachtet die kleine runde *borie* in der Trüffelplantage zu inspizieren. Sie parkte ihren Smart For-two vor der alten *bastide,* stieg mühsam aus und drückte die Autotür leise zu. Schließlich wollte sie ihre Schwester nicht wecken. Sie brauchte eine Taschenlampe, deswegen ging sie erst ins Haus. Sie meinte, in der Schublade der großen Anrichte, in der aller möglicher Krimskrams aufbewahrt wurde, kürzlich eine gesehen zu haben. Ohne Licht zu machen, suchte sie mit beiden Händen in der Lade. Schließlich ertastete sie die Leuchte. Ein kurzes Einschalten bestätigte: die Batterie war gut. Vorsichtig schob sie die Lade wieder zu. Dann zögerte sie.

„Eigentlich bin ich eine Närrin!", murmelte sie ganz leise vor sich hin. „Nachts auf Schatzsuche zu gehen! Nichts werde ich finden." Sicher war ihr Neffe nicht so romantisch veranlagt wie sie. Und dumm war er auch nicht. „Trotzdem, einen Versuch ist es wert", sagte sie sich. Von draußen drang ein Geräusch ins Haus, ein Brummen oder Grummeln. „Donnert es?", fragte sie sich. Sie ging zur Haustüre und öffnete sie. Nein, die Sterne blinkten am wolkenlosen Himmel. Vielleicht ein Hubschrauber, der in der Ferne vorüber geflogen war? Sie schaltete die Stablampe an und machte sich auf den Weg zum Eichenhain. Nach einiger Zeit vernahm sie ein leises Knacken hinter sich. Langsam wurde es ihr etwas unheimlich. Was, wenn das ein *sanglier* war, ein Keiler, der sich mit seinen spitzen Hauern auf sie stürzte? Sie blieb stehen, stützte sich mit der rechten Hand an einen dünnen Eichenstamm und lauschte in die Finsternis. Nichts, kein Knacken, kein Tappen von Hufen. Sie beschloss zurück zu gehen. Ein irrsinniger Schmerz schien ihre Brust zu sprengen.

„Mein Herz!", dachte sie erschrocken. Sie merkte weder, wie sie kopfüber nach vorne fiel, noch hörte sie den Knall, der fast gleichzeitig mit der Schmerzlawine ihr Gehirn erreichte.

Kapitel 9
Die Wissenschaft überführt einen Täter und stellt commissaire Papperin vor neue Probleme

Montag, 1. Februar

Wie immer begann die Woche mit einer morgendlichen Lagebesprechung im Kommissariat. Papperin referierte die bisher erzielten Ergebnisse und Erkenntnisse:

„Wir haben nach wie vor mehrere Verdächtige, die mit unterschiedlicher Wahrscheinlichkeit als Täter in Betracht kommen. Erstens Damien Valbonne. Er hat kein Alibi und ein sehr starkes Motiv. Zweitens diesen Luc Lemaire beziehungsweise ein anderes Mitglied aus seiner Bikergang. Hier gibt es ein höchst fragwürdiges, weil abgesprochenes Alibi und ein durchaus gewichtiges Motiv. Drittens diesen Immobilienmakler Maxime Doisset. Sein Alibi ist vermutlich wertlos, weil es von seiner Frau kommt, einer Tussi, die von ihm finanziell voll abhängig ist. Sein Motiv: Rache - seine Frau Clémence ist mit unserem Ermordeten fremdgegangen. Viertens den alten Fremdenlegionär. Motiv: ein früherer Streit wegen eines Trüffelverkaufs. Ich halte es allerdings nicht für wahrscheinlich, dass der alte Kämpfer unser Mörder ist. Angeblich hat er ein Alibi, aber das haben wir noch nicht überprüft - oder doch?" Papperin blickte fragend in die Runde. „Nein? Dann müssen wir das nachholen. François kümmern Sie sich bitte darum. Seine Tochter in Hyères. Die Adresse finden Sie im *dossier*."

Papperin unterbrach seine Zusammenfassung und nahm einen Schluck aus seiner Espressotasse. Dann fuhr er fort:

„Selbst wenn ich nicht glaube, dass eine Mutter ihren einzigen Sohn umbringt: Auch Mirèio Pradel könnte als Täterin in Frage kommen. Sie hat ein durchaus gewichtiges Motiv: Da ihr Sohn - soweit ersichtlich - kein Testament gemacht hat, erbt sie sein nicht unbeträchtliches Vermögen und würde mit dem Mord verhindern, dass er alles an den Verein der *Motards Furieux* seiner Motorradkumpel verschleudert."

„Es könnte noch etwas anderes dazu kommen", ergänzte Jeannine. „Die Frau ist sehr traditions- und ehrbewusst. Möglicherweise wollte sie verhindern, dass er durch seine kriminellen Machenschaften noch mehr Schande und Unehre über die alteingesessene Familie bringt."

„Ein Ehrenmord, meinst du?" Papperin wiegte zweifelnd den Kopf. „Egal, sie bleibt auf dem Radar!"

„Was ist mit ihrer Schwester?", warf Guy-deux ein. „Käme die auch in Frage? Die wirkt nicht sehr vertrauenserweckend und scheint noch dazu ziemlich habgierig zu sein."

„Aber sie erbt doch nichts, weder per nicht existierendem Testament noch per gesetzlicher Erbfolge!", widersprach Guy Malmotte.

Trotzdem vereinbarte man, dass auch hier die Frage des Alibis geprüft werden musste.

Nachdem wieder eine längere Gesprächspause vergangen war, in der sich alle dem Genuss des Kaffees und der Croissants hingaben, meldete sich Jeannine wieder zu Wort:

„Was ist mit dieser Cloé Blanchard, seiner Verlobten?"

„Blödsinn!" Guy-deux war bekannt für seine unverblümte Ausdrucksweise. „Die verliert doch nur durch seinen Tod!"

„Schon, aber das Milieu aus dem sie kommt? Und die Fotos auf dem Handy ihres Verlobten?"

„Jeannine, du hast doch selbst gesagt, dass sie eine so nette und sympathische Frau ist, die sich sehr liebevoll um ihre Beinahe-Schwiegermutter kümmert", widersprach

Papperin. „Wenn überhaupt, dann würde ich sie an die allerletzte Stelle unserer Liste setzen."

Wieder entstand eine längere Gesprächspause, in der jeder seinen Gedanken nachhing. Die Stille wurde nur unterbrochen durch das Klappern von Espressotassen, die auf die Untertassen zurückgestellt wurden, durch das Geräusch beim Umrühren, sowie ab und zu vom Knuspern, das beim Abbeißen von einem knusprigen Croissant entstand.

„Wie gehen wir jetzt weiter vor?" Die Frage hatte Papperin eigentlich sich selbst gestellt. Aber da er sie laut ausgesprochen hatte, blickten ihn alle erwartungsvoll an.

„Selbstverständlich müssen die Alibis überprüft werden. Das haben wir ja bereits besprochen und die Aufgaben wurden verteilt. Machen Sie sich an die Arbeit. Besonders wichtig scheinen mir hierbei die Alibis der *Motards Furieux* zu sein."

Das Quengeln des Telefons drang aus dem Vorzimmer in den Besprechungsraum und unterbrach die Beratungen. Monique Dépardieu nahm das Gespräch an und lauschte eine Weile in den Hörer.

„Jean-Luc", rief sie durch die offenstehende Tür, „Madame Pradel ist am Apparat. Sie will dich dringend sprechen. Sie sagt, ihre Schwester sei verschwunden. Soll ich durchstellen oder kommst du rüber?"

Papperin winkte ab und ging an das Telefon im Sekretariat.

„*Bon jour, madame Pradel!* Was ist mit Ihrer Schwester?"

Nach dem der erste aufgeregte Redeschwall abgeklungen war und die Anruferin sich etwas beruhigt hatte, berichtete Madame Pradel ausführlich. Ihre Schwester Cathérine Morton habe am Sonntag kurz zu sich nachhause nach Montpellier fahren wollen. Sie sei auch tatsächlich weggefahren.

„Und irgendwann muss sie gestern Nacht auch zurückgekommen sein, denn ihr Auto steht vor der alten *bastide*. Aber sie selbst ist nicht da! Ich habe im ganzen Haus nach ihr gesucht und auch in der *bastide*. Aber da war sie nirgends. Jetzt bin ich ratlos, was soll ich tun?"

„Haben Sie auch in der Umgebung des Hauses gesucht?", fragte Papperin.

„Ja, aber da ist sie auch nirgends."

„Vielleicht macht sie einen Spaziergang?", gab Papperin zu bedenken.

„Nein, doch nicht Cathérine. Das passt nicht zu ihr. Ihr muss etwas zugestoßen sein."

„Was sagt die Gendarmerie?"

„Bei denen war ich nicht und zu denen will ich auch nicht. Ich habe gedacht, ich rufe Sie an. Können Sie mir nicht Ihre nette Kollegin schicken."

„Warten Sie noch eine Weile! Ich gehe davon aus, dass sie bald auftaucht. Vielleicht sucht sie Trüffel oder macht eine kleine *randonnée*. Falls sie in ein bis zwei Stunden nicht zurück ist, dann verständigen Sie bitte die *gendarmerie nationale* in Moustiers Sainte Marie. Die ist hier zuständig."

„Aber wie ..."

„Wählen Sie die 17 oder die 112, dann werden Sie automatisch verbunden. Und rufen Sie mich bitte an, wenn Ihre Schwester wieder aufgetaucht ist. Wir müssen nochmal mit ihr sprechen."

Zurück im Besprechungszimmer meinte Papperin zu seinen Mitarbeitern: „Die Pradel vermisst ihre Schwester. Sie denkt, ihr ist etwas zugestoßen. Aber eigentlich glaube ich, dass sie bald wieder auf der Bildfläche erscheint. Da das mit unserem Fall wohl nichts zu tun hat, habe ich Madame Pradel an die Gendarmerie verwiesen."

„Vielleicht hat sie noch was gefunden, Geld, Schmuck oder so und ist damit abgehauen. Zuzutrauen wäre es ihr! Sympathisch ist mir die nicht. Das wäre doch eine Möglichkeit?", versuchte Guy-deux in seiner flapsigen Art einen Bezug zum Tod von Patrick Pradel herzustellen."

„Abgehauen, ohne ihr Auto? Denn das steht noch dort. Wahrscheinlich geht sie nur spazieren - bei dem schönen Wetter."

***

Nachdem die Morgenbesprechung zu Ende war, machte sich Papperin an die Arbeit, die er eigentlich schon am Sonntag erledigen wollte. Sie hatten zwar eine beachtliche Liste von Verdächtigen. Aber bei keiner der dort aufgeführten Personen glaubte er eigentlich an deren Schuld. Vielleicht mit Ausnahme des Gangbosses Luc Lemaire oder eines seiner Kumpels. Es musste doch noch andere Figuren mit einem überzeugenden Motiv geben, die für diesen Mord in Frage kamen. Hierzu wollte er sich noch intensiver als sie dies bisher schon getan hatten mit dem Opfer befassen. Deswegen wollte er sich noch tiefer ins Leben des Toten versenken. Vielleicht fand sich dort noch jemand Passendes. Während sein PC hochfuhr, klopfte es und ein schlanker Kopf mit langen schwarzen Haaren schob sich durch die sich öffnende Türe.

„Jeannine!"

„*Hé Jean-Luc!* Bist du auch frustriert von unserer Besprechung?"

„Ja, deswegen will ich mehr über den Pradel rausbekommen und über mögliche Feinde, die er noch haben könnte. Machst du mit? Hilfst du mir in Dateien und Archiven zu stöbern?"

Sie nickte, kam vollends herein, ging um den Schreibtisch, zog sich einen Stuhl heran und setzte sich neben ihren Chef vor den PC.

„Gehen wir doch mal so vor", schlug sie vor. „Wenn der Pradel zu den *Motards Furieux* gehörte, dann hat er bestimmt bei den Straftaten mitgemacht, die diese Banditen begangen haben. Das waren meist Einbrüche und Raubüberfälle. Es könnte doch sein, dass sich eines von den damaligen Opfern gerächt hat. Wir sollten also alle Fälle raussuchen, an denen die *motards* beteiligt waren"

„Oder die der Pradel alleine gedreht hat", warf Papperin ein.

„Und uns die jeweiligen Geschädigten genauer anschauen", setzte Jeannine ihre Überlegung fort. „Keine Bagatellsachen, sondern nur solche Fälle, wo die Opfer einen so schweren Schaden genommen haben, dass ein Rachemord gerechtfertigt erscheint. Sowas ähnliches haben wir schon einmal gemacht, als wir versucht hatten, von den geraubten Schmuckstücken auf die Täter zu schließen. Dabei ist leider nichts rausgekommen. Jetzt machen wir es eben umgekehrt: Wir gehen von den Verbrechern aus und suchen nach ihren Opfern."

Die nachfolgenden Stunden verbrachten sie damit, die verschiedensten Datenbanken nach den Begriffen *Motards Furieux* und Patrick Pradel zu durchsuchen. Sie förderten eine Unmenge an Treffern zutage. Was Pradel anbelangte, handelte es sich überwiegend um Verkehrsdelikte. Meist war er viel zu schnell gefahren und mit seiner Harley oder seinem Cayenne geblitzt worden. Auch bei ein paar Schlägereien zwischen verfeindeten Bikergruppen tauchte sein Name auf. Aber es war nichts dabei, was einen Mord als Reaktion rechtfertigen würde.

„Mit dem Namen haben wir kein Glück. Irgendwie schwer frustrierend!", meinte Jeannine, lehnte sich weit zurück und streckte und dehnte ihren Oberkörper, um die vom starren Sitzen vor dem Bildschirm verkrampften Muskeln zu lockern. Papperin genoss diesen Anblick. Er konnte nicht anders, er musste sie einfach umarmen, an sich ziehen und fest an sich drücken. Zuerst schien sie sich dagegen zu wehren, doch dann schmiegte sie sich an ihn. Eine Weile verharrten sie so, bis sie sich löste und von ihm abrückte.

„Genau das wollten wir doch vermeiden", stieß sie atemlos hervor.

„Aber ich habe es genossen", dachte sie.

„Aber es war schön!", sagte er. „Machen wir weiter – am Computer?"

Sie nickte, wandte dann aber ein: „Und nach was sollen wir jetzt suchen? Den Namen haben wir durch, der hat nichts gebracht."

„Vielleicht war er an einem Ding beteiligt, sie haben ihn nicht erwischt, aber er hat dort Fingerabdrücke hinterlassen. Wir haben doch seine *empreintes*? Die sollten wir durch die Datenbanken jagen. Wenn wir Glück haben, stoßen wir auf ein paar Fälle, bei denen man genau diese Prints gefunden hat, sie aber keinem Namen zuordnen konnte, weil Pradel eben noch nicht polizeilich erfasst war."

„Aber er ist doch amtsbekannt, wegen seiner Raserei!"

„Aber Jeannine, bei Verkehrsdelikten wird man doch nicht erkennungsdienstlich behandelt!"

„Und wenn wir ihn über die Abdrücke einem Verbrechen zuordnen können, dann haben wir ein Opfer, das wir unter die Lupe nehmen. Jean-Luc, dasselbe sollten wir auch mit seiner DNA machen."

„Ich weiß nicht, ob wir die kennen? Ich rufe meinen Freund Florian an. Der hat doch alle Spuren wissenschaftlich untersucht und die Resultate archiviert. Vielleicht hat er auch seine DNA bestimmt. Hoffentlich! Denn davon verspreche ich mir mehr als von Fingerabdrücken. Dass man bei Einbrüchen Handschuhe tragen muss, weiß inzwischen selbst der letzte Ganove." Bei diesen Worten zog Papperin das Telefon zu sich heran und tippte eine Nummer ein.

„Jean-Luc hier! Hallo Florian! Sag mal hast du die DNA von unserem Trüffelmann?"

„Für was hältst du mich? Für einen Amateur? Ich bin Wissenschaftler und als solcher arbeite ich gründlich. Selbstverständlich habe ich die DNA bestimmt."

„Großartig! Die brauchen wir dringend!"

„Wieso, der Pradel ist doch euer Opfer und kein Mörder, dem ihr seine Tat nachweisen müsst."

„Doch, er ist auch Täter. Zumindest könnte es sein, dass ..." Und jetzt erläuterte Papperin seinem Freund Florian Berlinotte, dem Leiter der *police scientifique* von Aix, den Plan, wie sie über Pradels DNA zu möglichen weiteren Verbrechen kommen könnten, an denen er beteiligt war, und damit zu Geschädigten und Opfern, die sich möglicherweise an ihm gerächt haben.

„Du hoffst, man hat bei irgendeinem Verbrechen organische Spuren gefunden, daraus die DNA erstellt und sie in die FNAEG, die nationale DNA-Datenbank eingestellt, ohne zu wissen, zu wem die DNA gehört. Klingt logisch. Das können wir versuchen. Aber dazu müsst ihr zu mir rüberkommen. Ich habe alles hier auf meinem Computer."

„Okay, in spätestens einer halben Stunde sind wird bei dir. *Salut Florian!*"

***

Sie brauchten etwas mehr Zeit, bis sie vor dem Gebäude einparken konnten, in dem die *police scientifique* residierte. Der nachmittägliche Berufsverkehr hatte bereits eingesetzt und die Straßen verstopft. An der Pforte wurden sie schon ungeduldig erwartet. Dr. Florian Berlinotte ging seinem Kommissarfreund entgegen. Die beiden Männer schlugen sich zur Begrüßung kameradschaftlich auf die Schultern.

„*Mademoiselle Dalmasso*", wandte sich der Wissenschaftler Jeannine zu, ergriff ihre Hand und hauchte einen Handkuss darauf. „Ich habe Sie seit langem nicht mehr gesehen und bin immer wieder aufs Neue von Ihrer Schönheit überwältigt."

„Alter Charmeur!", schalt ihn Papperin. „Lass das und hilf uns lieber bei unserer Arbeit!"

Sie fuhren mit dem Aufzug in die zweite Etage, gingen durch einen langen Korridor, durchquerten einen riesigen, mit lauter technischen Geräten ausgestatteten Laborraum, bis sie schließlich im Büro des leitenden Wissenschaftlers ankamen.

„Ich habe schon vorgearbeitet", erklärte Dr. Berlinotte, indem er auf zwei der Bildschirme deutete, die seinen gigantischen Schreibtisch wie die Kommandozentrale eines Kraftwerks aussehen ließen.

„Das hier links ist das DNA-Profil eures Ermordeten."

Dann zeigte er auf einen anderen Bildschirm.

„Und das habe ich im nationalen DNA-Archiv FNAEG gefunden. Dort gibt es unter anderem auch eine Datei von namenlosen DNA, denen man keine Person zuordnen kann."

Papperin konnte mit den bunten Strichcodes wenig anfangen. Ihm war zwar bekannt, dass man bei der DNA-Analyse aus den DNA-Molekülen ein Identifizierungsmuster ableitete, das man sowohl als Zahlencode als auch grafisch-farblich darstellen konnte. Wie er von früheren Fällen wusste, sahen die Bandenmuster verschiedener Moleküle alle gleich aus. Nur ein Spezialist konnte hier Unterschiede erkennen. Deswegen sagte er:

„Also ich kann nichts dazu sagen. Die schauen ziemlich gleich aus. Kannst du was damit anfangen?", fragte er Jeannine, die mit beiden Zeigefingern die Bildschirme entlangfuhr um die Strichcodes einzeln zu vergleichen. Sie schüttelte verneinend den Kopf.

„Aber ich!", warf Dr. Berlinotte stolz ein. „Die beiden sind hundertprozentig identisch!"

„Und was heißt das für uns und unseren Fall?", fragte Papperin.

„Das heißt: Die beiden Proben stammen von derselben Person - eurem Mordopfer Patrick Pradel. Die linke hier", dabei zeigte er auf den links stehenden Bildschirm „habe ich von eurem Toten genommen." Der Wissenschaftler machte eine Kunstpause und blickte die beiden Polizeibeamten über den Rand seiner Brille an.

„Und die andere?", fragte Papperin voller Ungeduld. Er wusste, dass sein Freund ihn gerne auf die Folter spannte und mit technischen und wissenschaftlichen Detailerläuterungen zuschüttete, von denen er, Papperin, nichts verstand.

„Tja, die andere Probe ... also eigentlich solltet ihr das rausfinden. Aber ich habe euch die Arbeit abgenommen. Sie wurde vor drei Jahren von der Spurensicherung der Gendarmerie in Aubagne genommen und mit den Daten der FNAEG abgeglichen. Doch leider hat man keinen Namen dazu gefunden."

Der Wissenschaftler wandte sich einem dritten Bildschirm zu und tippte etwas in die dazu gehörende Tastatur.

„Die Gendarmerie hatte damals in einem Einbruchdiebstahl zu ermitteln. Dabei wurden die Einbrecher von der Hausfrau überrascht. Sie haben die Frau gefesselt und mehrfach vergewaltigt. Das muss fürchterlich gewesen sein. Neugierig wie ich nun mal bin, habe ich mir die Berichte und Protokolle angesehen. Die sind sehr brutal vorgegangen. Zum Glück hat man sie erwischt - fast alle. Aber die Strafen, die sie bekommen haben, waren viel zu niedrig. Also nach meinem Dafürhalten hätte man sie lebenslänglich ... Das wäre auch rechtlich möglich ..."

„Das heißt, unser Pradel war einer von den Einbrechern und Vergewaltigern?", brachte Jeannine den Sermon, der in allgemeine rechtsphilosophische Sphären abzugleiten drohte, auf den Punkt.

„So ist es. Jetzt kann man ihn leider nicht mehr dafür belangen. Aber schlussendlich hat ihn doch die Todesstrafe ereilt - mehr als unser Rechtsstaat je zugelassen hätte."

„Du glaubst also, das Vergewaltigungsopfer von damals hat sich gerächt?" Papperin ließ sich die Konsequenzen dieser Schlussfolgerung durch den Kopf ziehen: Neues Motiv, neue Tatverdächtige, neue Alibis, die überprüft werden mussten.

„Das habe ich nicht gesagt, aber es könnte durchaus so sein."

Papperin klopfte seinem Freund anerkennend auf die Schulter.

„Florian, du bist ein Held. Womöglich ist das die entscheidende Spur zur Lösung unseres Falles. Schickst du mir alles, was du offensichtlich schon downgeloadet hast rüber auf meinen Account? Gendarmerieprotokolle usw? *Merci!*"

***

Zurück in ihrem Kommissariat machten sich Papperin und Jeannine sofort über die neuen Dokumente her. Eine gute Stunde lange lasen sie die Berichte, Protokolle und Zeitungsartikel, druckten das Wichtigste aus und hefteten es an die Pinnwand.

Papperin stand vor einem Artikel in *La Provence,* die unter der Überschrift *Cambriolage et Viol à Aubagne* ausführlich von dem gewaltsamen Einbruch und den Vergewaltigungen berichtete. Neben Fotos vom Haus stand dort auch ein Interview mit dem Ehemann der vergewaltigten Frau, das der Kommissar mit Interesse las. Hier erfuhr er zum ersten Mal die Namen der Beteiligten: Christine Large hieß das Opfer der mehrfachen Vergewaltigung. Sie war dreißig Jahre alt und hatte extreme psychische Probleme, die sie trotz psychiatrischer Behandlung nicht in den Griff bekam. Ihr Mann, ein Rechtsanwalt namens Benoît Berger, der Interviewpartner des Journalisten, machte kein Hehl daraus, dass er sich an den ‚Schändern seiner geliebten Frau', wie er sich ausdrückte, fürchterlich rächen werde, wenn er nur endlich wüsste, wer für dieses Verbrechen verantwortlich war. In einem anderen Bericht - er handelte von der Gerichtsverhandlung gegen drei der via DNA überführten Vergewaltiger - las Papperin, wie dieser Berger im Gerichtssaal ausgerastet und den angeklagten Luc Lemaire angegriffen und brutal niedergeschlagen hatte.

„Zwei Dinge wundern mich", wandte sich Jeannine an Papperin. „Nehmen wir mal an, dass dieser Berger oder seine Frau den Pradel erschossen haben. Aber wieso, und das ist meine erste Frage, wieso wartet er drei Jahre, bis er Rache nimmt?"

„Vielleicht hat er vorher nicht gewusst, dass Pradel bei der Vergewaltigung dabei war?", schlug Papperin vor.

„Und jetzt, nach drei Jahren erfährt er es plötzlich? Wieso erst jetzt? Woher hat er diese Information?"

„Okay, das müssen wir recherchieren", räumte Papperin ein. „Und deine zweite Frage?"

„Noch viel wichtiger: Woher wussten der Berger oder seine Frau, dass Pradel einer der Vergewaltiger war? Das war doch die DNA, die niemandem zugeordnet werden konnte. Bis heute, bis zur Entdeckung deines Laborfreundes Berlinotte, war der vierte Mann der große Unbekannte. Den kennen nur wir, und das auch erst seit heute."

„Du meinst, deswegen scheiden die beiden als Verdächtige aus?"

„Es sei denn, wir finden raus, dass sie es wussten."

„Unabhängig davon können wir prüfen, ob die beiden ein Alibi haben", überlegte Papperin. „Falls ja, dann können wir sie als Täter gleich ad acta legen."

„Und wenn nicht", ergänzte Jeannine, „dann bleiben sie auf unserer Liste."

Papperin stand auf und stützte sich mit beiden Händen auf die Schreibtischplatte. Vom langen Sitzen vor dem Bildschirm schmerzte sein Rücken. Zur Lockerung begann er im Büro auf und ab zu gehen. Nach einem Blick auf die Uhr – es war kurz nach vier – fühlte er plötzlich, wie der Hunger sich in seinem Magen bemerkbar machte.

„Gehen wir irgendwohin zu einem verspäteten Mittagessen?", fragte er.

„Ja, gerne. Aber glaubst du, mitten am Nachmittag hat ein Restaurant auf? Außer so Fast-Food-Kneipen, die du nicht magst?" Sie rief durch die Türe zur Sekretärin: „Monique, wissen Sie ein Restaurant, wo man um sechzehn Uhr noch was Brauchbares zu Essen bekommt." Dann setzte sie noch hinzu: „Etwas, womit auch unser verwöhnter Chef einverstanden ist?"

„Um diese Uhrzeit? Da kriegt ihr nirgendwo ein vollständiges Menü. Wenn ihr mit einer Pizza zufrieden seid, da wüsste ich ein Lokal. Oder Couscous? Da kenn ich auch eins mit *service contenu*. Das ist nicht weit von hier ... Augenblick, das Telefon!"

Der quengelige Ton und ein Blinken am Sekretariatstelefon kündigten einen eingehenden Anruf an. Monique nahm ihn an und lauschte eine Weile in den Hörer. Ihre Miene wurde dabei zunehmend strenger, eine steile Falte bildete sich an ihrer Stirn.

„Nein, das übernehmen wir. *Commissaire* Papperin macht sich sofort auf den Weg." Sie hörte ein paar Sekunden konzentriert zu. Dann sagte sie: „Nein, lassen Sie bitte alles unverändert, bis wir vor Ort sind. *Merci et au revoir!*"

Monique legte auf, schob ihren Bürostuhl zurück und drehte sich zu Papperin und Jeannine um.

„Das war der Kommandant der Gendarmeriepostens von Moustiers. Ich fürchte, ihr müsst auf euer *déjeuner* verzichten. Madame Pradel hat sich wegen ihrer Schwester an die Gendarmen gewandt und die haben eine Suchaktion gestartet. Sie haben die Schwester gefunden – erschossen. Gendarmeriearzt und Spurensicherung sind schon dort."

„Wann war das? Wann wurde sie erschossen?"

Monique zuckte mit den Schultern. „Das hat er nicht gesagt und ich habe es auch nicht gefragt."

„Gut, das erfahren wir noch rechtzeitig wenn wir dort sind. Sie haben Recht, da muss ich sofort hin." An Jeaninne gewandt: „Kommst du mit?"

***

Als die beiden Ermittler in der *Bastide La Chênaie* ankamen, war es bereits dunkel. Vor dem Wohnhaus standen drei Fahrzeuge der *gendarmerie nationale*. Ein Streifenwagen und zwei Transporter - vermutlich von der Spurensicherung und von der *morgue*. Drei Uniformierte lehnten an den Autos. Sie rauchten.

„Die warten auf uns", sagte Papperin, während er sich abschnallte. Sie stiegen aus und gingen auf die Gendarmen zu. In weiter Entfernung schimmerte Licht aus dem Wald herüber. Ein kleiner, gedrungener Mann löste sich aus der Gruppe und kam ihnen entgegen. Er stellte sich als *maréchal* Dulles vor, als er den beiden die Hand reichte und bestimmte: „Folgen Sie mir zum Fundort der Leiche."

Er führte sie um das Haus und über die Wiese, wo, wie sich Papperin erinnerte, tagsüber die Ziegen weideten. Weiter ging es auf dem Weg, auf dem Madame Pradel den Kommissar damals zum Trüffeleichenwald geführt hatte. Der Fundort war von Scheinwerfern hell ausgeleuchtet, die ihren Strom von einem mobilen Dieselgenerator bezogen.

Die Tote, Papperin und Jeannine erkannten in ihr sofort Cathérine Morton, die Schwester von Mirèio Pradel, lag zusammengekrümmt unter einem Baum mitten in der kleinen Plantage von Trüffeleichen.

„Zwei Einschüsse in den Rücken. Muss sofort tot gewesen sein."

Auf Papperins Frage nach dem Todeszeitpunkt zuckte der *maréchal* mit den Schultern. „Der Doktor meint, irgendwann letzte Nacht. Genaueres gibt es erst nach der Obduktion, hat er gesagt."

„Kann ich ihn sprechen, wo ist er?"

„Schon wieder weg. Er wollte nicht solange warten, bis Sie kommen."

„Ihnen ist vermutlich klar, dass wir den Fall übernehmen. Die Leiche muss deshalb in die Gerichtsmedizin nach Aix. Können Sie das bitte übernehmen. Ich habe gesehen, dass schon ein geeigneter Transporter hier ist. Und jetzt würde ich gerne mit dem Leiter der Spurensicherung sprechen." Papperin hatte das Kommando übernommen. Der *maréchal* rief einen der Männer herbei, die den Boden im größeren Umkreis absuchten. Das Gespräch war nicht sehr ergiebig. Der Boden war aufgrund der langdauernden Trockenheit steinhart und verkrustet, so dass sich darauf keinerlei Fußspuren oder Schuhabdrücke einprägen konnten. Auch sonst wurde nichts entdeckt.

„Was meinen Sie, ist der Fundort der Leiche hier auch der Tatort? Oder wurde sie woanders erschossen und dann hierher gebracht?", fragte Papperin.

„Schwer zu sagen", erhielt er als Antwort. „Schleifspuren gibt es nicht. Und ob sie hergetragen oder gefahren wurde, lässt sich nicht feststellen. Die paar Reifenabdrücke hier", dabei deutete der Kriminaltechniker auf einige schwach ausgeprägte, aber fest in den harten Boden gebackene Profilabdrücke, die von Trockenrissen durchzogen waren, „sind etliche Wochen alt. Aus der Zeit, als es das letzte Mal geregnet hat. Lange vor dem Mord."

Papperin nickte zustimmend und verabschiedete sich von den Leuten der Spurensicherung: *„Merci!* Und schicken Sie uns bitte Ihren Bericht nach Aix. Und wir", wandte er sich Jeannine zu, „wir gehen jetzt ins Haus und sprechen mit der alten Pradel."

***

Sie trafen Mirèio Pradel tief erschüttert an. Sie saß am Esstisch im Wohnraum. Ihr Gesicht war von Tränen nass. Zuerst nahm sie keine Kenntnis von Jeannine und Papperin, die auf der anderen Seite des Tisches vor ihr standen. Schließlich deutete sie mit einer Handbewegung auf die Stühle.

„So setzen Sie sich doch."

„*Toutes mes condoléances,* mein herzliches Beileid", begann Papperin stockend. „Es tut mir außerordentlich leid, was mit Ihrer Schwester geschehen ist. Und wir fühlen mit Ihnen. Trotzdem, wir müssen Ihnen ein paar Fragen stellen."

Sie seufzte tief und trocknete sich mit einem Papiertaschentuch das Gesicht. Nach dem Haufen von zerknüllten Kleenex, die vor ihr auf der Tischplatte lagen, kämpfte sie schon seit längerem mit der Tränenflut.

„Ich weiß, es hätte auch nichts genützt, wenn Sie gleich nach meinem Anruf gekommen wären", murmelte sie. „Da war sie schon längst tot."

Sie stützte ihren Kopf in beide Hände und murmelte zur Tischplatte: „Mein Sohn tot, meine Schwester tot! Jetzt habe ich keine Verwandten mehr. Was soll ich so allein noch auf dieser Welt?"

Jeanine kam um den Tisch. Sie beugte sich zu der tieftraurigen Frau hinab und legte einen Arm um sie.

„Das dürfen Sie nicht sagen. Sie haben doch sicher Freunde, Nachbarn, die sich ..."

„Ach! Die hat Patrick doch alle betrogen und bestohlen. Von denen mag mich keiner."

Papperin versuchte mit einfühlsam gestellten Fragen, Näheres zu erfahren, ob sie in der letzten Nacht etwas Ungewöhnliches gehört habe, wann genau ihre Schwester weggefahren sei und wann sie das Auto vor der *bastide* wieder entdeckt hatte, wer ein Motiv haben könnte, Madame Morton zu töten. Aber die alte Frau war so niedergeschmettert, dass sie zu antworten nicht in der Lage war. Schließlich gab er es auf.

„Madame Pradel, sie sollten heute Nacht nicht alleine hier bleiben. Wir können Sie mit nach Aix nehmen und in einem Hotel unterbringen."

„*Non!*" wehrte die Alte entschieden ab. „Ich will nicht weg!"

Als alle Versuche gescheitert waren und sie auch keine Bekannten oder Freunde nennen konnte, bei denen sie die Nacht verbringen könnte, fasste Jeannine einen Entschluss.

„Jean-Luc! Ich bleibe heute bei ihr. Vielleicht kann ich sie überzeugen, dass sie morgen ... Aber wir können die arme Frau heute unmöglich alleine lassen."

Kapitel 10
Neue Verdächtige
und Personenschutz für Madame Pradel

Dienstag, 2. Februar

Gegen zehn Uhr kam Jeannine im Kommissariat an. Die morgendliche Lagebesprechung war gerade in vollem Gange. Papperin hatte seine Mitarbeiter sofort zur Beratung gebeten, nachdem die Ergebnisse der Obduktion von Cathérine Morton und der Bericht der Spurensicherung eingetroffen waren. Die Schwester von Madame Pradel war mit zwei Schüssen aus einer Pistole erschossen worden und zwar nicht aus unmittelbarer Nähe. Die Fachleute hatten keinerlei Schmauchspuren oder Pulverrückstände an der Kleidung der Toten entdeckt. Bei den beiden Geschoßen, die im Körper steckten und vom Pathologen herausgeholt worden waren, handelte es sich um 9x19mm Patronen. Da dies die weltweit gängigste Pistolenmunition war, ließen sich zu Papperins Bedauern keinerlei Rückschlüsse auf den Besitzer der Waffe ziehen. Zwar waren die Projektile nahezu unverformt. Aber ohne die zugehörige Waffe führte das die Ermittler nicht weiter. Allzu weit konnte der Schütze nicht von seinem Opfer entfernt gewesen sein, da die Projektile sehr genau ihr Ziel getroffen hatten. Ein Schuss ging direkt ins Herz, der andere steckte in der Lunge. Die Ballistiker schrieben, auf größere Entfernungen nehme die Zielgenauigkeit von Handfeuerwaffen drastisch ab. Sie schätzten die Entfernung auf maximal zehn bis zwanzig Meter.

„Dann können wir wohl davon ausgehen, dass der Täter seinem Opfer dort aufgelauert und es, sobald es nahe genug war, erschossen hat. Er hat es also nicht mit schussbereiter Waffe vor sich hergetrieben und gezwungen, an diesen Ort zu gehen, um es dann dort aus nächster Nähe zu erschießen", fasste *brigadier* Legrand, der Waffenspezialist aus Papperins Team, die Ergebnisse zusammen.

„Außerdem", ergänzte er, „können wir davon ausgehen, dass es sich um einen guten Schützen handelt. Um aus dieser Entfernung präzise zu treffen, braucht man eine gewisse Übung und Erfahrung."

Papperin betrachtete die Tatortfotos. Er zog um den Fundort der Leiche gedanklich einen Kreis. Im Umkreis von zehn bis zwanzig Metern standen ein paar dünne Eichen. Sie boten allerdings keine Möglichkeit, sich dahinter zu verstecken. Es waren nackte Baumstämme, deren Laubwerk erst in größerer Höhe - über mannshoch - begann. Nur ein Busch lag in der voraussichtlichen Schussentfernung. Soweit man das auf den Fotos erkennen konnte, handelte es sich um einen dichten Ginsterstrauch.

„Dahinter hätte sich unser Mörder verbergen können und auf sein Opfer gewartet haben", überlegte Papperin laut, „wenn er es nicht doch wo anders erschossen und die Leiche hier nur abgelegt hat. Auf alle Fälle muss dieser Busch", dabei legte Papperin seinen Zeigefinger auf den dichten Ginsterstrauch, „gründlichst untersucht werden. Monique, bitte rufen sie die Gendarmerie in Moustiers an, die sollen jemanden hinschicken, der das Gestrüpp dort genau unter die Lupe nimmt. Nun zu dir, Jeannine! Wie war die Nacht in den Bergen? Und gibt es was Neues?"

Jetzt berichtete Jeannine, Madame Pradel habe überhaupt kein Auge zugetan. Sie habe sich geweigert, zu Bett zu gehen. Sie saßen vielmehr die ganze Nacht am Tisch. Lange Zeit habe die arme Frau nur geweint, bis schließlich irgendwann langsam ein Gespräch aufgekommen war.

„Sie ist am Tatabend früh schlafen gegangen, hat sie gesagt, weil sie sehr müde war. Ihre Schwester sei ein ziemlich anstrengender Mensch, hat sie gemeint. Aber nachts ist sie irgendwann aufgewacht, weil sie einen Alptraum hatte, sagt sie. Darin sei geschossen worden und ein Motorrad habe sie gehört."

Jeannine schaute ihre Kollegen mit versonnenem Blick an: „Jetzt kommt mir gerade ein Gedanke: Vielleicht hat sie das nicht nur geträumt, sondern es wirklich gehört und die Geräusche haben sich in ihren Traum eingeschlichen?"

„Das hieße, sie hat im Unterbewusstsein miterlebt, wie quasi vor ihrer Haustüre ein Mord geschah. Damit könnten wir die These fallen lassen, das der Mörder die Leiche von woanders hierher gebracht hat. Was hat sie noch erzählt? Worüber habt ihr noch gesprochen? Die Nacht war ja schließlich sehr lang."

„Sie hat dann fast die ganze Zeit von ihrer Schwester geredet. Über ihre Kindheit, die Eltern. Ich habe den Eindruck, dass es sich bei dieser Cathérine Morton um einen ziemlich belanglosen, unbedeutenden Menschen handelt. Ich kann mir nach allem, was ich gehört habe, nicht vorstellen, dass irgendjemand ein Interesse haben könnte, die umzubringen. Mirèio übrigens auch nicht. Wir haben uns lange über mögliche Motive unterhalten. Mirèio fällt auch niemand ein, der ein Interesse am Tod ihrer Schwester haben könnte. Aber sie gibt auch zu, dass sie in letzter Zeit wenig Kontakt mit ihr hatte."

„Und wenn *sie* ihre Schwester umgebracht hat? Es gibt ja niemanden, der bezeugen kann, dass sie früh ins Bett gegangen ist und das Haus später nicht mehr verlassen hat", äußerte Guy-deux eine neue Theorie.

„Das glaube ich nicht!"

„Wieso nicht? Du sagst doch selbst, dass sie ihre Schwester als sehr anstrengend und ermüdend empfunden hat. Vielleicht hatte sie noch viel mehr gegen sie."

„Natürlich hast du Recht, theoretisch ist alles möglich. Aber da müsste ich mich schon sehr in ihr täuschen. Die ist ein sehr lieber und ehrlicher Mensch. Du - ich habe eine ganze Nacht mit ihr geredet und ich glaube nicht, dass sie geschauspielert hat. Ganz sicher nicht. Mir ist vielmehr ein ganz anderer Gedanke gekommen. Was, wenn es der Mörder gar nicht auf ihre Schwester, sondern auf Mirèio abgesehen hatte? Und die beiden nur verwechselt hat? Es war schließlich dunkel und sie sehen sich sehr ähnlich."

Jeannine war von dieser Theorie viel mehr überzeugt, als von der Annahme, Mirèio selbst sei die Mörderin. Sie schaute Papperin erwartungsvoll an.

„Jean-Luc, auch wir beide haben sie zunächst für Mirèio gehalten, als wir sie das erste Mal dort oben angetroffen haben - erinnerst du dich?"

Eine Weile herrschte Stille in der Runde. Schließlich meldete sich Guy deux zu Wort:

„Dann heißt das aber, dass die Alte in höchster Gefahr schwebt. Sobald der Mörder erfährt, dass er die Falsche erlegt hat, wird er es aufs Neue versuchen."

Diese Schlussfolgerung war nicht von der Hand zu weisen. Die Beratungen verlegten sich jetzt auf die Suche nach einem Motiv. Aus welchem Grund könnte jemand Interesse daran haben, Mirèio Pradel zu beseitigen. Und wer könnte das sein. Die einzige Person, an die alle sofort dachten, war die Schwester, Cathérine Morton. Motiv: das viele Geld, das sie als einzige Verwandte von Madame Pradel erben würde. Aber sie konnte nicht der Täter sein, sie war schließlich selbst das Opfer. Die Diskussion mündete in eine Sackgasse. „*Une voie sans issue*", stellte Papperin frustriert fest.

„Auf alle Fälle muss Madame Pradel gewarnt werden. Am besten sollte sie das Anwesen verlassen und vorübergehend in ein Hotel ziehen. Jean-Luc, das musst du unbedingt veranlassen!" Monique Départdieu, die, an der Tür lehnend, die Besprechung verfolgt hatte, machte sich Sorgen um die alte Frau. Jeannine widersprach sofort:

„Das wird sie nicht machen. Da kenne ich sie inzwischen gut genug."

„Aber ganz offiziell Personenschutz abzustellen, der sie rund um die Uhr bewacht, dort oben auf ihrer *ferme*, das kriegen wir nicht durch - nur auf Grund der vagen Möglichkeit, dass dem Mörder eine Verwechslung unterlaufen sein könnte. So ein Antrag wird hundertprozentig nicht genehmigt." Papperin war sich nur zu gut der bürokratischen

Gepflogenheiten und der zahlreichen Bedenkenträger in den Chefetagen der Exekutive bewusst.

„Wenn überhaupt, dann muss das einer von uns machen. Jeannine?" Er schaute seine Brigadierin fragend an. „Du könntest ja die Ermittlungen dort oben vor Ort leiten. Und das dauert dann eben ein paar Tage, solange, bis wir den Täter haben. Das kann ich bestimmen, dazu brauchen wir die Oberbehörde nicht zu fragen. Hauptsächlich aber bist du zum Schutz der alten Frau dort."

„Das macht aber nur Sinn, wenn die Frau tatsächlich in dem Anwesen dort oben umgebracht wurde", wandte *lieutenant* Lavalle ein. „Hat man sie irgendwo auf dem Weg von Montpellier zu dem Hof umgebracht, dann ist die Theorie mit der Verwechslung hinfällig. Weil: die Pradel hat keinen Führerschein und sie würde schon gar nicht in einem Smart For-two-Cabriolet durch die Gegend kurven."

Wie auf Bestellung läutete das Telefon. Die Gendarmerie in Moustiers rief an. Ja, man habe tatsächlich zwei frische Patronenhülsen vom Kaliber 9 Millimeter in dem besagten Ginsterbusch gefunden. Die seien schon unterwegs ins Labor und man werde die Hülsen und das Ergebnis nach Aix schicken, sobald die technische Untersuchung abgeschlossen sei. Das war der Beweis, dass der Fundort der Leiche und der Tatort identisch waren, dachte Papperin. Die These von der Verwechslung des Opfers bekam damit höchste Wahrscheinlichkeit.

„Okay, Jeannine, dann gehst du als Personenschutz für Madame Pradel nach *La Chênaie*. Offiziell ermittelst du dort im Mordfall Cathérine Morton. Und wir", Papperin schaute seine anderen Mitarbeiter an. „Wir nehmen uns jetzt die neue Verdächtige vor, die uns mein Freund Florian mit seinem genetischen Abgleich serviert hat: Madame Christine Large. Monique, bitte nehmen Sie Kontakt mit ihr auf und vereinbaren Sie einen Termin. Wenn möglich soll sie hierher kommen. Zur Not fahren wir auch zu ihr nach Aubagne."

Papperin wollte gerade die Besprechung für beendet erklären, als es an der Vorzimmertüre klopfte. Ohne auf eine Aufforderung zu warten, dass er eintreten könne, ging die Türe auf und Papperins Studienfreund Paul Vergier steckte seinen Kopf durch den Türspalt.

„*Ô, là,là!* Da störe ich wohl bei einer wichtigen Konferenz", rief er, ließ sich aber nicht davon abhalten, in den Besprechungsraum zu kommen und Papperin herzlich zu umarmen.

„Was führt dich hierher? Kommst du auf ein Gläschen Calva und ein gemütliches Schwätzchen? Oder bist du dienstlich hier?"

„Beides, *mon cher ami,* beides! Also eigentlich dienstlich. Ich war gerade in der Nähe und habe mir gedacht, ich sag es dir schnell. Aber das mit dem Calva ist gar keine so schlechte Idee. Und wenn Sie uns einen Ihrer berühmten Espressi dazu machen, dann wäre das der Höhepunkt des Tages."

Monique nickte zustimmend und ging in ihr Sekretariat und zur Kochnische, wo ihre italienische *caffettiera* stand.

„Was gibt es so wichtiges Dienstliches, dass du dich selber her bemühst?", fragte Papperin, während er seine Mitarbeiter mit einer Handbewegung zum Bleiben aufforderte. Er holte die Calvadosflasche und mehrere Gläser aus dem Bücherschrank.

„Auch wenn du überzeugt bist, er ist nicht euer Mörder, und obwohl ich dies nachdrücklich vertreten habe, besteht der Staatsanwalt auf der Eröffnung des Verfahrens gegen Damien Valbonne. Er hat heute offiziell Anklage erhoben. Ich vermute, er wurde sehr unter Druck gesetzt vom Präsidenten des *Conseil Géneral*. Der hat auch mich angerufen und dringend gebeten, die Klageeröffnung nicht zu blockieren."

„Damit habe ich gerechnet", entgegnete Papperin, während er den alten Calvados in die Gläser einschenkte. „Wir haben ja schon drüber gesprochen. Ich hoffe allerdings, dass er damit kräftig auf die Nase fällt. Denn wir haben noch ein paar Eisen im Feuer, die nach meinem Gefühl wesentlich vielversprechender sind als dieser arme Bauer."

***

Papperin war mit seinem *lieutenant* Claude Lavalle auf dem Weg nach Aubagne. Das Telefonat, das Monique mit dem Ehemann des damaligen Vergewaltigungsopfers geführt hatte, war alles andere als problemlos verlaufen. Er sei Anwalt und habe so viel zu tun, dass er absolut keine Zeit habe, nach Aix zu kommen, und alleine lasse er seine Frau nicht zu einem polizeilichen Verhör fahren, hatte *maître* Berger sofort gekontert, als Monique ihm Papperins Bitte vorgetragen hatte. Und schon gar nicht in einer causa, die mehr als drei Jahre zurückliege. Außerdem lehne er es ab, diese Angelegenheit wieder aufzukochen, die derart traumatisch für seine Frau gewesen sei. Der Fall sei juristisch abgeschlossen und die Täter verurteilt - und damit basta! Erst als Monique das Gespräch zu ihrem Chef durchgestellt hatte und dieser dem widerspenstigen Anwalt mit deutlichen Worten klar gemacht hatte, dass es keineswegs um ein Wiederaufwärmen des alten Falles gehe, sondern dass in einem aktuellen Mordfall Spuren zu dem damaligen Verbrechen und zu seiner Frau führten, hatte sich der Anwalt bereit erklärt, zuzuhören. Er war dann doch sehr betroffen gewesen - so hatte Papperin am Telefon zumindest den Eindruck - als der Kommissar ihm die Zusammenhänge kurz erläuterte. Er schilderte mit knappen Worten den Mord an dem betrügerischen Trüffelbauern, allerdings ohne Namen und allzu viele Details zu nennen. Dass seine Frau und eventuell auch er selbst des Mordes verdächtigt wurden, hatte schließlich zu einem zornigen Wortschwall und wüsten Anschuldigungen des Anwalts gegen die Ermittlungen des Kommissariats und gegen Papperin persönlich geführt. Nur langsam hatte er sich beruhigt und schließlich zugestanden: „Wenn Sie unbedingt mit meiner Frau sprechen wollen, dann tun Sie das. Aber tagsüber habe ich keine Zeit: Gerichtstermine und Mandantengespräche. Ab zwanzig Uhr bin ich zuhause. Dann können Sie meinetwegen kommen und meine Frau befragen. Ich werde in meiner Funktion als Anwalt dabei sein."

***

Eigentlich liebte es Papperin, dienstlich mit dem Auto in seiner wunderbaren Heimat unterwegs zu sein. Die Strecke von Aix nach Aubagne war an sich ein landschaftliches Highlight. Die *Autoroute A 52* führte zwischen den beiden Gebirgszügen des *Massif de la Sainte Baume* und der die Metropole Marseille im Osten umschließenden *Chaîne de l'Étoile* hindurch, vorbei an den Felsabstürzen des *Massif* und den sanften Ausläufern der *Chaîne.* Dort, wo der Schriftsteller und Filmemacher Marcel Pagnol seine Kindheit verbracht hatte, die er so liebevoll und einfühlsam in seiner Romantrilogie *souvenirs d'enfance* beschrieben hatte. Jetzt, abends im Winter, sah man allerdings nichts, nicht das Kreuz auf der Felskrone des *Garlaban,* nicht die runden Gipfel des *Taomé* oder der *Tête rouge.* Alles, die ganze abenteuerliche Welt des jungen Pagnol, war von der Nachtschwärze verhüllt.

Dank des Navis fanden sie das Haus des Ehepaares Large-Berger ohne Probleme. Man hatte das Polizeifahrzeug offensichtlich schon kommen sehen, denn als sie auf der von einem guten Dutzend Zwergpalmen umsäumten Auffahrt zu dem Anwesen anhielten, stand der Anwalt bereits unter der Haustüre und erwartete sie. Er führte die beiden Polizeibeamten ins Haus und in ein großes Wohnzimmer. Eine große, schlanke Frau in einem eleganten nachtblauen Hosenanzug saß dort auf einer weißen Ledercouch, vor ihr auf dem achteckigen Acryltisch standen zwei Champagnerflöten und ein silberner Sektkühler mit einer Flasche Veuve Cliquot darin. Aus der Entfernung wirkte Christine Large kühl und sehr extravagant. „Oh ist die schön!", dachte Papperin. Erst als er näher getreten war, der Frau zur Begrüßung die Hand gab und ihr in die Augen sah, bemerkte er den stumpfen Blick, der ihren Augen jeglichen Glanz nahm. Dann fielen ihm die vielen kleinen Falten um die Augen und um den Mund auf. Das Gesicht wirkte aus der Nähe irgendwie zerstört, ganz anders als aus der Ferne.

„*Commissaire* Papperin, *brigade criminelle*", stellte er sich vor, um dann mit einer Armbewegung zu seinem Begleiter hinzuzufügen: „*Capitaine de police* Lavalle." Absichtlich hatte er Claude Lavalles anstehende Beförderung vom *lieutenant* zum *capitaine* vorweggenommen. Nachdem die Frau die Begrüßung mit einem desinteressierten Nicken zur Kenntnis genommen und den beiden Beamten mit einem hochmütigen Wedeln der Hand und einem hingeworfenen „Setzen Sie sich" zwei Stühle zugewiesen hatte, begann Papperin:

„Sie sind Christine Large?" Ein Kopfnicken kam als Antwort.

„Ich weiß nicht, ob Ihr Herr Gemahl sie bereits darüber informiert hat, weshalb wir Sie sprechen müssen?"

„Er hat etwas von einem Mord gesagt, aber erzählen Sie! Was wollen Sie von mir?" Und dann, nach einem Blick zu ihrem Mann: „von uns?"

„In Cabanosque, einem Dorf im Haut-Var wurde am Samstag, dem 23. Januar, ein Mann namens Patrick Pradel erschossen. Wie wir inzwischen zweifelsfrei wissen, war er an dem Einbruch in Ihrem Haus vor drei Jahren ..."

***

Bei der Nennung des Namens Pradel zuckte Benoît Berger, der Ehemann von Christine Large, innerlich zusammen. Wie war die Polizei auf die Verbindung zwischen Patrick Pradel und der Vergewaltigung vor drei Jahren gekommen? Er erinnerte sich selber noch sehr genau, wann er das erste Mal mit diesem Namen in Berührung gekommen war.

Das war lange her. Seit Jahren schon war er als Anwalt für einen Verein von passionierten Motorradfahrern tätig. Oft genug hatte er diese bei Verkehrsdelikten beraten und verteidigen müssen. Einmal, anlässlich einer solchen Gesetzesübertretung – die Clubmitglieder waren mit ihren Maschinen im geschlossenen Pulk mit deutlich überhöhter Geschwindigkeit durch die Innenstadt von Hyères les Palmiers gerast – hatte ihn der Chef des Vereins beiseite genommen und ihm das Mandat erteilen wollen, vier Clubmitglieder, unter anderen auch Patrick Pradel, in einer Einbruchs- und Vergewaltigungssache zu verteidigen. Anhand der weiteren Schilderung der näheren Umstände wurde dem Anwalt schnell klar: Es handelte sich um den Einbruch in sein Haus und die Vergewaltigung seiner Frau. Lemaire berichtete weiter, die Polizei habe die Einbrecher anhand von DNA-Proben ausfindig gemacht. Genau gesagt, drei von ihnen, ihn selbst, Luc Lemaire, eingeschlossen. Der vierte, Pradel, sei bei der Razzia und der DNA-Probenentnahme nicht dabei gewesen, weil er krank war.

Natürlich hatte er das Mandat abgelehnt und seine gesamte anwaltliche Tätigkeit für den Club der *Motards Furieux de Provence* sofort beendet. Mit diesen Verbrechern, den Schändern seiner geliebten Frau, wollte er nichts mehr zu tun haben und schon gar nicht sie verteidigen.

„Und jetzt", überkam es ihn mit Erschrecken, „jetzt ist die Polizei dahinter gekommen und will den Fall wieder aufrollen, weil sie die Verbindung zwischen dem damaligen Verbrechen an Christine und dem Mord in Cabanosque gefunden hat. Das muss ich verhindern!"

Nach außen sah man ihm die Bestürzung nicht an, die Papperins Anliegen in ihm ausgelöst hatte. Scheinbar völlig ruhig, fast unbeteiligt wirkend, wandte er sich dem Kommissar zu:

„Wenn ich Sie richtig verstanden habe, dann glauben Sie, weil dieser Pradel seinerzeit zu den Einbrechern und Vergewaltigern zählte, deswegen habe meine Frau ihn umgebracht? Von einem Motorrad aus erschossen, sagten Sie."

Jetzt hatte er sich wieder völlig im Griff und war in die kühle Rolle des Anwalts geschlüpft.

„Ich besitze zwar ein Motorrad, eine Suzuki. Dennoch: wenn Sie das gleich am Telefon gesagt hätten, vor ein paar Stunden, dann hätten Sie sich die ganze Mühe mit dem Herkommen sparen können. An diesem Tag, dem dreiundzwanzigsten Januar, ein Samstag, ich erinnere mich genau, hat sich meine Frau nicht wohl gefühlt. Deswegen ist sie zuhause geblieben - im Bett. Und selbstverständlich war ich bei ihr und habe mich um sie gekümmert. Das können wir Ihnen beide bestätigen - wenn es sein muss auch eidesstattlich. Wegen ihres kränkelnden Zustands haben wir eine Einladung zum Brunch bei Freunden kurzfristig absagen müssen. Das können Sie nachprüfen!" Er schrieb einen Namen und eine Adresse auf einen Zettel und schob ihn zu Papperin über den Tisch.

„Aber dass Sie oder Ihre Frau an diesem Tag nicht mit ihrer Suzuki nach Cabanosque gefahren sind, das können Sie damit nicht beweisen. Oder haben Sie auch dafür Zeugen?" Claude Lavalle hatte richtig erkannt, dass dieses Alibi wertlos war. Der Anwalt wandte sich mit gespieltem Erstaunen an Papperin:

„Wenn Ihr Kollege glaubt, ich bzw. wir müssten unsere Unschuld beweisen, dann ist er aber gewaltig auf dem Holzweg. Nein, Sie müssen uns eine Schuld nachweisen. Was Ihnen mit absoluter Sicherheit nicht gelingen wird. Wir leben gottlob in einem Rechtsstaat in Frankreich. Und jetzt bitte ich Sie, unser Haus zu verlassen."

Papperin sah ein, dass sie hier nicht weiterkamen. Er erhob sich, gab ein wütendes *au revoir* von sich und verließ mit seinem Mitarbeiter den Raum, nicht ohne ein „Sie können sicher sein, wir kommen wieder" hinzuwerfen. Im gleichen Augenblick läutete es an der Haustüre Sturm. Papperin, der die Klinke schon niedergedrückt hatte, traf die schwere Eichentür an Brust und Kopf, als sie von außen aufgestoßen wurde. Ein junger Mann stürmte ins Haus.

„Benoît, wir brauchen dich als Anwalt. Stell dir vor, dieser Idiot von Staatsanwalt hat Anklage gegen *papa* erhoben."

Abrupt blieb er stehen, als er Papperin und seinen Leutnant erblickte und stieß ein erstauntes „Was tun *Sie* hier?" aus.

„Dasselbe könnte ich Sie fragen", entgegnete Papperin, der auch äußerst verblüfft war, den jungen Philipp Valbonne hier anzutreffen.

„Ganz einfach! Christine Large ist meine Schwester und Benoît, ihr Mann, ist Rechtsanwalt und muss meinen Vater verteidigen."

***

„Ist Ihnen auch aufgefallen, Chef, dass die Frau außer ein paar belanglosen Floskeln absolut nichts gesagt hat. Alles lief über ihren Mann."

Papperin nickte und schaute nachdenklich durch das Seitenfenster in die dunkle Nacht. Nach einiger Zeit, in der er sich alles soeben Erfahrene durch den Kopf hatte gehen lassen, stellte er fest:

„Für den Mord an Pradel haben wir jetzt drei Verdächtige mit doppeltem Motiv: Madame Large, Herrn Berger und den Bauern Damien Valbonne. Alle drei gehören derselben Familie an und jeder wusste von beiden Verbrechen, sowohl von der Vergewaltigung als auch von der Zerstörung der Trüffelernte dieses Valbonne."

Wieder schwiegen sie eine Weile und saßen stumm im Auto, das mit sanft brummendem Motor durch die Nacht glitt.

„Keiner hat ein Alibi, zumindest für den Mord an Pradel. Den Mord an Madame Morton haben wir noch gar nicht angesprochen. Und ein Motorrad steht auch jedem der drei zur Verfügung. Der Berger hat selbst bestätigt, dass er eine Suzuki hat. Und der Valbonne hat auch ein schwarzes Kraftrad. Die Waffe, das ist kein Problem. Sowas kann man überall in Marseille bekommen, für entsprechend viel Geld."

Sie hatten schon die Lichter von Aix erreicht, als Papperin seine Bedenken zum Ausdruck brachte:

„Aber konnten die überhaupt wissen, dass Patrick Pradel einer der Einbrecher und Vergewaltiger war? Ich meine die Madame Large und den Berger."

„Nein, eigentlich nicht." Die Stimme von Claude Lavalle klang etwas frustriert. Erschien sich zu ärgern, dass diese neue Theorie in sich zusammen zu stürzen drohte.

„Es sei denn", versuchte er sie am Leben zu erhalten, „es sei denn, der Berger hat als Rechtsanwalt mal mit dem Pradel zu tun gehabt und dabei erfahren, was der gemacht hat."

„Sie meinen, er hat den Pradel vertreten bzw. der Pradel hat sich von ihm rechtlich beraten lassen? Das sollte herauszubekommen sein."

Kapitel 11
Papperin macht heimlich ein Foto

Mittwoch, 3. Februar

Gleich am nächsten Vormittag machten sich *commissaire* Papperin und *lieutenant* Lavalle auf den Weg nach Marseille. Monique hatte ihren Besuch in der Anwaltskanzlei von Benoît Berger telefonisch angekündigt und von seiner Sekretärin die Auskunft erhalten, dass *maître* Berger voraussichtlich nicht vor elf Uhr im Hause sein werde.

„Macht nichts", hatte Papperin ihr zugeflüstert. „Dann reden wir eben zunächst mit den Angestellten dort."

„Gut, dann werden unsere Leute eben etwas warten müssen", sagte sie zu Ihrer Sekretärinnenkollegin am anderen Ende der Leitung.

„Worum es geht?", wiederholte Monique die an sie gestellte Frage. „Nein, das hat nichts mit einem Ihrer aktuellen Fälle zu tun", beruhigte sie ihr Gegenüber. „Es geht um die Überprüfung einer Aussage bzw. um die Bestätigung eines Alibis in einem aktuellen Mordfall oben in der Haute Provence. Ihr Chef kann uns hier möglicherweise behilflich sein."

„Dann sind Sie von der Mordkommission?"

***

Claudia Martin, Sekretärin des *maître* Berger, war durch dieses Gespräch neugierig geworden und auch etwas besorgt.

„*Brigade criminelle*", murmelte sie vor sich hin. „Wenn das nicht in Zusammenhang mit einem seiner aktuellen Fälle steht, dann soll das vielleicht heißen, dass er selbst etwas mit einem Mord zu tun hat? Mein Benny, wo steckt er da nur wieder mit drin?"

Sie überlegte, ob sie ihn vorwarnen sollte. Sie griff zu ihrem Smartphone. Andererseits hatte sie ihm versprechen müssen, nicht mehr bei ihm zuhause anzurufen. Sie hatten vereinbart, ihr Verhältnis etwas vorsichtiger angehen zu lassen, seit seine Frau Verdacht geschöpft hatte und ihr in einem dramatischen Auftritt in der Kanzlei die Schuld an den Seitensprüngen ihres Mannes gegeben hatte - peinlich war das gewesen, vor allem, weil sie die Szene in aller Öffentlichkeit vor mehreren Mandanten gemacht hatte.

Nein, sie würde nicht bei ihm zuhause anrufen. Das könnte Christine Large wieder auf die Palme bringen. Benny hatte ihr vor einiger Zeit gestanden, dass er sie liebe und brauche. Aber auch seine Frau liebe er und er würde sich nicht von ihr scheiden lassen.

„Was er an der nur hat?", fragte sie sich. Am Sex konnte es nicht liegen, war sie überzeugt. Da war sie besser und außerdem lief seit dem Überfall damals nicht mehr viel mit seiner Frau. Das konnte sie sogar verstehen, dass die einen Horror davor hatte. Am Geld konnte es auch nicht liegen. Außer dem landwirtschaftlichen Anwesen ihres Vaters, das sie vielleicht einmal zur Hälfte erben würde, konnte Christine Large nichts vorweisen. Alles Geld verdiente doch er. Warum also hielt er so an seiner Frau fest? „Komisch auch", dachte sie, „dass die den Namen ihres geschiedenen ersten Mannes beibehalten und nicht den ihres neuen Mannes angenommen hat."

Aber eigentlich, gestand Claudia sich ein, war es ihr ganz Recht, so wie es derzeit lief. Sie profitierte von ihm - seine vielen Geschenke, die Wohnung, die er ihr weitgehend finanzierte - und trotzdem hatte sie noch ihre Freiheit.

Besser sie rief ihn nicht an. Andererseits, überlegte sie, wenn er so völlig unvorbereitet in die Fänge der beiden angekündigten Kriminalbeamten geriet, falls er wirklich in einem Mord verwickelt … Nein, sie musste ihn informieren!

Nicht an seinem Festnetzanschluss, sondern an seinem Handy. Beherzt wählte sie seine Nummer. Bereits beim ersten Signalton meldete er sich mit einem leisen „*Oui?*"

Nachdem sie ihm flüsternd von der bevorstehenden Ankunft der beiden *agents de la police judiciaire* berichtet hatte, erwiderte er mit lauter Stimme: „*Monsieur le maire*, gut dass Sie mich angerufen haben. Nein, ich werde das nicht zulassen. Ich werde mich unverzüglich darum kümmern."

Wieder flüsterte sie in den Hörer: „Ist das etwas, was dich beunruhigt? Steckst du in irgendeiner Sache drin, so wie damals?"

„*Non, non, non! Pas du tout!* Seien Sie unbesorgt, das kann ich alles regeln. *Au revoir monsieur le maire!*"

„Sie war bei ihm und hat gehört was er gesagt hat", dachte Claudia Martin. „Aber was genau hat er gemeint: Heißt das jetzt, dass er kommen will, oder dass er nicht kommt", fragte sie sich. Egal, sie würde die *flics* warten lassen und wenn Benny nicht käme, dann würden die schon von selber wieder gehen.

***

Bei ihrer Ankunft in der Rechtsanwaltskanzlei wurden Papperin und Lavalle höflich, aber sehr kühl von einer jungen Frau empfangen.

„Claudia Martin", stellte sie sich vor, um dann fortzufahren: „Sie müssen die beiden angekündigten Kriminalbeamten aus Aix sein!"

Die sehr attraktive blonde Sekretärin führte sie in ein Zimmer, in dem sich ein kleiner Tisch, ein paar Stühle, eine Kochnische mit Kaffeemaschine und Kühlschrank und ein die ganze Wand einnehmendes Regal voller Akten befanden, die hinter hohen Glastüren weggeschlossen waren.

„Es tut mir außerordentlich leid, mein Chef ist noch nicht da. Aber ich habe Ihrer Sekretärin ja gesagt, dass er nicht vor elf Uhr in die Kanzlei kommen wird."

„Kein Problem", erwiderte Papperin. „Die halbe Stunde können wir locker warten." Bei sich dachte er: „Schon klar, dass Empfangsdamen einer renommierten Anwaltskanzlei jung, hübsch und attraktiv sein müssen. Aber nicht ganz so übertrieben und aufreizend." Eine etwas dezentere Kleidung wäre nach seiner Meinung angemessener.

„Wir können uns ja in der Zwischenzeit ein bisschen unterhalten - wenn Sie Lust haben, uns Gesellschaft zu leisten." Die Sekretärin reagierte sehr abweisend.

„*Désolée,* aber das geht nicht! Ich muss zurück an meinen Schreibtisch, es gibt zu viel zu tun. Wenn Sie Kaffee oder ein Erfrischungsgetränk möchten", sie deutete auf die kleine Teeküche, „bitte bedienen Sie sich."

Unter der Tür wandte sie sich noch einmal um:

„Ich hätte Ihnen gerne den großen Besprechungsraum angeboten. Aber der wird gerade von unserem Partneranwalt belegt. Und im Arbeitszimmer meines Chefs können Sie aus naheliegenden Gründen nicht warten. Bitte rühren Sie sich, wenn Sie etwas benötigen."

„Und weg ist sie!", sagte Papperin. „Kommen Sie, machen wir uns einen Kaffee. Die Espressomaschine sieht vielversprechend aus. *Café ou café-crème?*"

Er hantierte eine Weile an der vollautomatischen neuen Kaffeemaschine und stellte dann zwei Tassen mit aromatisch duftendem Cappuccino auf den Tisch.

„Klar, dass die uns nicht in seinem Allerheiligsten warten lässt. Da liegen sicher die Akten von all seinen aktuellen Fällen offen herum. Und das darf weder die Polizei noch dürfen es die Finanzbehörden sehen.

Sie tranken von ihrem Kaffee und schauten sich in dem kleinen Raum um.

„Ob der heute noch kommt? Jetzt ist elf längst vorbei und wir warten immer noch."

Papperin stand auf, um sich die Beine ein bisschen zu vertreten. Er ging zu dem Aktenregal und studierte gelangweilt die dort eingestellten Ordner.

„Das hier scheinen die nicht nur als Teeküche und Pausenraum zu benutzen, sondern auch als Abstellkammer für alte Akten. Das sind lauter Altfälle, die mehrere Jahre zurückliegen." Er ging an dem Regal entlang und studierte die beschrifteten Rücken der Aktenordner.

„Nach Jahren und Mandanten geordnet", sagte er zu Claude Lavalle, der mit seinem Kaffee am Tisch sitzen geblieben war.

Mehr aus Langeweile denn aus Interesse ging Papperin die Akten der Reihe nach durch. Plötzlich stoppte er, beugte sich zu zwei Ordnern herab, deren Beschriftung er mit zusammengekniffenen Augen zu entziffern versuchte.

„Claude, kommen Sie mal! Hier sind zwei Ordner, auf denen steht *Motards Furieux, Luc Lemaire, Marcel Braie, Pierre Lourmareau* und - jetzt halten Sie sich fest - *Patrick Pradel*. Unser Mordopfer. Der Berger kannte ihn, hat ihn anwaltlich vertreten. In die Akte würde ich gerne einen Blick werfen. Zu dumm, dass die Glastüren verschlossen sind!"

„Kein Problem, Chef. Haben Sie das nicht auf der Polizeischule gelernt?" Claude Lavalle zog einen Schlüsselbund aus seiner Hosentasche.

„Doch schon, aber das ist lange her. Und als leitender Kommissar hat man viel mehr mit Bürokratie zu tun als mit solchen praktischen Problemen. Also, machen Sie schon auf!"

Jeder nahm einen der beiden Ordner und blätterte ihn aufmerksam durch. Der Anwalt Benoît Berger hatte die *Motars Furieux* in vielen Fällen außergerichtlich und gerichtlich vertreten. Einbrüche und Verkehrsdelikte. Das ging über Jahre so.

„*Hé Chef!* Hier habe ich was Interessantes!"

Papperin ging zu seinem Mitarbeiter und beugte sich über den aufgeschlagenen Ordner.

„Eine handschriftliche Aktennotiz laut der er die Verteidigung der vier Ganoven abgelehnt hat. Wegen Befangenheit. Weil das Opfer der Verbrecher seine eigene Frau war und das Verbrechen in seinem eigenen Haus stattgefunden hatte. Vor drei Jahren, das Datum passt."

„Claude, dann hat er gewusst, dass unser Pradel bei der Vergewaltigung dabei war. Genau das wollten wir doch wissen! Können Sie das mit Ihrem Smartphone fotografieren?"

„Klar, aber wir können das Foto nicht verwenden."

„Will ich auch gar nicht. Es ist nur zu schön, so etwas mitnehmen zu können. Aber was wir völlig legal machen können: Wir schließen die Ordner wieder weg und fotografieren durch die verschlossene Glastür den Aktenrücken mit der Jahreszahl und den Namen. Schließlich hat uns die Sekretärin ja diesen Raum offiziell als Warteraum zugewiesen und der Name Pradel ist durch die Glastüren von außen zu erkennen. Kommen Sie, machen Sie schon!"

Kurz darauf verließen sie ihr Wartezimmer und verabschiedeten sich von der Sekretärin.

„Mademoiselle Martin, leider haben wir nicht endlos Zeit, auf Ihren Chef zu warten. Wir müssen jetzt gehen. Aber bitte richten Sie ihm aus, dass er sich bei mir im Kommissariat baldmöglichst melden soll. *Au revoir!"*

***

Auf der Rückfahrt ins Kommissariat schaute sich Papperin das Foto in *lieutenant* Lavalles Smartphone an.

„Eine perfekte Aufnahme. Man kann alle Namen lesen - gestochen scharf! Ich bin gespannt, was der Berger dazu sagt, wenn wir ihm das Bild zeigen."

Claude Lavalle wiegte zweifelnd den Kopf.

„So cool wie der ist, wird ihn das nicht erschrecken."

„Vermutlich, aber das hindert uns nicht daran, dem Ehepaar Large-Berger kräftig auf den Zahn zu fühlen. Das Alibi, das sie sich gegenseitig gegeben haben, dürfte nicht viel Wert sein."

***

Die Stimmung auf dem Hof *La Chênaie* war von Trauer und Unsicherheit geprägt. Mirèio Pradel kamen zwischendurch immer wieder Tränen, wenn sie an ihren toten Sohn dachte. Sie und Jeannine saßen sich am großen Esstisch im *séjour* des Wohnhauses gegenüber. Mirèio schaute traurig in die Kaffeetasse, die ausgetrunken vor ihr auf dem Tisch stand. Jeannine betrachtete die alte Frau. Sie tat ihr zweifach leid, einmal wegen des Verlustes ihrer letzten beiden

Verwandten. Und zum anderen wegen der Gefahr, in der sie latent schwebte. Madame Pradel war aus allen Wolken gefallen, als Jeannine ihr gesagt hatte, dass mit großer Wahrscheinlichkeit eine Verwechslung stattgefunden hatte und sie - Mirèio - anstatt ihrer Schwester das Ziel des Mörders gewesen sei.

„Ich bleibe jetzt nicht nur wegen der Ermittlungen hier, sondern auch, weil mein Chef und ich überzeugt sind, dass der Mörder es nochmal versuchen könnte. Davor möchte ich Sie schützen."

Die alte Frau war sichtlich gerührt und hatte Jeannine herzlich umarmt.

„Mademoiselle Dalmasso, das ist ganz lieb von Ihnen. Aber ich kann das nicht glauben. Wer sollte mich ermorden wollen? Ich habe keine Feinde - anders als Patrick. Der hat sich mit seinen Betrügereien sehr unbeliebt gemacht. Aber ich? Nein. Im Gegenteil, seit Patricks Tod haben sich die Beziehungen zu unseren nächsten Nachbarn sehr gebessert. Ich glaube, ich tue ihnen leid. Plötzlich kümmern sie sich um mich. Vor allem Madeleine. Ihr Hof liegt etwa fünf Kilometer von unserem hier. Nein wirklich, Sie täuschen sich."

Jeannine schaute die alte Bäuerin voller Zweifel an. Sollte sie sich tatsächlich geirrt haben und der Anschlag hatte nicht Mirèio gegolten, sondern doch ihrer Schwester? Dann bräuchte sie ihre Zeit hier oben nicht zu vergeuden. Andererseits - man konnte es nicht wissen. Sie würde doch lieber bleiben. Aber vielleicht konnte sie die Überwachung von Mirèio etwas lockerer angehen lassen. Bisher war sie ihr auf Schritt und Tritt gefolgt und hatte sie so gut wie nie aus den Augen gelassen.

Die alte Bäuerin stand auf und ging zur Espressomaschine.

„Ich mache uns jetzt erst mal einen starken *café* und dann überlegen wir, wie wir den Tag verbringen wollen. *Noisette ou noir?*", fragte sie. Jeannine entschied sich für den kleinen, mit Milch aufgeschäumten Espresso. Während die Maschine brummte und gluckerte, läutete es an der Haustür. Gleichzeitig setzte das gefährlich klingende Hundegebell ein. Mit einer Handgeste bedeutete Jeannine der Bäuerin, dass sie, Jeannine, den Besucher empfangen wolle.

Vor der Türe stand eine Frau, etwa im selben Alter wie Mirèio Pradel.

„*Bonjour madame …*“ Die Besucherin machte eine Pause, so als warte sie, dass Jeannine sich ihr jetzt vorstellte. Als diese keinerlei Anstalten machte, dieser unausgesprochenen Aufforderung zu folgen, fuhr sie fort.

„Ich wollte Mirèio – Madame Pradel – fragen, ob sie etwas braucht. Ich fahre nach Moustiers zum Einkaufen in den *supermarché*.“

Sie überlegte einen Augenblick. In dem Moment kam Mirèio Pradel zur Tür. Sie eilte auf die Besucherin zu und begrüßte sie mit zwei Wangenküsschen.

„Madeleine, lieb dass du mich besuchen kommst. Darf ich dir *brigadier* Dalmasso vorstellen, Jeannine Dalmasso von der *police judiciaire* in Aix. Und das ist Madeleine Detours, meine nächste Nachbarin. Die Polizei glaubt“, sagte sie zu ihrem Besuch, „ich sei gefährdet, weil der Mord gar nicht meiner Schwester, sondern mir gegolten habe. Deswegen ist sie hier und soll mich beschützen.“

„Ist das Ihr Ernst?“, fragte Madame Detours. Als Jeannine nickte, meinte sie voller Überzeugung:

„Aber das ist doch Unfug. Wer sollte Mirèio etwas antun wollen? Nein, das glaube ich nicht. Ich bin gekommen, um dich zu fragen“, wandte sie sich wieder an die alte Bäuerin, „ob ich dir etwas besorgen kann. Ich fahre nach Moustiers.“

Madame Pradel schaute Jeannine an:

„Jetzt sehen Sie, wie besorgt meine Nachbarin um mich ist. Lass mich überlegen, Madeleine! Ja, ich bräuchte schon einiges. Aber kann ich dir das wirklich zumuten? Komm rein, trink einen Espresso mit Jeannine, während ich aufschreibe, was ich brauche.“

Während Madame Detours sich an den Tisch setzte und Jeannine die Kaffeemaschine bediente, holte Mirèio

Pradel einen Block aus der Schublade und begann, die Einkaufsliste zu schreiben.

„Weißt du was? Mirèio? Fahr doch einfach mit, dann kannst du selber aussuchen, was du kaufen möchtest. Und hinterher gehen wir auf einen *apéritif* ins Belvédère."

***

Als die beiden alten Bäuerinnen gefahren waren, setzte sich Jeannine wieder zu ihrem Kaffee und fragte sich, ob sie richtig gehandelt hatte. Wenn ihre Theorie mit der Verwechslung zutraf, dann hätte sie Mirèio jetzt womöglich direkt in ihr Verderben geschickt. Andererseits machte diese Madeleine nicht den Eindruck eines mörderischen Racheengels. Und selbst wenn, auf dieser Einkaufsfahrt würde sie Mirèio sicher nichts antun – jetzt, wo die Polizei wusste, mit wem die Bäuerin unterwegs war. Jeannine wählte Jean-Lucs Handynummer. Vielleicht sollten sie diese Personenschutznummer wirklich abblasen und Jeannine sich auf die wichtigere Ermittlungsarbeit stürzen.

„*Oui?*", meldete sich seine Stimme.

„*Salut Jean-Luc!*", begrüßte sie ihn und kam dann sofort auf Mirèio zu sprechen und auf die Frage, die sie so beschäftigte.

„Ich zweifle immer mehr am Sinn des Ganzen. Es kommt mir zunehmend wie Zeitverschwendung vor. Ich könnte stattdessen so viel Sinnvolleres machen. Was meinst du?"

Papperin war sich nicht schlüssig. Deshalb berichtete er zuerst einmal von dem erfolgreichen Besuch in der Anwaltskanzlei des *maître* Berger und dass sie sich jetzt darauf konzentrierten, dessen Alibi zu Fall zu bringen.

„Weißt du, seine Frau und er geben sich gegenseitig ein Alibi. Aber beide haben ein beachtliches Motiv. Ihr schwarzes Motorrad könnte das Tatfahrzeug sein. Und das Fehlen der Tatwaffe – die könnten sie nach der Tat entsorgt haben, irgendwo auf dem Meeresgrund. Und dann haben wir noch Damien Valbonne. Wie du weißt, ist er der Vater von Christine Large. Mit diesem zusätzlichen Motiv gerät er noch stärker in Verdacht. Der Staatsanwalt frohlockt deswegen. Aber ich glaube immer noch nicht, dass er unser Mann ist."

„Habt ihr endlich den PC vom Pradel geknackt?", erkundigte sich Jeannine.

„Leider nein. Guy-deux sitzt noch dran. Bislang hat er es noch nicht geschafft."

Endlich hatte sich Papperin zu einer Entscheidung durchgerungen. „Jeannine, trotz der Arbeit, in der wir hier ersticken, solltest du noch dort oben bleiben und auf die Alte aufpassen. Es wäre furchtbar, wenn ihr etwas geschehen würde, weil du gegangen bist. Bitte bleib dort, auch wenn du uns hier sehr fehlst." Leise dachte er: „Vor allem mir gehst du ab. Ich kann nicht vernünftig arbeiten ohne dich an meiner Seite."

Jeannine gab sehr viel auf die Intuitionen und das kriminalistische Gespür von Papperin. Sicher war es klüger, wenn sie hier die Stellung hielt.

„Jean-Luc, du hast wahrscheinlich Recht. Ich bleibe. Auch wenn ich viel lieber bei Euch in Aix wäre. Bei Dir! *Salut, Jean-Luc!* ... Ich liebe dich!" Sie erschrak, war sich nicht sicher, ob sie den letzten Satz nur gedacht oder laut ausgesprochen hatte. Schnell unterbrach sie die Verbindung. Das hätte sie nicht sagen sollen. Es war gegen alles, was sie besprochen und vereinbart hatten. Sie kannte Jean-Luc. Er war Polizist mit Leib und Seele, ehrlich, aufrecht, objektiv und absolut loyal zu seiner Verpflichtung gegenüber der *République Française*, die er mit seinem Amtseid bei der Bestellung zum Kriminalbeamten eingegangen war. Er würde nie zulassen, dass die Arbeit in seinem Kommissariat durch eine Liebesbeziehung zwischen dem Chef und einer Mitarbeiterin litt. Er würde sie nicht fallen lassen. Nein! Wahrscheinlich würde er dafür sorgen, dass sie eine verantwortungsvolle, höherwertige Stelle in einer anderen Stadt bekäme. Aber dann wäre er weit weg und sie hätte ihn nicht mehr täglich um sich. Und das wollte sie erst recht nicht. Sie war zufrieden mit dem *modus vivendi*, den sie gefunden hatten. Und es lief alles wunderbar. Das wollte sie auf keinen Fall zerstören.

„Hoffentlich habe ich das nicht laut gesagt!", seufzte sie, während sie verträumt Zucker in ihren Espresso rührte.

Das laute Brummen eines Motors riss sie aus ihren Gedanken. Sollte Mirèio schon zurück sein? Aber das Auto ihrer Nachbarin hatte doch keinen solchen Lärm gemacht. Sie eilte zur Haustür. Ein Motorrad, stellte sie fest. Der Fahrer, verhüllt von schwarzer Lederkluft und Integralhelm, bockte gerade eine dunkelblaue Maschine auf und ging dann auf das Haus zu. Während des Gehens nahm er den Helm ab. Hellblonde, seidig glänzende Haare, die ein schmales, schönes Frauengesicht eng um schlossen, kamen zum Vorschein.

„Bon jour! Mademoiselle Blanchard!", begrüßte Jeannine die Ankommende verblüfft, die sie erst beim zweiten Hinschauen erkannt hatte. „Ich wusste gar nicht, dass Sie Motorrad fahren können. Und noch dazu eine so schwere Maschine! Kommen Sie rein. Mirèio ist nicht da. Sie ist mit einer Nachbarin zum Einkaufen gefahren. Möchten Sie einen Espresso?"

„Oh ja, gerne. Ich wollte nach Mirèio schauen und fragen, ob ich ihr helfen kann - einkaufen oder so. Ist sie schon lange weg?"

Jeannine stellte eine Tasse mit dampfendem Espresso vor Cloé und setzte sich dann zu ihrer eigenen Tasse. Wissbegierig fragte sie Cloé aus, wie so eine zarte junge Frau zum Motorradfahren komme.

„Wenn man mit Patrick leben will, dann kommt man ums Motorradfahren nicht herum. Seine Harley war sein Ein und Alles. Als wir uns kennen lernten, war er schon seit langem bei den *Motards Furieux*. Da musste ich ab und zu bei seinen Bikertouren mitfahren."

Sie schwiegen eine Weile, jeder schaute in seine Espressotasse. Schließlich meinte Jeannine:

„Das klingt so, als ob Ihnen das gar keinen Spaß gemacht hat."

„Eigentlich nicht, um ehrlich zu sein. Aber ich war ihm so dankbar, weil er ... Sie wissen ja, er hat mich aus dem Haus in Manosque rausgeholt und mir ein normales Leben ermöglicht, ohne diese widerlichen Männer. *Mon dieu*, war ich froh, als ich da rausgekommen bin! Das werde ich ihm nie vergessen! Außerdem", fuhr sie nach einer Weile fort, „hat er mir sehr imponiert. Er hatte immer viel Geld, er hat mich verwöhnt, mir Geschenke gemacht. Der war verknallt in mich. Sie können sich das gar nicht vorstellen. Ich war ...". Sie suchte nach Worten.

„Ich war seine Göttin, die er angebetet hat."

Wieder schwieg sie versonnen. Ihre Gedanken schienen völlig in der Vergangenheit versunken zu sein.

„Und plötzlich ist alles aus, alles weg!"

Jeannine betrachtete die Frau, die jetzt zusammengesunken auf dem Stuhl ihr gegenüber saß und die Beamtin mit trotziger und gleichzeitig verzweifelter Miene anschaute.

„Und nun kümmern Sie sich um Mirèio, die jetzt nicht mehr Ihre Schwiegermutter werden kann. Das finde ich toll von Ihnen."

Wieder trat Stille ein. Jeannine musterte ihr Gegenüber mit teilnahmsvollen Blicken. Die plumpe Lederkluft passte so gar nicht zu der schlanken, eleganten Frau, die sie von ihren letzten Treffen in Erinnerung hatte. Ob sie von den kriminellen Machenschaften der Bikergang wusste, fragte sich Jeannine. Einbrüche, Raubüberfälle und Vergewaltigungen. Eigentlich konnte sie es nicht glauben. Behutsam tastete sie sich vor:

„Haben Sie Ihren Freund oft bei seinen Ausflügen mit den *Motards Furieux* begleitet?"

„Nein, eher selten. Wissen Sie, mir waren seine Kumpel irgendwie zu derb, grobschlächtig. Solche Typen habe ich früher zur Genüge ertragen müssen. Sie wissen schon, in Manosque. Sie haben das Haus ja selbst gesehen. Nein, vielleicht dreimal war ich dabei, als die ihre Sonntagsausflüge unternommen haben. Einmal war ich mit in Montpellier, einmal in Nice. Und einmal sind wir die die ganze Küste abgefahren - von Marseille bis Cannes. Das hat denen einen enormen Spaß gemacht, mit ihren Maschinen über die *route des crêtes* und die *corniches des Maures et de l'Estérel* zu donnern. In den Orten, wo sie Halt gemacht haben, da sind sie in Bars eingefallen, haben getrunken, Lieder gegrölt und die Leute angepöbelt. Nein, das war nicht mein Ding. Ich war lieber mit Patrick alleine unterwegs."

Offensichtlich wollte er sie nicht dabei haben, wenn er mit seinen Komplizen auf Beutezug ging, dachte Jeannine erleichtert. Irgendwie mochte sie Cloé, trotz ihrer Vergangenheit. Und wie sie sich liebevoll um Mirèio kümmerte, nötigte ihr Bewunderung ab.

„Wenn Sie mit Patrick allein unterwegs waren, sind Sie dann mit zwei Motorrädern gefahren?"

„Sie meinen, weil ich heute mit einer Maschine gekommen bin? Nein, da saß ich immer hinter ihm. Er liebte es, wenn ich ihn von hinten umarmte und mich an ihm festhielt, während er durch die Kurven brauste."

Sie bemerkte, wie Jeannines Blick zur Haustür ging.

„Das da draußen ist nicht meine Maschine. Ich habe kein Motorrad. Die gehört Johnny. Der leiht mir manchmal seine."

„Johnny?"

„Mein neuer Freund. Patrick ist jetzt ja tot."

„So schnell geht das: Kaum ist der alte Freund unter der Erde, schon ist ein neuer gefunden?" Diese plötzliche Gefühlskälte fand Jeannine befremdlich.

„Nein! So ist das nicht. Johnny kenne ich schon seit langem. Aber wir haben uns immer heimlich getroffen. Weil ..." Cloé, die an der Körperhaltung und dem Gesichtsausdruck der Polizistin deren zunehmende Reserviertheit und Distanz gemerkt hatte, war bemüht, ihr Verhalten zu rechtfertigen. Sie wollte die freundschaftliche Atmosphäre wiederherstellen, die bis vor wenigen Augenblicken zwischen den beiden Frauen geherrscht hatte.

„Sie müssen wissen ... also ganz im Vertrauen ... der Patrick, der war nicht treu. Der hatte ne ganze Reihe von Frauen ... neben mir. Und da konnte ich doch auch ..."

„Wen?" Jeannine sah die Fotos vor sich, die sie in Pradels Smartphone gefunden hatten.

„Ach, ein paar wegen dem Sex. Aber eine, die Frau von dem Makler, die brauchte er wegen ihrem Geld. Patrick war immer hinter Geld her."

„Hat Ihnen das gar nichts ausgemacht, dass er neben Ihnen noch andere Frauen hatte?"

„Wieso? Geliebt hat er nur mich! Die anderen, das war nichts Ernstes. Die blieben nie lange. Die brauchte er eben."

„Wissen Sie, woher er so viel Geld hatte?"

„Also teilweise sicher von dieser Clémence Doisset. Und von früheren Freundinnen, die er ausgenommen hat. Und dann hat er mit seinen Trüffeln enorm viel verdient."

„Haben Sie eine Ahnung, wieviel Geld er angesammelt hatte?"

„Genau nicht, aber es muss schon viel sein. Er hat immer sehr geheimnisvoll getan, wenn es um sein Geld ging. Aber er hat auch gerne und viel angegeben. Er könnte mir eine Villa an der Côte d'Azur kaufen und einen Porsche, wenn wir verheiratet sind, hat er immer gesagt. Und jede Menge Schmuck und Kleider von den besten *couturiers* und *créateurs de mode*. Ich hab das alles nicht für bare Münze genommen. Er war ein Angeber und Übertreiber. Aber arm war er sicher nicht. Er besaß schon was, so wie er mit dem Geld um sich geworfen hat."

„Und wer erbt das jetzt alles?"

„Doch wohl Mirèio. Sie ist seine einzige Verwandte."

„Sie glauben nicht, dass er Ihnen etwas vermacht hat? In einem Testament?"

„Er hat mir viel geschenkt. Schmuck und so. Und auch Geld. Ich habe so viel von ihm bekommen, ich brauche und will nichts von ihm erben. Das soll alles Mirèio kriegen. Ihr steht es zu und sie wird es nötig haben. Dazu braucht es kein Testament. Und er hat auch keines gemacht. Das haben Sie mich schon einmal gefragt. Das wüsste ich. Wir hatten keine Geheimnisse voreinander." Sie stutzte, weil ihr einfiel, dass sie vor kurzem etwas anderes gesagt hatte.

„Na ja, bis auf das mit Johnny. Aber das musste er nun wirklich nicht wissen."

Kapitel 12
Papperin kommt der Wahrheit auf die Spur

Freitag, 5. Februar

„Jetzt haben wir so viele Verdächtige, aber keinen einzigen handfesten Beweis, wer von ihnen der Täter ist!", klagte Papperin seiner Sekretärin. Er saß auf der Seitenkante ihres großen altmodischen Büroschreibtischs mit einer Espressotasse in der Hand und ließ sein linkes Bein baumeln. Seine Mitarbeiter und er hatten alle möglichen Spuren verfolgt, sämtliche Unterlagen gründlich gesichtet, Telefonlisten überprüft, E-Mails gecheckt und Dutzende Personen befragt. Sie waren auf jede Menge Motive gestoßen, hatten Alibis überprüft. Aber bis auf zwei hielt keines der Alibis einer genaueren Überprüfung stand.

„Wir wissen nicht einmal mit Sicherheit, wer das ganze Geld und die anderen Sachen erbt, weil immer noch nicht klar ist, ob es ein Testament gibt oder nicht." Resignierend fügte Papperin hinzu:

„Es bleibt uns nichts anderes übrig, als alles noch einmal durchzugehen und zu prüfen. Irgendwo muss doch ein Hinweis auf den Mörder zu finden sein. Und dann noch der Mord an dieser Frau, der Schwester von Madame Pradel. Wenn wirklich eine Verwechslung vorliegt und eigentlich die alte Pradel gemeint war, dann stellt sich die Frage, ob das was mit dem Mord an ihrem Sohn zu tun hat, oder ob die aus einem völlig anderen Grund umgebracht wurde. Vielleicht war aber tatsächlich diese Cathérine Morton gemeint. Dann müssten wir mehr Personal darauf ansetzen und nicht nur *brigadier* Malmotte. Doch eigentlich hat mich Jeannines Idee von der Verwechslung überzeugt."

„Aber wer hat was davon, wenn Madame Pradel tot ist?", fragte Monique.

„Wir müssten einen nahen Verwandten aus dem Hut zaubern, der in der Erbfolge nachrangig nach der Mutter kommt", überlegte Papperin.

„Aber wer könnte das sein?"

„Ihr Mann ist tot. Der käme sonst als Erster in Betracht."

Hier stutzte Papperin.

„Aber das haben wir noch gar nicht überprüft. Vielleicht ist er nur abgehauen, weil ihn das öde Leben auf dem Hof auf die Nerven gegangen ist - mit Frau, Sohn und Trüffelhund. Und besonders prickelnd stelle ich mir das Eheleben der beiden auch nicht vor, mit einer so nüchternen, trockenen Frau."

„Wieso, die ist doch ganz taff."

„Zwischen taff und ..." Papperin suchte nach einem passenden Wort, „... und attraktiv ist ein großer Unterschied.

„Du meinst wohl ‚erotisch? Ihr Männer seid doch alle gleich. Und deswegen meinst du, der hat seine Familie verlassen und ist mit einer anderen abgehauen? Wie viele Jahre soll das eigentlich her sein?"

„Zumindest ist es möglich und deshalb müssen wir es überprüfen. Würden Sie das bitte übernehmen, Monique? Klären, an was und wo er gestorben ist. Sterbedokumente ansehen, eventuell mit dem Arzt oder dem Krankenhauspersonal telefonieren. Womöglich lebt er noch - vielleicht unter anderem Namen, irgendwo im Ausland."

„Oder sie hat noch ein weiteres Kind", rätselte Monique. „Nicht nur unseren Ermordeten. Das würde dann auch die Mutter beerben."

„Ich rufe nachher Jeannine in *La Chênaie* an. Sie soll die Pradel danach fragen." Papperin nippte an seiner Kaffeetasse und stellte frustriert fest, dass sie leer war. Monique sprang auf und ging zur Espressomaschine.

„Wenn allerdings ein Testament existiert", überlegte Papperin, „dann brauchen wir uns nicht weiter um Mann und Kind zu kümmern, egal ob es die gibt oder nicht. Denn dann würde der testamentarische Erbe alles bekommen."

„Mais non, la réserve héréditaire !"

„Stimmt, der Pflichtteil! Also müssen wir uns in jedem Fall auf die Suche nach weiteren nahen Verwandten machen."

Der Kommissar nahm die frisch gefüllte Espressotasse entgegen, die Monique ihm reichte.

„*Merci Monique!* Ich werde dann wohl am besten selber nach *La Chênaie* rauffahren. Zu zweit bekommen wir vielleicht mehr aus Madame Pradel raus. Wir werden wieder das Spiel „guter *flic* - böser *flic*" machen. Das funktioniert bei einfachen Leuten meisten sehr gut. Vielleicht gibt es ja ein geheimnisvolles, missratenes Kind, das die Alte vor der Öffentlichkeit versteckt halten will - in einem Heim oder weiß der Teufel wo."

„Ich weiß, du willst nur deine Jeannine sehen", dachte Monique bei sich im Stillen. „Das spüre ich, auch wenn du deine Gefühle gut kaschierst."

Papperin, der nichts von den Gedanken seiner Sekretärin ahnte, trank seine Tasse aus, rutschte von der Schreibtischkante und ging zum Durchgang zu seinem Büro.

„Jean-Luc!", hielt ihn der Ruf seiner Sekretärin zurück. „Pass bloß auf, dass das mit Jeannine nicht wieder aus dem Ruder läuft. Momentan ist sie zufrieden, vielleicht sogar glücklich, so wie sich das eingependelt hat zwischen euch beiden."

„Können Sie Gedanken lesen, Monique? Keine Angst, ich möchte auch, dass alles so bleibt. Alles andere würde nur ..." Papperin fand nicht das richtige Wort.

„...ihr Leben zerstören und überdies das Arbeitsklima hier unerträglich machen", ergänzte Monique seinen angefangenen Satz mit schonungsloser Offenheit.

In diesem Augenblick wurde die Tür zum Korridor aufgestoßen und Guy-deux kam freudestrahlend herein.

„Chef, jetzt habe ich den PC geknackt."

„Und?", fragten der Kommissar und seine Sekretärin wie aus einem Mund. Die Miene des IT-Spezialisten verdüsterte sich sofort wieder.

„Ich habe mir alle Dateien angesehen. Es ist nichts dabei, was uns weiterführt. Glaube ich zumindest."

Er stellte den Laptop auf Moniques Schreibtisch, klappte ihn auf und rief den Explorer auf. Er öffnete eine Datei nach der anderen und erläuterte den beiden gespannt Zuschauenden die Inhalte.

„In dieser Ordnergruppe", dabei deutete er mit einem Kugelschreiber auf das Display, „steht lauter geschäftliches Zeug: Trüffelmengen und -gewichte, Kunden, Umsätze, Preise usw. Interessant ist, dass er nicht bei allen Umsätzen die TVA berechnet und abgeführt hat. Das sollen sich die vom *trésor public* anschauen. Da dürfte ein gehöriger Betrag an Umsatzsteuernachzahlungen zusammenkommen!"

Guy-deux öffnete einen Ordner aus einer anderen Gruppe und griff eine Datei heraus:

„Hier hat er detailliert aufgelistet, was er sich alles zusammengestohlen und geraubt hat, mit genauer Angabe von Ort, Datum und Verwendung. Nach Jahren geordnet. Schmuck hat er öfter zum Pfandhaus getragen. Viel hat er seiner Tussi geschenkt. Und dann gibt es noch jede Menge Dateien, zum Haus, den Renovierungsarbeiten, zu seinen Fahrzeugen, Versicherungen, Rentendinge, Bankangelegenheiten und so Zeug. Für die Steuerfahndung mag das vielleicht wichtig sein, für unseren Fall wohl eher nicht."

„Und diese Datei? Was steht da drin?"Papperin hatte eine Word-Datei mit dem Namen „Adressen etc." entdeckt.

„Anschriften, Telefon- und Faxnummern und teilweise E-Mail-Adressen von Leuten, Ämtern und Unternehmen, mit denen er zu tun hatte."

„Schauen Sie mal unter B wie Berger?", bat Papperin. „Das ist der Anwalt, Benoît Berger. Der hat ihn mal verteidigt. ... Nee, der ist nicht da? Dann ist die Liste unvollständig."

„Doch, hier ist er, unter A - *Avocat:* Benoît Berger!" Stolz präsentierte Guy-deux das Fundstück.

Monique Depardieu hatte plötzlich einen Geistesblitz:

„Schau mal unter N wie *Notaire!*", forderte sie Guy-deux auf. „Denn wenn er ein Testament gemacht hat, dann war das bei einem Notar. Darüber haben wir doch schon mal gesprochen."

Es fanden sich drei Notare, einer in Aix, die anderen in Manosque.

„Wenn wir die anrufen und fragen, dann berufen sie sich mit Sicherheit auf ihre Amtsverschwiegenheitspflicht und rücken nur dann mit Informationen raus, wenn wir was Gerichtliches vorlegen. Ich spreche mal mit Paul Vergier. Wozu sonst hat man einen Richter als Freund!"

„Das geht glaube ich schneller, wenn wir uns die Kontoauszüge vom Pradel anschauen. Notare zahlt man nicht bar. Ich hole die Ordner", schlug Monique vor und ging in den kleinen Raum, in dem die Unterlagen verwahrt wurden, die die Beamten der Spurensicherung bei den Pradels mitgenommen hatten. Sie kam mit einer Schachtel wieder, in der die Bankordner der *Crédit Agricole* und der *Société Générale* lagen. Die drei nahmen sich jeder einen Ordner vor und blätterten die Kontoauszüge Seite für Seite durch. Da mehrere Jahre überprüft werden mussten, nahm die Suche doch ziemlich viel Zeit in Anspruch. Ein Ordner nach dem anderen wurde aus dem Karton geholt und begutachtet.

„Hier ist es!" Guy-deux deutete mit dem Finger auf einen zwei Jahre alten Kontoauszug der *Société Générale.*

„Da! Er hat zweitausenddreihundert Euro an einen *maître* Haubert, Notar in Aix überwiesen. Als Buchungstext steht dort: *Rédaction d'un testament.*"

„Dann wissen wir jetzt, dass es ein Testament gibt. Ich rufe den Notar sofort an. Oder besser, Paul soll ihn anrufen. Monique, verbinden Sie mich bitte mit Paul Vergier."

Juge Vergier hatte sich zuerst geweigert, schließlich aber doch zugesagt, den Notar zu fragen. Er fühlte sich Papperin verpflichtet, weil er die Anklage gegen Damien Valbonne nicht verhindert hatte.

„Ich mache das besser auf die informelle Tour. Wir sind im selben Tennisclub und unterhalten uns oft über unsere Fälle. Wahrscheinlich muss ich gar nicht offiziell werden."

Nach kurzer Zeit kam der Rückruf des Richters.

„Jean-Luc, das war sehr unkompliziert. Also: Der Notar hat für euren Ermordeten ein Testament beurkundet. Es hat einen denkbar einfachen Inhalt: Alleinerbe und einzige Erbin seines gesamten Vermögens ist eine gewisse Cloé Blanchard. Seiner Mutter hat er ein Wohnrecht eingeräumt. Mehr steht nicht drin, sagt der Notar. Hilft dir das weiter?"

***

„Salut Jeannine! Wie geht es bei euch dort oben in der Einsamkeit?" Papperin wartete nicht auf die Antwort, sondern fing sofort mit den neuesten Erkenntnissen an.

„Gerade eben haben wir rausbekommen, dass es tatsächlich ein Testament gibt. Rate mal, wer alles erbt?"

„Ich würde sagen: die Mutter. Aber dazu bräuchte es kein Testament. Wer also?"

„Cloé, seine Verlobte!"

„Das wird eine Überraschung sein, denn sie hat ja absolut keine Ahnung, dass es ein Testament gibt."

„Behauptet sie. Wenn sie es gewusst hätte, dann gäbe das ein handfestes Motiv. Sowohl für den Mord an ihrem Verlobten, als auch für den an Madame Pradel. Nur dass sie beim zweiten Mord die Falsche erschossen hat."

„Wieso sollte sie Mirèio umbringen wollen?", wunderte sich Papperins Mitarbeiterin.

„Weil sie dann keinen Pflichtteil auszuzahlen bräuchte. Und der ist ziemlich hoch", erklärte Papperin, um dann voller Zweifel fortzufahren: „Aber konnte sie von dem Testament wissen? Das ist die zentrale Frage. Wir haben Madame Pradel kürzlich schon danach gefragt und sie hatte keine Ahnung. Eigentlich würde man es seiner *maman* doch sagen, wenn man ein Testament macht. Und seine Verlobte sagt, sie weiß auch von keinem Letzten Willen. Ich habe sie das letzthin gefragt – in Manosque."

„Und ich habe mich auch noch einmal mit ihr darüber unterhalten. Sie ist überzeugt, dass es kein Testament gibt und dass seine Mutter alles erbt. Und sie gönnt ihr das auch. Sie sagt, sie hat genug von ihm geschenkt bekommen. Und sie will sich um Madame Pradel kümmern, damit die nicht so einsam und verlassen ist, hier oben auf dem Hof. Ich glaube, sie ist ein wirklich guter Mensch - trotz ihrer zwielichtigen Vergangenheit."

„Auch unter Nutten soll es welche mit einem großen Herz geben. Hier haben wir so eine, scheint es", schloss Papperin dieses Thema ab.

„Jetzt aber etwas anderes. Monique und ich haben uns was überlegt." Und dann berichtete Papperin von der Theorie, die Monique und er entwickelt hatten.

„Unabhängig von der Frage des Testaments, rede mal mit der Mutter und versuche herauszubekommen, ob an der Idee etwas dran ist, ob es so ein Kind geben könnte."

„Ich weiß nicht, ob das was bringt. Würdest du es zugeben, dass du dein Kind weggegeben hast? Also ich nicht! Und schon gar nicht einer fremden Person gegenüber, noch dazu einer Polizeibeamtin."

„Aber du hast doch sicher in den letzten Tagen ein engeres, persönliches Verhältnis zu ihr aufbauen können. Sie weiß, dass du sie beschützen willst. Versuch es einfach!"

„Und dann? Wenn sie sagt, es gibt kein anderes Kind?"

„In jedem Fall solltest du am zuständigen *bureau de l'état civil* nachforschen. Die Verwaltungsbeamten am Standesamt müssen alle Geburten verzeichnet haben. In der zuständigen *sous-préfecture.* Du musst hin, mit den Leuten reden."

„Ich kann aber Mirèio nicht alleine lassen, wenn ich da hinfahre."

„Die hat doch eine Nachbarin, die sich um sie kümmert, hast du mal gesagt. Die soll in der Zeit nach *La Chaînaie* kommen und auf die alte Pradel aufpassen."

„Gut, das organisiere ich. *Salut Jean-Luc!* Wann kommst du mal hier rauf? Es ist ziemlich langweilig. Inzwischen kann ich sogar Ziegen melken. Aber das ist schon fast die einzige Abwechslung - außer Fernsehen. Oder mit Mirèio reden. Aber das ist so bedrückend, weil sie dazwischen immer wieder zu heulen anfängt. Sie kommt über den Tod ihres Sohnes nicht hinweg."

Nach dem Telefonat mit Jean-Luc hatte Jeannine sich wieder zu Madame Pradel gesetzt, vor den Fernseher. Sie schauten sich eine Weile schweigend einen Film an. Plötzlich schaltete die alte Frau das Gerät aus.

„Immer diese amerikanischen Serien. Ich kann es nicht mehr sehen. Das hat doch mit dem echten Leben überhaupt nichts zu tun. Die Regisseure haben dort wohl keine Ahnung, wie grausam das Leben wirklich ist. Kommen Sie, Jeannine, wir machen uns einen Kaffee und unterhalten uns lieber."

Geschickt hatte es die Polizistin fertig gebracht, das Gespräch auf das Thema zu lenken, das Papperin sie abzuklären gebeten hatte. Irgendwann, Mirèio Pradel hatte zum Kaffee noch zwei Gläschen und eine Flasche Likör aus der Anrichte geholt, wurde die Atmosphäre etwas vertraulicher und persönlicher.

„Nehmen Sie noch einen. *Liqueur de farigoule*. Den habe ich selbst angesetzt. Wilder Thymian, da schmeckt man die ganze Provence raus."

Jeannine hielt ihr Glas hin und ließ es sich vollschenken. Sie unterhielten sich zunächst über Gott und die Welt. Schließlich lenkte Jeannine das Gespräch auf Familiäres und erzählte von ihren Eltern und Geschwistern. „Wir waren zu sechst. Da war immer was los zuhause. Ich weiß bis heute nicht, wie unsere Eltern mit uns und dem Chaos fertig wurden, das wir um uns verbreitet haben. Bei Ihnen war es sicher ruhiger, mit nur einem Sohn. Oder hatte Patrick noch Geschwister?"

„Nein, hatte er nicht. Obwohl er sich so sehr eine Schwester gewünscht hatte."

Die Unterhaltung plätscherte weiter dahin. Jeannine erzählte lauter Geschichten aus ihrer Kindheit. Dass sie erdacht waren, tat ihrer Wirkung keinen Abbruch. Sie sang ein Loblied auf die Großfamilie und bedauerte, dass diese langsam zu verschwinden drohte.

„Mein Mann und ich hatten uns auch immer eine große Familie mit mehreren Kindern gewünscht. Aber da ist leider nichts draus geworden. Fast hätte Patrick einen älteren

Bruder gehabt. Aber der ist kurz nach der Geburt gestorben. Lange bevor wir Patrick bekommen haben."

„Haben Sie den hier auf *La Chênaie* zur Welt gebracht?", erkundigte sich Jeannie interessiert.

„Ja, aber dann musste er ins Krankenhaus. Er hatte eine unheilbare Krankheit." Mirèio schien mit versonnenen Augen direkt in die Vergangenheit zurück zu blicken.

„Im *Centre hospitalier de Manosque*. Dort ist er bald darauf gestorben."

Jeannine beschloss, dies so schnell wie möglich zu überprüfen. Sie müsse morgen kurz nach Aix ins Kommissariat, verkündete sie der alten Frau. Sie forderte Madame Pradel auf, Madeleine Detours, ihre hilfsbereite Nachbarin, zu bitten, morgen zu kommen und ihr Gesellschaft zu leisten. Mirèio Pradel verwehrte sich gegen dieses Anliegen. Schließlich sei sie alt genug, um auf sich aufzupassen. Und das mit der Verwechslung beim Mordanschlag glaube sie nicht. Das sei reine Theorie. Aber gut, wenn es zur Beruhigung von Jeannine diene, dann werde sie Madeleine bitten, zu kommen.

„Aber nötig ist das wirklich nicht!"

***

Im Kommissariat hatte Papperin sein Team zur Beratung zusammengerufen. Die Tatsache, dass doch ein Testament existierte und dass Cloé Blanchard darin als Alleinerbin bestimmt war, machte es unerlässlich, bei den Ermittlungen neue Prioritäten zu setzen.

„Wir haben zwar mehrere Verdächtige, die alle als Täter in Frage kommen könnten, aber ...", begann der Kommissar.

„Bis auf zwei", unterbrach ihn Guy-deux. „deren Alibi okay ist: Philippe, der Sohn vom alten Valbonne war nachweislich im Puff und der tatterige Fremdenlegionär hatte tatsächlich seine Tochter in Hyères besucht. Die müssen wir von unserer Liste streichen."

„Einverstanden! Aber es bleiben noch genügend andere übrig, bei denen alles passen würde: Gelegenheit, Motiv,

Tatfahrzeug und Tatwaffe. Angefangen mit Damien Valbonne. Er hat sogar ein doppeltes Motiv: Erstens Rache wegen der Zerstörung seiner Trüffelernte und zweitens Rache wegen der Vergewaltigung seiner Tochter. Wenn es nach dem Staatsanwalt ginge, könnten wir unsere Ermittlungen einstellen, denn er ist überzeugt, mit Valbonne den Richtigen angeklagt zu haben. Das Rachemotiv trifft auch auf den Anwalt Benoît Berger zu. Und dann der Immobilienheini aus Aups, dieser Maxime Doisset. Vielleicht hatte er doch was dagegen, dass Pradel seine Frau vögelt. Vor allem aber dürfte ihn gestört haben, dass er ihr viel Geld abknöpft. Als nächsten haben wir diese Motorradgangster, die *Motards Furieux*. Die könnten verhindern wollen, dass der Pradel aussteigt und sie unter Inanspruchnahme der Kronzeugenregelung verpfeift. Und dass die genug Dreck am Stecken haben, das wissen wir inzwischen. Wer allerdings von denen als Täter in Frage kommt, dazu haben wir keinen einzigen Hinweis. Das müssen wir später recherchieren. Ja und dann kommen die alte Mirèio Pradel und ihre Beinahe-Schwiegertochter Cloé Blanchard."

„Jean-Luc, du hast den Johnny Lacroix vergessen", erinnerte Monique ihren Chef an den neuen Freund von Cloé Blanchard. „Wenn seine Freundin was erbt, dann fällt mit Sicherheit auch einiges für ihn ab."

„Danke, Monique!" Den müssen wir auch überprüfen."

„Der kommt aber nur in Betracht, wenn er wusste, dass die Blanchard was erbt", wandte Guy-deux ein.

Papperin nickte seinem IT-Freak zustimmend zu und fuhr dann fort:

„Bleiben also noch die beiden Hauptnutznießer von Patricks Tod: Seine Mutter und seine Verlobte. Madame Pradel hat allerdings nur ein Motiv, wenn sie nichts von dem Testament wusste. Denn dann musste sie davon ausgehen, dass sie alles erben wird. Für die Verlobte gilt genau das Gegenteil: Nur wenn sie den Inhalt des Testaments kannte, hatte sie ein Motiv, ihren Verlobten umzubringen."

Papperins Zusammenfassung wurde von seiner Sekretärin unterbrochen, die alle Anwesenden mit Espresso versorgte und einen Teller mit Madeleines auf den Tisch stellte. Nachdem alle eine neu gefüllte Tasse vor sich stehen hatten und das knisternde Geräusch abgeklungen war, das vom Aufreißen der Verpackungsfolie entstand, die die aromatischen Teigschiffchen umhüllte, begann Papperin mit der Aufgabenverteilung.

„Da es jetzt vor allem darauf ankommt, zu wissen, wer alles von diesem Testament und seinem Inhalt Kenntnis hatte, sollten wir uns vorrangig auf diese Frage konzentrieren. Nachdem diese Cloé nichts davon gewusst haben will, dürfte es nichts bringen, sie nochmal zu befragen. Besser ist der indirekte Weg. Claude", forderte Papperin seinen dienstältesten Mitarbeiter auf. „Bitte kümmern Sie sich um ihren neuen Lover, diesen Johnny ... wie heißt er gleich wieder?"

„Lacroix!"

„Versuchen Sie herauszubringen, ob er was von einem Testament weiß und überprüfen Sie gleichzeitig, ob er ein Alibi für die Tatzeit hat. Dann sollten wir die ‚Damen' in dem Bordell in Manosque befragen. Möglicherweise hat Mademoiselle Blanchard ihnen gegenüber was gesagt. Vielleicht hat sie vor ihren Ex-Kolleginnen damit angegeben, wie toll der Pradel ist, wie sehr er sie liebt und wie viel Geld er ihr vermachen wird Wer will sich darum kümmern? Sie, *brigadier* Malmotte?" Papperin schaute seinen Mitarbeiter zweifelnd an. „Ich glaube, das ist keine gute Idee. Ihre Frau dürfte nicht damit einverstanden sein, wenn ich Sie ins Puff abkommandiere. ... Sie wollen das machen, Guy-deux? Okay. Ich selbst werde mich mit dem Notar unterhalten. Dann treffen wir uns morgen um neun Uhr wieder hier."

***

Papperin saß an seinem Schreibtisch und dachte nach. Er ließ sich die Besprechung, die sie vorhin beendet hatten, nochmal durch den Kopf gehen und überlegte, ob er nichts Wichtiges vergessen hatte. Nein! Die anderen Verdächtigen konnten warten. Jetzt musste vordringlich das mit dem Testament geklärt werden. Er rief durch die offenstehende Tür zu seinem Vorzimmer:

„Monique, rufen Sie bitte bei dem Notar an - sie wissen schon, der das Testament gemacht hat - und vereinbaren Sie einen Termin. Ich will ihn sobald wie möglich sprechen."

Es dauerte nur wenige Minuten, dann erschien seine Sekretärin. Sie lehnte sich an den Türrahmen und zuckte bedauernd mit den Schultern.

„Der Notar ist nicht da. Er kommt erst am späten Nachmittag wieder. Ich habe mit seinem Bürovorsteher sechzehn Uhr vereinbart. Passt dir das? Bis dahin müsste sein Chef zurück sein, hat er mir versichert."

„Auch gut. Dann kann ich in der Zwischenzeit den aufgestauten Papierkram abarbeiten", dachte Papperin. Laut sagte er:

„Hoffentlich zögert es sich bei den anderen nicht auch so lange hinaus und sie haben mehr Erfolg bei ihren Recherchen."

***

Doch auch die Befragung von Johnny Lacroix brachte kein eindeutiges Ergebnis. Claude Lavalle hatte sehr schnell seine Adresse in La Madrague, einem Vorort im Südwesten von Marseille, ausfindig gemacht und hatte ihn dort aufgesucht. Er wohnte in einem ehemaligen Fischerhäuschen nicht weit von dem kleinen Hafenbecken. Auf der Terrasse neben der Eingangstüre stand ein Motorrad, eine nachtblaue MotoGuzzi. Die ist so dunkel, dass man sie auch für schwarz halten kann, dachte der *lieutenant*. Damit käme sie als das schwarze Tatfahrzeug durchaus in Frage, auf dem der Mörder durch die Marktstraße in Cabanosque gefahren war. Neben der Maschine standen zwei etwas vergilbte und abgenutzte weiße Plastikstühle und ein Klapptisch, auf dem ein Werkzeugkasten davon kundtat, dass der Besitzer des Motorrads in der Lage war, Reparaturen selbst durchzuführen. Eine halbleere Flasche Rotwein und ein gelber Plastikbecher standen daneben. Da er keine Klingel entdeckte und auch kein Klopfer vorhanden war, rief *lieutenenat* Lavalle mehrmals laut:

„*Allô!* Ist jemand da?"

Nach längerer Zeit, der Polizist war kurz davor, die bunten Plastikschnüre zur Seite zu schieben und das Haus zu betreten, kam ein gut gebauter, kräftiger junger Mann um die Hausecke.

„Was wollen Sie?"

„Sind Sie Monsieur Lacroix? Johnny Lacroix?", antwortete der Beamte mit einer Gegenfrage.

Mit einem bejahenden Nicken ließ sich der Mann in einen der beiden Stühle fallen und schaute seinem Besucher auffordernd ins Gesicht. Lieutenant Lavalle zückte seinen Polizeiausweis und hielt ihn dem Mann vor die Nase.

„Sie sind mit Mademoiselle Blanchard befreundet – Cloé Blanchard?", eröffnete er das Gespräch und setzte sich unaufgefordert auf den zweiten Stuhl. Es war noch Winter und trotzdem konnte man in der wärmenden Sonne auf der Terrasse sitzen.

„Na und? Ist das verboten?"

„Natürlich nicht. Aber wir haben ein paar Fragen. Zu Ihnen, zu Ihrem Verhältnis zu Mademoiselle Blanchard, zu Ihrer Maschine da", dabei deutete der *lieutenant* auf die Moto Guzzi.

„Fragen Sie!", forderte der Mann den Beamten auf, während er sich Wein aus der Flasche einschenkte. Die Farbe des Bechers wechselte von Gelb zu Braun. Nur ganz oben blieb ein gelber Rand.

„Wussten Sie, dass Mademoiselle Blanchard auch mit dem ermordeten Patrick Pradel befreundet war?"

„Klar, die wollten heiraten."

„Und dass er ihr in seinem Testament etwas vermacht hat?"

„Von einem Testament hat sie nie was gesagt."

„Glauben Sie, sie hat von dem Testament gewusst?"

„Keine Ahnung. Fragen Sie sie doch selber."

Claude schaute auf die Moto Guzzi.

„Ein heißer Ofen", versuchte er sich in der Sprache der Straße. „Machen Sie damit auch mit Cloé Blanchard Ausflüge?"

„*Bien sûr!* Manchmal nimmt sie sich die Guzzi auch und fährt alleine damit los."

„Hat sie das auch am Samstag vor zwei Wochen getan? Am dreiundzwanzigsten Januar?"

Der Mann dachte nach und trank einen Schluck aus dem gelben Becher.

„Weiß ich nicht! Da musste ich arbeiten. Kann schon sein!"

„Wo arbeiten Sie?"

Lieutenant Lavalle notierte die Anschrift des Arbeitgebers, die ihm der Mann nicht ganz freiwillig und erst nach einigem Hin und Her gegeben hatte. Erst die Drohung, man werde ihn ins Kommissariat nach Aix vorladen, hatte Wirkung gezeigt.

Dieses Alibi musste überprüft werden, war Claude Lavalle überzeugt. Denn auch Johnny Lacroix hätte gelogen und von dem Testament gewusst haben können. Und dann käme er als Mörder durchaus in Frage. Auf alle Fälle war klar, dass sich seine Freundin das Motorrad am Tag des Mordes unbemerkt hätte ausleihen können.

***

Die Recherchen von Guy-deux in Manosque führten ebenfalls ins Leere. Die ehemaligen Kolleginnen von Cloé wussten zwar alle von der Liaison zwischen Cloé und Patrick Pradel. Auch, dass er ganz offensichtlich nicht arm war, weil er sie mit vielen teuren Geschenken verwöhnt hatte, war bekannt. Sie hatte in letzter Zeit immer sehr viel Geld. Aber ein Testament hatte Cloé nie erwähnt. Da waren sich alle ganz sicher.

***

Brigadier Jeannine Dalmasso hatte den frühen Morgen genutzt, um im *bureau de l'état civil* bei der Stadtverwaltung von Manosque Nachforschungen über die Geburt des früh verstorbenen zweiten Kindes anzustellen. Ja, es gäbe einen Eintrag im Geburtenregister, wurde ihr am Telefon mitgeteilt. Frédéric Pradel. Aber er sei wenige Wochen nach der Geburt gestorben. Nein, hierzu wisse man nichts Näheres. Vielleicht erinnerte sich im *centre hospitalier* noch jemand. Aber das sei nicht sehr wahrscheinlich, denn schließlich liege das mehr als vier Jahrzehnte zurück.

Trotzdem beschloss Jeannine, dem nachzugehen und ins Krankenhaus von Manosque zu fahren. Dort fragte sie sich zur Neugeborenenabteilung durch. Keine der dort arbeitenden Krankenschwestern konnte sich an das Kind Pradel erinnern. Die Stelle des Chefarztes war erst seit kurzem neu besetzt worden; ihn zu fragen würde mit Sicherheit zu nichts führen. Aber es gab einen alten Oberarzt, der schon seit ewigen Zeiten die Arbeit in der Abteilung machte. Und dieser *chef de service* konnte sich tatsächlich an den Fall Pradel erinnern.

„Ja, das hat uns damals sehr berührt. Das Kind war einige Zeit hier in stationärer Behandlung. Aber gestorben ist es, glaube ich, zuhause."

Ob sie die Krankenunterlagen einsehen könne, wollte Jeannine wissen. So lange hebe man die alten Akten nicht auf – und schon gar nicht die von Verstorbenen, erhielt sie zur Antwort.

„Das ist gut vierzig Jahre her", entschuldigte dies der alte Oberarzt. „Wissen Sie, damals lief hier alles noch auf Papier. Elektronische Dateien hatten wir noch nicht. Und beim Umbau vor ein paar Jahren hat man kräftig ausgemistet und alte Akten geschreddert."

Inzwischen waren sie den langen Korridor entlanggegangen. Der Arzt blieb vor einer Türe stehen und legte die Hand auf die Klinke. *Dr. Charles Ghisbert – chef de service adjoint* – stand auf einem Schild an der Wand neben der Tür.

„Merci Docteur Ghisbert", bedankte sich Jeannine. Das Gespräch hatte ihr jetzt nicht wirklich weitergeholfen. Lediglich die Tatsache, dass es noch ein Kind gegeben hatte, war von unabhängiger Seite bestätigt worden. Aber das

hatte sie der Mutter ohnehin geglaubt. Sie gab dem Arzt ihre Karte und verabschiedete sich mit den Worten: „Falls Ihnen noch etwas über das Schicksal des Kindes einfallen sollte, dann rufen Sie mich bitte an."

Der Arzt hielt sie zurück.

„Hier hatte damals eine Schwester gearbeitet, die sich besonders um das Baby gesorgt und gekümmert hat. Mathilde hieß sie. Die könnte vielleicht etwas mehr wissen."

Auf Jeannines auffordernden Blick sagte er: „Sie ist schon seit Langem im Ruhestand. Soweit ich mich erinnere, lebt sie in Gréoux-les-Bains. Im Altersheim." Da er das Interesse in den Augen der Polizistin sah, ergänzte er:

„Ich kann Ihnen den Weg dorthin beschreiben."

„Danke, das finde ich." Sie gab dem Arzt die Hand und eilte zum Ausgang.

„Mathilde Roussel", rief er ihr nach. „Sie heißt Mathilde Roussel!"

In Ihrem Auto zückte Jeannine ihr Smartphone und googelte *Gréoux maison de retraite.* Dann gab sie die angezeigte Adresse in ihr Navi ein. Es dauerte nur wenige Minuten, um die vierzehn Kilometer bis zu ihrem Ziel zu bewältigen. Das Heim gefiel ihr auf Anhieb. Die meist ebenerdigen Bungalows lagen in einem großen gepflegten Park am Ortsrand der Bäderstadt. Sie fragte sich zur Verwaltung durch und wurde dort von einer sehr freundlichen Frau ans andere Ende der Anlage zum Zimmer von Mathilde Roussel geführt.

„Mathilde, es ist Besuch für Sie gekommen", rief die Heimangestellte, nachdem sie die Tür geöffnet und Jeannine ins Zimmer geschoben hatte. Die gesuchte alte Frau saß in eine Wolldecke gehüllt auf dem Balkon ihres Apartments in der Nachmittagssonne und schien geschlafen zu haben. Doch der Ruf der Angestellten hatte sie geweckt. Sie hob ihren Kopf und richtete den Blick auf die beiden eintretenden Frauen. Jeannine stellte sich vor und berichtete von ihrem Anliegen.

„Ja, ja, der kleine Frédéric. Es war ein süßes Baby", erinnerte sich die alte Frau. Sie schloss kurz die Augen und die Polizistin dachte schon, sie sei wieder eingeschlafen, als sie mit leiser Stimme fortfuhr: „Aber er hatte keine Chance. Er war behindert - verkrüppelt. Und er hatte einen Tumor im Gehirn. Heute könnte man das wohl operieren, aber damals ..."

Sie machte eine Pause und blickte in die blasse Wintersonne. Dann versuchte sie, mit ihrem Krückstock einen Besucherstuhl heranzuziehen. Als dies misslang, bedeutete sie Jeannine mit einer müden Handbewegung, sie möge den Stuhl nehmen und sich zu ihr setzen.

„Er hatte wirklich alles Pech, was man nur haben konnte. Wir gaben ihm nur noch ein paar Tage, allenfalls Wochen." Wieder machte sie eine Pause, um sich von der Anstrengung des Sprechens zu erholen.

„Es war tragisch. Seine Mutter wollte das nicht wahrhaben. Als unser Chefarzt ihr sagte, man könne nichts machen, meinte sie, dann werde sie ihn selber gesund pflegen. Und einen Tag später war das Kind verschwunden."

Madame Roussel schaute ihre Besucherin lange an. Dann fielen ihr ganz langsam die Augen zu und ihr Kopf sackte nach vorne.

„Und die Mutter?", fragte Jeannine mit lauter Stimme. Die Alte schreckte hoch und blickte erstaunt um sich. „Welche Mutter? Natürlich, die Mutter! Selbstverständlich haben wir nach ihr gesucht. Vergebens. Aber nach einigen Wochen kam sie in die Klinik und brachte einen Totenschein. Das war sehr merkwürdig, denn auf dem Formular war nur der Stempel eines Arztes aus Valensole, aber die Unterschrift fehlte."

Wieder schienen der alten Frau die Augenlider zu schwer zu werden, um sie offen zu halten und langsam neigte sich ihr Kopf wieder auf die Brust.

„Wie hieß der Arzt?"

„*Docteur* Vassalle", murmelte sie. „Nein anders ... Vasseur."

Nach einer kurzen Pause fuhr sie fort:

„Das war das letzte Mal, dass ich sie gesehen habe. Seit damals habe ich nichts mehr von ihr gehört. Und jetzt kommen Sie mit Ihren Fragen."

Die alte Frau machte eine müde Handbewegung. Dann neigte sich ihr Kopf wieder langsam nach vorne. Als Jeannine sah, dass sie jetzt endgültig eingeschlafen war, stand sie leise auf und verließ den Balkon und das Apartment. In ihrem Auto rief sie im Kommissariat an.

„Monique, können Sie bitte ausfindig machen, wo ein gewisser *docteur* Vasseur wohnt. Er hat vor circa vierzig Jahren in Valensole praktiziert und dort den Totenschein für Frédéric Pradel ausgestellt. ... Ja genau. Mirèio Pradel hatte vor Patrick schon einmal ein Kind bekommen, das angeblich kurz nach der Geburt gestorben ist. Allerdings kommt mir das alles ein bisschen merkwürdig vor. Deswegen will ich diesen *docteur* Vasseur sprechen. Hoffentlich lebt er noch."

Aber Jeannines Hoffnung erwies sich als trügerisch. Nach wenigen Minuten schon meldete sich ihr Handy und Monique berichtete, dass laut Auskunft der Ärztekammer ein *docteur* Grégory Vasseur mit ehemaliger Praxis in Valensole bereits vor fünfzehn Jahren gestorben sei und dass die Praxis nicht weitergeführt worden sei, da sich kein Nachfolger gefunden habe.

Dann gab es also einen Sohn, fasste Jeannine das Ergebnis ihrer Recherche zusammen, der unter etwas merkwürdigen Umständen gestorben ist. Oder vielleicht doch nicht gestorben ist. Vielleicht ist er nach wie vor krank, behindert und braucht Geld, um seine medizinischen Behandlungen zu finanzieren. Möglicherweise eine Operation in den USA - die sind unermesslich teuer. Er weiß, dass sein Bruder viel Geld besitzt.

„Wenn Jean-Luc Recht hat mit seiner Theorie vom plötzlich auftauchenden nahen Verwandten, dann dürften wir in Bälde ein Lebenszeichen von diesem verschollenen Bruder erhalten. Und darauf müssen wir jetzt warten!", murmelte Jeannine, ließ den Motor an und begab sich auf die Rückfahrt nach *La Chênaie*.

Kapitel 13
Der Fall nimmt eine unerwartete Wendung

Freitag, 5. Februar, nachmittags

Mirèio Pradel und Madeleine Detours saßen am großen Esstisch im *séjour* des Wohnhauses und schwiegen. Vor mehreren Stunden schon war *brigadier* Dalmasso weggefahren und Mirèios hilfsbereite Nachbarin war gekommen. Zuerst hatte es viel zu reden gegeben. Madeleine hatte nicht daran glauben wollen, dass es sich bei dem Mord an Cathérine Morton um eine Verwechslung gehandelt hatte und das eigentliche Ziel des Mörders Mirèio gewesen sei. Und da auch Madame Pradel die Theorie der Polizei für Unfug hielt, hatten sie sich gemeinsam über die Arbeit der Ermittlungsbehörde lustig gemacht.

„Eigentlich ist er aber sehr nett, der junge Kommissar", meinte Mirèio.

„Und seine Assistentin, die hübsche, mit den langen schwarzen Haaren, die mag ich auch", ergänzte Madeleine. „Wie sie sich Sorgen um dich macht und sich um dich kümmert, das finde ich sehr lieb."

„Obwohl es absolut nicht nötig wäre", stellte Mirèio fest.

Sie schwiegen eine Weile, dann nippten sie an ihren Likörgläsern.

„Jetzt muss ich aber aufhören mit dem Trinken." Madeleine Detours stellte ihr Glas behutsam auf die Tischplatte zurück. „Schließlich muss ich noch fahren."

„Aber doch nur ein paar Kilometer, auf Forstwegen, auf denen dir kein Auto begegnen wird – und schon gar nicht die Gendarmerie."

„Trotzdem. Schau raus! Es wird langsam dunkel. Vier Uhr ist längst vorbei. Ich glaube, ich mach mich lieber auf den Weg. Du weißt, nachts sehe ich so schlecht."

„Du hast Recht! Dann solltest du lieber fahren. Außerdem wird meine Aufpasserin bald zurück sein."

„Bitte grüße sie von mir. Ich finde sie sehr nett."

„Das mache ich gerne. Du, ich glaube, die hat was mit ihrem Chef."

„Nein wirklich?"

„Doch, so wie die ihn anhimmelt. Und auch er ... Also da ist was im Busch!"

„Die zwei würden ja auch gut zusammenpassen. Sei's drum! Ich muss jetzt fahren. *Salut Mirèio!*"

„*Salut Madeleine!*"

***

Auf dem Rückweg nach *La Chênaie* meldete sich Jeannines Magen mit einem penetranten Knurren. Sie hatte seit dem Frühstück nichts mehr gegessen. Und auch da hatte sie nur ein Stück getoastetes Baguette gehabt, mit etwas Butter und Lavendelhonig drauf. Dazu hatte sie vier Tassen von Mirèios hervorragendem Espresso getrunken. Kein Wunder, dass ihr Magen jetzt rebellierte. Sie beschloss, etwas zu essen. Aber wo gab es um diese Tageszeit ein Restaurant oder ein Bistro? Zwischen fünfzehn und neunzehn Uhr hatten die alle zu. Auf ihrer Route lagen auch keine größeren Städte, wo es sicher ein paar Restaurants mit *service continu* gäbe. Allemagne en Provence oder Riez, das waren Dörfer. Oder sollte sie zurückfahren nach Manosque? Aber das wollte sie nicht. Vielleicht in Moustiers, dachte sie. Das war ein beliebtes Touristenziel.

„Da finde ich sicher ein geöffnetes Restaurant. Außerdem habe ich es von dort nicht mehr weit nach *La Chênaie.*"

In der Hoffnung, nach einer knappen Stunde etwas Gutes in den Magen zu bekommen, machte sie sich mit frischem Elan auf den Weg.

***

Pünktlich um sechzehn Uhr stand *commissaire* Papperin vor dem ehrwürdigen Altstadthaus unweit vom Cours Mirabeau, in dem der Notar *maître* Haubert residierte. Auf sein Läuten erklang ein Summer und Papperin drückte das schwere geschnitzte Eichenportal auf. Er fand sich in einer hohen und langen Eingangshalle wieder. Sie war überladen mit grauen, teils vergoldeten Stuckverzierungen. Ein roter Läufer wies den Besucher zum anderen Ende der Halle, wo sich eine breite hölzerne Treppe in die nächste Etage hinaufschraubte, dazwischen ein altmodischer Aufzug in einem schmiedeeisernen Gitterkäfig. Papperin mied den Aufzug. Immer zwei oder drei Stufen auf einmal nehmend erreichte er schnell den ersten Stock. Dort wurde er bereits erwartet. Ein Mann in anthrazitfarbenem Anzug und dunkelroter Krawatte stand unter der offenen Eingangstür zum Notariat. Bedauerlicherweise sei sein Chef noch nicht zurück, entschuldigte sich der Bürochef und Sekretär des Notars. Ob der Herr Kommissar warten, oder lieber etwas später wiederkommen wolle? Obwohl ihn ein *café* und ein *calva* im *Deux Garçons* sehr reizten, entschied sich Papperin für das Warten. Den Kaffee bekam er auch hier vorgesetzt. Aber um einen Calvados - oder zur Not auch einen Cognac - wagte er nicht zu bitten. Es dauerte nicht lange, er hatte gerade die Kaffeetasse geleert, als sich die Tür öffnete und der Notariatsangestellte verkündete, dass sein Chef, *maître* Haubert, jetzt angekommen und zu sprechen sei. Er führte Papperin durch einen Korridor, an dessen Ende er an eine breite, mit Kassetten verzierte Türe klopfte. Vermutlich hatte er ein *„Entrez!"* gehört, denn er öffnete behutsam die Türe und verkündete unter einer leichten Verbeugung ins Innere des Raumes: *„Commissaire Papperin, police judiciaire!"*

Mit einem leisen ‚Klack' fiel die Tür hinter dem Kommissar wieder ins Schloss. Papperin blickte sich in dem Raum um. Das schwache Tageslicht, das durch drei schmale, hohe Rundbogenfenster in den Raum fiel, brachte nicht mehr viel Helligkeit. Draußen hatte die Dämmerung bereits eingesetzt, aber hier drinnen hatte man die Beleuchtung noch nicht eingeschaltet. Das ganze Ambiente war deshalb düster. Ein breiter Louis XVI - Schreibtisch nahm den Platz vor den Fenstern ein. Am anderen Ende befand sich ein nicht minder alter Tisch mit sechs Stühlen, an dem der Notar wohl seinen Mandanten die zu beurkundenden Dokumente vorlas. Die Wände des Raumes waren mit Regalen aus dunklem Holz verbaut, die bis unter die Decke reichten. Hinter ihren hohen Glastüren waren die ledernen Buchrücken von Unmengen von Büchern zu erkennen. Sie sahen alle gleich aus und waren mit goldenen Buchstaben beschriftet. Offensichtlich hatte der Notar alle Bücher einheitlich in Leder binden lassen. Soweit Papperin erkennen konnte, handelte es sich durchwegs um juristische Fachliteratur - Gesetzestexte, Kommentare, Urteilssammlungen von französischen Gerichten und des Europäischen Gerichtshofes. Bei all dieser in ihrer vornehmen Düsterheit erdrückenden Einrichtung hatte Papperin zunächst den Notar nicht wahrgenommen, der hinter seinem Schreibtisch saß. Erst als dieser sich erhob und mit den Worten *„Monsieur le commissaire,* mein Freund Paul Vergier hatte schon angedeutet, dass Sie mich voraussichtlich aufsuchen werden" auf sich aufmerksam machte, nahm Papperin den Notar wahr. Er war klein, korpulent und hatte eine wie frisch poliert glänzende Halbglatze. Jetzt kam der Mann hinter seinem Schreibtisch hervor und ging mit zur Begrüßung ausgestreckter Hand auf den Kommissar zu.

„Bon jour! Mein Freund sagte schon, es sei für die Ermittlungen in diesem Aufsehen erregenden Mordfall von zentraler Bedeutung, dass Sie den Inhalt des Testaments kennen, das von mir erstellt und hier beurkundet wurde." Dabei deutete er auf den monströsen Besprechungstisch.

„Nicht ganz klar ist mir, weshalb Sie mich auch noch persönlich zu sprechen wünschen. Das Testament ist sehr kurz und juristisch äußerst klar und präzise abgefasst - wie übrigens alle Verträge und Urkunden meiner Kanzlei. Es besteht, von den rechtlich unverzichtbaren Textpassagen abgesehen, eigentlich nur aus einem Satz, des Inhaltes, dass die einzige Erbin und Alleinerbin seine Freundin Clothilde Blanchée ist

„Cloé Blanchard", korrigierte Papperin.

„Wie bitte?"

„Sie heißt Cloé Blanchard, nicht Clothilde Blanchée!"

„Adolphe!", rief der Notar mit für seine kleine Statur erstaunlich voluminöser Stimme. Der Angestellte kam ins Zimmer gestürzt.

„*Maître* Haubert?"

„Adolphe, wie heißt die Begünstigte im Testament Pradel?"

„Cloé Blanchard, *maître* Haubert!"

„Dann eben Cloé Blanchard. Das ist alles. Mehr steht nicht im Testament. Gut, dann besteht da noch ein Nutzungsrecht für die Wohnung, das er seiner Mutter bis zu ihrem Tode eingeräumt hat. Aber ansonsten hat er sie vom Erbe ausgeschlossen." Der Notar räusperte sich.

„Mehr kann ich Ihnen beim besten Willen nicht sagen, denn mehr steht nicht drin. Adolphe, führen Sie den Herrn Kommissar wieder hinaus. *Au revoir monsieur le commissaire!*"

Der Notar ging um seinen Schreibtisch herum und nahm wieder dahinter Platz.

„Das wissen wir schon. Uns interessiert etwas anderes." Papperin achtete nicht auf die geöffnete Türe und die ihn hinaus komplimentierende Armbewegung des Angestellten.

„Wer kann von dem Testament und seinem Inhalt gewusst haben. Das ist die für unsere Ermittlungen zentrale Frage."

„Warum haben Sie das nicht gleich gesagt?" Der Notar erhob sich und kam wieder hinter seinem Schreibtisch hervor.

„Neben dem Erblasser selbst, mir und meinem Bürochef hier", dabei deutete er auf seinen Angestellten, neben uns dreien selbstverständlich auch seine Freundin - das Mädchen, das er mitgebracht hatte. Diese Clothilde Blanchée!"

„Cloé Blanchard", korrigierte der Sekretär.

„Ach ja?", entfuhr Papperin ein erstaunter Ausruf.

„Natürlich. Sie hat als eine der beiden gesetzlich vorgeschriebenen Zeugen unterschrieben - neben Adolphe hier."

„Und Sie sind ganz sicher, dass Mademoiselle Blanchard nicht nur von der Existenz des Testamentes Kenntnis hatte, sondern auch von seinem Inhalt?", fragte Papperin.

„Selbstverständlich! Ich habe das Dokument ja in ihrem Beisein vorgelesen."

„Und", schaltete sich der Sekretär ein. „Nach der Beurkundung, draußen im Vorraum, da hat er seine Freundin umarmt und gesagt „*Chérie*, jetzt bist du abgesichert, wenn mir etwas passiert."

Papperin fiel noch eine wichtige Frage ein:

„Sind Sie sicher, dass es sich um Cloé Blanchard gehandelt hat. Könnte es nicht eine andere Frau gewesen sein? Clothilde Blanchée zum Beispiel?"

Dem Notar entging die Ironie in Papperins Worten.

Nun beschrieb der Kommissar die Freundin des Ermordeten:

„Mademoiselle Blanchard ist eigentlich unverwechselbar. Schlank, groß, bestimmt einssiebzig oder sogar etwas mehr. Schmaler Kopf mit eng anliegenden blonden Haaren. Stark geschminkt."

Der Notariatssekretär nickte heftig.

„Ja, das ist sie. Tolle Formen!", ergänzte er bewundernd. „Außerdem habe ich ihre Identität anhand ihrer *carte d'identité* überprüft."

Der Kommissar hatte es plötzlich eilig. Er bedankte sich beim Notar und seinem Angestellten und machte sich unverzüglich auf den Rückweg in sein Kommissariat.

„Monique", sprach er in sein Handy. „Bitte ruf alle zusammen." Vor Aufregung duzte er seine Sekretärin. „Die Blanchard hat uns alle angelogen. Die kennt die Testamentsbestimmungen weil sie dabei war, beim Notar, als der das Testament für den Pradel gemacht hat. Und wenn die das von Anfang an wusste, es aber uns gegenüber immer wieder abgestritten hat, dann heißt das…"

„… dass sie ihr Mordmotiv vor uns verbergen wollte und dass sie ihren Freund umgebracht hat - wegen seines Geldes."

„Exakt! Bitte kümmern Sie sich darum, dass wir einen Haftbefehl bekommen. Ich bin in zehn Minuten im Kommissariat."

***

Jeannine hatte nicht einmal eine dreiviertel Stunde benötigt, um von Gréoux-les-Bains nach Moustiers-Sainte-Marie zu kommen. In Aix und Marseille hätte der nachmittägliche Berufsverkehr um diese Zeit lange Staus verursacht. Aber hier in der Einsamkeit der Haute Provence war davon nichts zu spüren. Sie kannte nur zwei Lokale in Moustiers: Die Bastide de Moustiers und das Hotel-Restaurant Le Belvedere. In die Bastide, einen im ganzen Land bekannten Gourmettempel, in dem der Sternekoch Alain Ducasse seine Gäste kulinarisch auf allerhöchstem Niveau verwöhnte, würde sie nicht gehen. Das überstieg erstens ihre finanziellen Möglichkeiten und zweitens würde es viel zu lange dauern, bis sie sich durch die vielen Gänge eines der Gourmetmenüs gegessen hätte. Vor längerem war sie einmal mit Jean-Luc dort gewesen. Das war traumhaft, hatte aber über drei Stunden gedauert. Außerdem dürfte dort um diese Tageszeit noch geschlossen sein. Nein, das Belvedere war heute genau richtig. Dort boten sie einfache regionale Speisen zu vernünftigen Preisen. Jeannine fand eine Parklücke direkt vor dem Restaurant. Ein Schild neben der ausgehängten Speisekarte verkündete, dass die Küche von elf bis dreiundzwanzig Uhr geöffnet sei - ohne Nachmittagspause.

Wie jedes Mal, wenn sie nach Moustiers kam, ging sie zunächst die wenigen Schritte zur Brücke, die über die Schlucht von Moustiers führte, um mit den Augen den goldenen Stern zu suchen, der an der Kette hing, die hoch über der Stadt das Tal überspannte. Aber sie konnte ihn nicht entdecken, dazu war es schon zu dunkel. Also betrat sie das Restaurant, suchte sich einen Tisch und ließ sich die Speisekarte bringen.

***

Jean-Luc Papperin hatte seinen Mitarbeitern kurz von seinem Besuch bei *maître* Haubert berichtet. Der beantragte Haftbefehl gegen Cloé Blanchard war inzwischen auch schon ausgestellt. Jetzt galt es, die gesuchte Mörderin ausfindig zu machen und sie zu verhaften. Er hatte schon die Gendarmerie in Manosque in Marsch gesetzt. Sie sollten bei ihr zuhause nachsehen und die Frau, falls sie dort war, festnehmen und nach Aix überführen. Auch Johnny Lacroix, ihren neuen Freund, hatten sie angerufen. Er behauptete, nicht zu wissen, wo sie sich aufhielt. Bei ihm in La Madrague sei sie jedenfalls nicht. Der Kommissar traute dieser Aussage nicht so recht, deshalb beauftragte er Lieutenant Lavalle, sich mit der Gendarmerie in Marseille in Verbindung zu setzen und die Beamten dort zu bitten, zu Lacroix' Haus zufahren und seine Aussage zu überprüfen. Er wollte gerade Jeannine anrufen und fragen, ob Cloé in *La Chênaie* war, als das Telefon auf Moniques Schreibtisch klingelte. Es war die Gendarmerie in Manosque, die berichtete, dass man niemanden in der Wohnung angetroffen hätte.

„Danke, Kollegen! Könnt ihr uns einen Gefallen tun und die Wohnung bewachen. Falls die Gesuchte dort auftaucht: Bitte sofort festnehmen und uns benachrichtigen."

Jetzt endlich konnte er Jeannine anrufen. Als sie sich meldete, fragte er ohne Umschweife:

„*Salut!* Ist die Blanchard bei euch oben in *La Chênaie*?"

Jeannine hatte den Mund voll von köstlichem Lammfleisch. Sie musste erst zu Ende kauen und schlucken, ehe sie erstaunt fragen konnte:

„Wieso? Nein, das heißt, ich weiß es nicht. Ich bin nicht dort, sondern in Moustiers." Dann berichtete sie von ihren Recherchen in Manosque und Gréoux. Aber Papperin schnitt ihr das Wort ab.

„Vergiss es! Diese Cloé ist die Mörderin. Mit fast hundertprozentiger Sicherheit. Sie war mit ihrem Freund beim Notar, als der das Testament gemacht hat. Sie kennt den Inhalt."

„Dann hat sie uns angelogen! Dann ist sie …"

„Genau! Wir haben sie zur Fahndung ausgeschrieben und bemühen uns jetzt mit Hochdruck sie ausfindig zu machen. Bei sich zu Hause ist sie nicht. An ihr Handy geht sie nicht. Und ihr neuer Freund weiß auch nicht, wo sie ist. Sagt er zumindest - am Telefon. Was machst du in Moustiers?"

Sie erklärte es ihm. Selbstverständlich hatte er Verständnis für Jeannine und es tat ihm leid, dass er sie auf eine falsche Fährte angesetzt hatte. Aber jetzt müsse sie so schnell wie irgend möglich zurück nach *La Chênaie,* falls die Gesuchte dort auftauchen sollte.

„Selbst wenn ich jetzt sofort los düse, dauert es mindestens eine halbe Stunde, bis ich dort bin. Eher noch etwas länger."

„Umso wichtiger, dass du sofort losfährst. Ruf mich an, wenn du oben bist. Und pass auf die alte Pradel auf. Man kann nicht wissen, ob die Blanchard noch einmal versucht, sie aus dem Weg zu schaffen. Verbarrikadiere dich mit ihr im Haus, bis Verstärkung kommt. Ich schicke dir die Gendarmerie rauf."

„Jean-Luc, das brauchst du nicht. Der Gendarmerieposten liegt genau hier gegenüber. Ich geh hin und sag denen, dass ein paar Mann mit mir mitkommen sollen. Was macht ihr jetzt?"

„Wir lassen gerade ihr Handy orten und hoffen, so rauszukriegen, wo sie ist. Ich melde mich dann wieder. *Salut chérie,* pass auf dich auf!"

„Salut Jean-Luc!"

Kaum hatte er aufgelegt, kam schon der nächste Anruf. Es war Guy-deux.

„Chef, die Handyortung geht nicht. Entweder hat sie es ausgeschaltet, oder sie ist in einem Funkloch."

„Merde!", entfuhr dem Kommissar ein Fluch.

„Bleib dran! Irgendwann wird sie es einschalten. Oder sie kommt aus dem Funkloch raus. Dann haben wir sie."

Kapitel 14
... zu spät!

Freitag, 5. Februar, abends

„Wir haben sie wieder!" Guy-deux kam in Moniques Sekretariat gestürmt.

„Ist der Chef da? Ich habe ihr Handy orten können."

Papperin, der durch die stets offenstehende Tür zu seinem Vorzimmer mitgehört hatte, sprang wie elektrisiert aus seinem Bürostuhl auf.

„Wo?", rief er, während er mit großen Schritten in sein Sekretariat hinüber eilte.

Guy-deux hatte sein Notebook auf Moniques Schreibtisch abgestellt. Das Display war voller Buchstaben und Zahlen, mit denen der Kommissar absolut nichts anfangen konnte. Dann tippte sein Informatik-Freak einige Befehle in die Tastatur. Das Bild änderte sich.

„Das hier sind die Koordinaten!"

Jetzt erkannte Papperin etwas mehr. Die geortete Stelle war durch die auf dem Netz der die Welt umspannenden Längen- und Breitengrade exakt nach Graden, Minuten und Sekunden bezeichnet. Wieder bearbeitete Guy-deux die Tastatur.

„Jetzt wird eine topografische Karte darüber gelegt", erklärte er. Aufgeregt verfolgten Papperin und Monique wie sich langsam eine Landkarte aufbaute. Der blinkende blaue Punkt lag abseits von jeder Straße mitten in einer grünen Fläche, ziemlich genau zwischen den Orten Aups und Moustiers.

„Geht es noch genauer? Kann man das vergrößern?", fragte Papperin.

Guy-deux betätigte den Schieber am rechten Kartenrand und der Kartenausschnitt wurde größer und größer.

Der blinkende blaue Punkt blieb unverändert in der konturlosen grünen Fläche stehen.

„Das muss mitten in der Pampa sein, ohne öffentliche Straßen und abseits von jeder Ortschaft", mutmaßte Guy-deux. „Ich wechsle mal zur Satellitenansicht."

Jetzt wurde das Bild viel strukturierter. Man erkannte Berge, Felsen und Straßen. Guy-deux zog den Schiebregler noch weiter nach oben. Jetzt konnte man die eingeblendeten Straßennummern lesen.

„Irgendwo zwischen der D 597 und der D 19 ist es. Können Sie es noch größer machen?", bat Papperin.

„Schon, aber dann wird es noch unschärfer."

„Machen Sie trotzdem! ... Da, das ist wohl ein Weg, der sich durch den Wald windet. Und da sind Häuser. Das ist doch ... Da das Wohnhaus und direkt daran die *bastide*. Und dort hinten die beiden Hütten. Die ist in *La Chênaie!*"

Papperin richtete sich auf. Sein Gesicht war vor Aufregung rot angelaufen.

„Wir müssen sofort hin! Monique, alarmieren Sie die dortige Gendarmerie. Die sind wahrscheinlich schon mit Jeannine auf dem Weg. Machen Sie ihnen Beine. Guy-deux, holen Sie Ihre Kollegen, wir starten sofort. Die Dienstwaffen nicht vergessen!"

„Hubschrauber?", fragte Monique.

„Bis wir den bewilligt bekommen, sind wir längst dort. Nein, wir nehmen einen Streifenwagen und fahren mit Blaulicht und Sirene."

***

Gespenstisch huschte das Blaulicht über die dunklen Silhouetten der Bäume, als sich die beiden Polizeifahrzeuge mit heulenden Motoren über den steilen Schotterweg den Berg hinaufkämpften. Vorneweg Jeannine in einem Renault der *police nationale,* unmittelbar hinter ihr folgte ein Minibus der *gendarmerie nationale.* Die Beamten der *gendarmerie* in Moustiers hatten ihr bereitwillig ihre Hilfe zugesagt und sofort standen ein Einsatzfahrzeug und sechs Mann zur Verfügung. Jeannine vermutete, sie waren ganz froh über die Abwechslung in ihrem langweiligen Dienstalltag. Im Winter war wohl nicht viel los hier oben in den Bergen. Nur wenige Touristen verirrten sich in dieser Jahreszeit in die im Sommer so überlaufene Stadt. Deshalb gab es auch kaum Kleinkriminelle, die für ihre Autoeinbrüche und Handtaschenraube auf große Touristenzahlen angewiesen waren.

Das Funkgerät in Jeannines Wagen rauschte. Es war Jean-Luc:

„Wir haben das Handy geortet. Sie ist in *La Chênaie*. Jeannine. Seid ihr schon da?", quäkte Papperins Stimme aus dem Lautsprecher. Als Jeannine verneinte, mahnte er:

„Sei vorsichtig! Denk immer daran, sie hat zwei Menschen erschossen. Wenn sie sich bedroht fühlt, wird sie gnadenlos von ihrer Waffe Gebrauch machen. Hast du deine Pistole? Sind die Kollegen von der *gendarmerie* bei dir? Und wie viele?"

Trotz des schlechten Empfangs hörte man die Sorge um Jeannine, die von Papperin Besitz ergriffen hatte.

„Ja zu beiden Fragen. Und wir sind sieben. Und alle bewaffnet. Du brauchst dir keine Sorgen zu machen. Glaubst du, sie hat die alte Pradel umgebracht? Wie sollen wir vorgehen, was meinst du?"

„Wenn sie es nicht schon getan hat, dann wird sie es noch machen. Auf alle Fälle darf sie nicht merken, dass ihr kommt. Lasst die Wagen kurz vor der Lichtung im Wald stehen und nähert euch den Gebäuden zu Fuß und sondiert erst die Lage."

„*D'accord!* Jetzt sind wir gleich da. Sollen wir auf euch warten?"

„Nein, wir brauchen noch mindestens zwanzig Minuten."

„Okay! Ich mach jetzt Schluss. *À tout à l'heure!*"

Jeannine gab dem hinter ihr fahrenden Wagen ein Handzeichen und hielt dann an. Das Gendarmeriefahrzeug stoppte neben ihr. Die junge Brigadierin erläuterte den sechs Gendarmen das mit ihrem Chef abgesprochene Vorgehen. Ihr Anführer, ein *capitaine* namens Pierre Porcelli, widersprach ihr heftig. Man solle den Überraschungseffekt nutzen und das Haus unverzüglich erstürmen, forderte er. Nur mit Mühe gelang es ihr, die angriffsbereiten und militärisch auf solche Erstürmungen gedrillten Gendarmen davon abzuhalten. Ehe man nicht wisse, ob die alte Bäuerin noch lebte und ob sie von der Mörderin bei der Erstürmung als Geisel genommen werden könnte, verböte sich jegliches vorschnelle Eingreifen. Außerdem sei völlig unklar, ob die Gesuchte alleine oder zusammen mit ihrem Freund dort drin sei. Zunächst müsse man die Lage sondieren. Der Anführer der Gendarmen war nicht zu überzeugen. Erst der Hinweis, dass dies ein Befehl von ihrem Chef, *commissaire divisionnaire* Jean-Luc Papperin, sei, gab der deutlich rangniedrigere *capitaine* nach.

Langsam und so gut wie möglich um Deckung bemüht, schlichen die Beamten auf das Wohnhaus zu.

„Da steht ihr Motorrad", flüsterte Jeannine ihrem Nebenmann zu. Die Maschine stand aufgebockt neben der Haustüre. Es herrschte absolute Stille.

Der *capitaine* verständigte sich durch einen Blick mit der jungen Brigadierin und befahl seinen Leuten mit einer Handbewegung, zurückzubleiben. Dann schlich er geräuschlos um die Hausecke zur Terrasse. Jeannine war ihm unmittelbar auf den Fersen gefolgt. Die beiden spähten durch eines der großen Rundbogenfenster in den Wohnraum. Doch sie konnten nichts sehen. Die schweren, dunklen Vorhänge waren zugezogen und machten jeglichen Blick in den Raum unmöglich. Es war völlig ruhig. Kein Laut drang durch die geschlossenen Fenster. Auch draußen herrschte absolute Stille. Kein Tier brachte das trockene Laub zum Rascheln, kein Quaken von Fröschen, kein Zirpen einer Grille oder der Gesang einer Nachtigall störten die winterliche Ruhe.

Plötzlich zerriss ein lauter Knall die nächtliche Stille.

***

„Lieb von dir, dass du mich schon wieder besuchen kommst. Möchtest du einen Kaffee?"

Mirèio ging zur Espressomaschine. Über die Schulter sagte sie: „Komm, setz dich und erzähle, was es Neues gibt. Du hast Pech, außer mir ist niemand hier. Meine Nachbarin ist vor einiger Zeit schon gefahren. Und die junge Polizistin, die mich bewachen soll, musste nach Aix und wird wohl erst sehr spät abends wiederkommen. Also musst du mit mir alten Frau vorlieb nehmen."

„Wieso dich bewachen?"

„Na, die glauben doch, jemand will mich umbringen. Und Cathérine sei aus Versehen erschossen worden. Eine Verwechslung. Manchmal kommen die schon auf verrückte Ideen, unsere *flics*."

Cloé Blanchard legte ihren schwarzen Helm auf den Tisch und zog den Reißverschluss ihrer engen Lederjacke auf.

„So ganz Unrecht haben die nicht, die *flics*."

„Wie meinst du das? Wer sollte mich umbringen wollen?"

„Ich!"

Cloé zog eine Pistole aus ihrer Motorradhose und legte sie vor sich auf den Tisch.

„Du spinnst! Komm, steck die Waffe wieder weg. Mit sowas macht man keinen Spaß. Vor allem, nach dem was passiert ist."

„Das ist kein Spaß!"

Schlagartig begriff Mirèio, dass es der jungen Frau todernst war.

„Warum, warum willst du mich …", stammelte sie.

„Ich will alles! Du sollst nichts bekommen!"

„Was alles?"

„Alles, was Patrick gehört hat."

Es entstand eine kurze Pause, in der die Alte ihr jüngeres Gegenüber fassungslos anstarrte.

„Ich verstehe dich nicht. Wenn du mich umbringst, dann kriegst du gar nichts. Wir sind ja nicht verwandt. Ich bin seine Mutter, seine einzige Verwandte. Du erbst nichts."

Cloé sog ein Schriftstück aus ihrer Jacke und warf es auf die Tischplatte zu Mirèio hinüber.

„*Du* erbst nichts! Lies das!"

Madame Pradel nahm das Dokument. Sie ging damit zur Anrichte und kramte in der Schublade nach ihrer Brille. Sie setzte sie auf und begann zu lesen. Nach einiger Zeit murmelte sie: „Dann hat er also ein Testament gemacht und mich enterbt - nur den Hof hier hat er mir gelassen."

„Falsch! Auch der gehört mir. Und ich will ihn verkaufen - so schnell wie möglich. Und dann wandern wir aus - mein Freund und ich. Nach Südamerika."

„Aber ich habe doch ein Wohnrecht!"

„Genau! Und das stört mich. Das mindert den Verkaufswert."

„Und deswegen willst du mich umbringen?"

„Deswegen und wegen deines Pflichtteils. In Südamerika brauchen wir jeden Cent."

Völlig unerwartet zerriss Mirèio das Testament und warf die Blätter in den Kamin. Hell loderte das Feuer auf, als die Flammen das Papier verschlangen.

„Jetzt erbst du nichts mehr, weil es kein Testament mehr gibt!"

„Idiotin! Das Original liegt doch beim Notar."

Mirèio Pradel schaute den Flammen zu, die langsam zu lodern aufhörten und wieder zu kleinen blaugelben Flämmchen schrumpften, die um den groben Eichenklotz züngelten.

„Und du glaubst, du kommst davon, wenn du mich umbringst? Die *flics* sind nicht dumm. Die wissen, dass es jemand auf mein Leben abgesehen hat. Nur ich habe das bis jetzt nicht glauben wollen. Die werden schnell auf dich kommen."

„Sollen sie doch. Dann sind wir längst in Südamerika. Und da, wo wir hingehen, gibt es kein Auslieferungsabkommen, sagt Johnny."

„Johnny?"

„Mein Freund. Mit dem wandere ich aus."

„Und Patrick? Hast du ihn schon vergessen?"

„Patrick? Der war so doof und hat nichts gespannt, vor lauter Liebe. Der Idiot war so verliebt in mich, dass er überhaupt nichts mitgekriegt hat. Den habe ich gebraucht, wegen dem Geld."

„Dann hast du ihn gar nicht geliebt?"

Aus den Augen der alten Frau sprach grenzenlose Überraschung, dann Erschütterung und Resignation. Ihr Gesicht schien auf einmal von unendlich vielen Falten durchzogen. Sie ließ den Kopf sinken und flüsterte:

„Das hätte ich niemals für möglich gehalten. Wie ich mich mur so in dir täuschen konnte!"

Plötzlich gab sie sich einen Ruck, reckte den Kopf nach vorne. Ihr Blick versprühte grenzenlosen Hass.

„Dann hast du auch ..." Sie konnte das Unglaubliche nicht aussprechen.

„...dein Mamasöhnchen Patrick erschossen? Natürlich! Aber erst nachdem er das Testament unterschrieben hatte. Sonst hätte es mir ja nichts gebracht."

Mirèio wurde schwarz vor den Augen. Sie taumelte, versuchte, ihr Gleichgewicht wieder zu finden. Sie machte einen wackeligen Schritt nach hinten, suchte Halt an der Kante der Anrichte. Mit der linken Hand stieß sie den Ständer mit den daran hängenden Espressotassen um, die Rechte tappte in die offenstehende Schublade. Plötzlich versteifte sich ihr Körper. Sie fühlte etwas Kaltes, Hartes. „Claudes Revolver!", schoss es ihr durch den Kopf. Ihre Finger umschlossen den Griff der Waffe ihres verstorbenen Mannes. Hinter ihrem Rücken zog sie die Hand langsam aus der Schublade. Mit einem Ruck richtete sie die Waffe auf Cloé. Ganz ruhig lag der Revolver in ihrer Hand, der Lauf zitterte kein Bisschen.

„Stopp!"

Cloé erstarrte mitten in der Bewegung, im Schritt, den sie zum Tisch und ihrer dort liegenden Pistole machen wollte. Sie sah die Verzweiflung und den Hass in den Augen ihres Gegenübers.

„Mirèio, lass das! Mach keine Dummheit! Wenn du mich erschießt, dann kommst du wegen Mordes ins Gefängnis und hast überhaupt nichts von Patricks vielem Geld."

Wie eine Statue aus Stein so starr und bewegungslos stand die alte Frau auf der anderen Seite des riesigen Tisches und hielt den Revolver auf die junge Frau gerichtet.

„Das ist mir jetzt alles egal. Du hast Patrick erschossen und das musst du büßen!"

„Wenn du mich tötest, bekommst du nichts von dem ganzen Geld." Cloé bekam Angst. Man sah es an ihrem Gesichtsausdruck. Sie suchte nach einem Ausweg.

„Wir haben beide nichts davon. Also teilen wir lieber. Du die Hälfte und ich die Hälfte."

Die Alte rührte sich immer noch nicht.

„Dann meinetwegen zwei Drittel für dich und ein Drittel für mich!"

Bleiernes Schweigen herrschte im Raum. Endlich bewegten sich die Lippen der alten Frau:

„Du hast Patrick umgebracht! Meinen einzigen Sohn! Dafür musst du sterben!"

Ein ohrenbetäubender Knall ließ die Fensterscheiben erklirren und hallte im Raum wider.

***

Der *capitaine* verständigte sich durch einen Blick mit seinen Leuten und schon rannten diese mit schussbereiten Waffen auf die Haustüre zu. Ein kurzer Feuerstoß aus einer MP und die Türe sprang auf. Schulmäßig wie in einem Übungsmanöver brachten die sechs Soldaten das Erdgeschoss unter ihre Kontrolle. Jeannine, die *capitaine* Porcelli auf dem Fuß gefolgt war, blickte voll Bangen in den großen Wohnraum mit den zugezogenen Vorhängen. Vor der rustikalen Anrichte stand reglos Mirèio Pradel. Sie schien zu Stein erstarrt und schaute mit leeren Augen auf ihre rechte Hand, in der sie einen Revolver hielt.

„Dieu-merci!", dachte Jeannine. „Mirèio wurde nicht getroffen. Aber wieso hat sie eine Waffe in der Hand?"

Sie durchsuchte den Raum mit aufmerksamem Blick.

Niemand sonst war im Zimmer.

„Wo ist Cloé?", flüsterte sie.

„Schauen Sie, da! Hinter dem Sessel!", wies sie der *capitaine* auf die am Boden liegende Gestalt hin.

Jeannines Blick folgte der angegebenen Richtung. Tatsächlich, sie erkannte einen pinkfarbenen Turnschuh. Daran ein Bein in schwarzer matt glänzender Lederhose. Der Rest war hinter dem *fauteuil* verborgen.

„Die hat die Alte erledigt!", stellte *capitaine* Porcelli lapidar fest, nachdem er den Sessel zur Seite geschoben und die Leiche in Augenschein genommen hatte. „Das ist ein Fall für den Pathologen."

Jeannine ging zu Madame Pradel, die immer noch reglos und steif vor der Anrichte stand. Behutsam nahm sie ihr die Waffe aus der Hand.

„Bitte rufen Sie die Spurensicherung und den Polizeiarzt", befahl sie dem Chef der Gendarmen. „Ansonsten lassen wir alles unberührt. Ihre Leute könnten vielleicht unsere Autos herholen und dann draußen warten." Jeannine hatte das Kommando übernommen. Sie warf ihren Wagenschlüssel einem der Uniformierten zu. Dann nahm sie die immer noch verstörte Mirèio Pradel behutsam an der Hand und führte sie zu einem Sessel.

„Mirèio, bitte schildern Sie was sich hier abgespielt hat." Doch die alte Frau blieb stumm und starrte mit leeren Augen vor sich hin. Schließlich bewegten sich ihre Lippen.

„Sie hat meinen Sohn erschossen. Patrick war ein so liebes Kind!"

Kapitel 15
Epilog - zehn Tage später

Sonntag, 14. Februar

Papperin erhob sich und schlug mit seinem Messer dreimal an sein Champagnerglas. Das helle Ping-Ping-Ping ließ den lauten Geräuschpegel aus Gesprächen und Lachen abrupt verstummen. Der Kommissar blickte zu seinen Gästen, die um den Esstisch im riesigen *séjour* der Ölmühle saßen und jetzt gespannt zu ihm aufschauten.

„Liebe Freunde! Endlich ist der hässliche Fall abgeschlossen und wir alle haben wieder etwas Zeit, uns den angenehmeren Dingen des Lebens zuzuwenden. Wir hatten in den letzten Tagen und Wochen so viel mit Trüffeln zu tun, dass ich mir gedacht habe, die Erinnerung an die erschütternden Dinge, die wir bei unserem Trüffelfall erleben mussten, lässt sich am besten wieder mit Trüffeln vertreiben. Rechtzeitig ehe die Trüffelsaison zu Ende geht habe ich Sie heute zu einem Trüffelmenü eingeladen. Vorspeise, Hauptspeise und Nachspeise bestehen natürlich nicht nur aus Trüffeln, aber Trüffel sind das zentrale Thema. Hierzu habe ich mehrere Trüffel von dem *trufficulteur* erstanden, der am meisten unter unserem kriminellen Mordopfer zu leiden hatte und dessen Trüffel nach überwiegender Meinung seiner Kollegen zu den besten Provencetrüffeln überhaupt zählen. Damien Valbonne, ich heiße herzlich Sie in unserer Runde willkommen und entschuldige mich nochmals für das voreilige und ungerechtfertigte Vorgehen unserer Staatsanwaltschaft."

Papperin machte eine kurze Pause, in der er sein Glas erhob und auf das Wohl aller Anwesenden trank.

„Der *Tuber melanosporum*", ergriff er wieder das Wort, „der sogenannte Wintertrüffel, den unsere *trufficulteurs* hier in der nördlichen Provence züchten, zählt zu den besten Trüffeln weltweit und kann es leicht mit dem Périgordtrüffel oder dem schwarzen Piemonttrüffel aufnehmen. Ein völlig anderes Kapitel ist der *Tuber magnatum*, der weiße Trüffel aus Alba oder von den Abhängen des Apennin. Dem wird - meines Erachtens zu Unrecht - viel zu viel Wertschätzung entgegengebracht. Roh hat er einen unschlagbaren aromatischen Geruch. Verwendet man ihn aber zum Kochen, verflüchtigt sich dieses Aroma - im Gegensatz zu unserem schwarzen Wintertrüffel. Der riecht bei weitem nicht so kräftig, dafür hat er sehr viel Geschmack. Und dieser Geschmack bleibt erhalten, wenn man ihn erhitzt. Dank unseres Gastes Valbonne, der gute Beziehungen ins italienische Piemont hat und mir heute einen weißen Albatrüffel mitgebracht hat, kann ich euch beide Trüffelarten vorführen."

Wieder legte Papperin eine kleine Pause ein und trank einen Schluck vom Champagner, den er seinen Gästen als Aperitif vorgesetzt hatte.

„Den weißen Trüffel gibt es zur Vorspeise. Er wird über *tagliatelles* gehobelt, die leicht in Butter geschwenkt sind. Die Nudeln sind übrigens selbstgemacht. Odile", dabei zeigte er auf seine Mutter „hat heute früh stundenlang den Teig gewalzt und durch die Maschine gedreht. *Merci maman!*"

Papperin hob eine Weinflasche hoch. „Dazu gibt es einen leichten Rosé aus dem Weingut *Château Grand Jas* bei Entrecasteaux. *Mesdemoiselles*, bringen Sie bitte die *tagliatelles.*"

Auf seinen Ruf kamen zwei junge Frauen aus der Küche, die er für dieses *dîner* eigens engagiert hatte. Jede trug eine große Keramikschüssel mit den dampfenden Teigwaren. Nachdem sie jedem Gast eine Portion auf seinen Teller gehäuft hatten, machte Papperin die Runde und hobelte jeweils eine ansehnliche Menge des *Tuber magnatum* über die Nudeln.

Als alle versorgt waren, setzte sich Papperin an seinen Platz zwischen Monique und Jeannine. Während er seine kleine, aber hervorragende Portion langsam und mit Andacht genoss, freute er sich über seine Idee, alle seine Mitarbeiter und Freunde zu einem Trüffeldîner eingeladen zu haben. Außer seinem Team im Kommissariat war sein Freund Paul Vergier mit seiner Frau gekommen. Dr. Florian Berlinotte, sein widerspenstiger Wissenschaftsfreund hatte sein Labor verlassen und seine Frau Émilie mitgebracht. Selbstverständlich hatte Jean-Luc seinen väterlichen Freund, den Barbesitzer Francis Savonari eingeladen, allein schon seiner Mutter zuliebe. Obwohl er es eigentlich vermeiden wollte, hatte er dem Drängen Odiles schließlich nachgegeben und auch seine penetrante Nachbarin Marie-Thérèse Nez eingeladen.

„Das gehört sich einfach, dass man seine Nachbarn zu so einem Fest einlädt", hatte Odile gemeint. Während er das intensive Aroma auf Nase und Zunge wirken ließ, dachte Papperin an seinen jüngsten Marktbesuch, auf dem er die Trüffel erstanden hatte.

***

Erst langsam war nach den aufregenden letzten Tagen in Papperins Innerstem etwas Ruhe eingekehrt. Freitagnacht mit dem Showdown in *La Chênaie* und die ganze folgende Woche waren von hektischer Betriebsamkeit erfüllt gewesen. Die Spurensicherung hatte anhand der Indizien den voraussichtlichen Ablauf der Tragödie zu rekonstruieren versucht. Madame Pradel war nach wie vor nicht ansprechbar und hatte nur zwei Sätze mantramäßig immer wieder vor sich hingemurmelt:

„Sie hat meinen Sohn erschossen. Patrick war ein so liebes Kind! Sie hat meinen Sohn erschossen. Patrick war ein so liebes Kind! …"

Niemand, weder Jeannine noch eine eigens herbei gerufene Polizeipsychologin, hatten die Mauern zum Einsturz bringen können, die sie um sich errichtet hatte. Schließlich war sie aufgrund einer richterlichen Eilverfügung in eine psychiatrische Klinik eingewiesen worden.

Aber auch ohne ihre Aussage war allen klar, was sich am Freitagabend auf *La Chênaie* abgespielt hatte. Vor allem, nachdem die Polizeitechniker festgestellt hatten, dass die Kugel, die Cloé Blanchard tödlich getroffen hatte, aus der Waffe in Mirèio Pradels Hand abgefeuert worden war.

Nachdem alle Berichte geschrieben, zahlreiche Pressetermine endlich absolviert waren und Zeitungen sowie lokales Fernsehen und Radio ausführlich über die Tragödie berichtet hatten, hatte sich die Hektik, die Papperins Kommissariat die ganze anschließende Woche in ihrem Bann gehalten hatte, endlich wieder gegeben. Am Samstag hatte Papperin Zeit gefunden, auf dem Wochenmarkt in Cabanosque einzukaufen. Er war schon seit ein paar Tagen mit der Idee schwanger gegangen, sein gesamtes Team nach Abschluss ihres Falles zu einem sonntäglichen Festmahl zu sich in die Ölmühle einzuladen. Kurz vor Ende der Trüffelsaison sollte es natürlich ein Trüffelmenü sein, das er seinen Leuten vorsetzte.

Also hatte er sich zunächst auf die Suche nach einem Trüffelstand gemacht. Mitten im Marktgewühl, in einer kleinen Nebenstraße, hatte er einen Trüffelbauern gefunden, der seine frisch geernteten Knollen anbot.

„*Bon jour monsieur le commissaire*", wurde er von dem *trufficulteur*, einem älteren Mann gegrüßt, der unter einem kleinen Zeltbaldachin ein Körbchen voller schwarzer Trüffel feilbot. Erst bei genauerem Hinsehen erkannte Papperin den Mann.

„*Monsieur Valbonne, ça va?* Haben Sie Ihren kurzen Gefängnisaufenthalt gut überstanden?"

Der Bauer schüttelte dem Kommissar herzlich die Hand.

„Der Richter, der persönlich zu meiner Entlassung gekommen ist, hat mir gesagt, dass Sie von Anfang an gegen meine Verhaftung waren. Aber die Politiker hätten einen schnellen Ermittlungserfolg gewollt, hat er gesagt und deswegen hat man mich eingesperrt."

„Ja die Lokalpolitiker, die machen uns oft die Arbeit schwer", stimmte Papperin zu. „Hat man Sie wenigstens gut behandelt im Knast?"

„Da kann ich mich nicht beklagen. Mein Sohn hat den Wärtern dort ein paar Trüffel geschenkt und die haben sich revanchiert, indem sie mir das Leben so angenehm wie irgend möglich gemacht haben. Die waren richtig nett. Wir treffen uns jetzt immer dienstags um acht in der *Auberge du Soleil.* Natürlich nur mit denen, die keinen Dienst haben."

„Dann ist ja alles gut ausgegangen."

„Und Haftentschädigung habe ich auch gekriegt. Nicht viel, aber ein paarmal können wir davon gut essen gehen." Er schaute erst Papperin und dann seine Trüffel an. Dann fragte er:

„Und Sie wollen Trüffel kaufen?" Er schob den Korb mit den Pilzen zum Kommissar hin.

„Die sind ganz frisch, wir haben sie gestern ausgegraben - das heißt: unser Hund hat sie gefunden."

„Vor drei Wochen habe ich schon einmal einen Trüffel gekauft - bei Ihrem kriminellen Konkurrenten. Der war hervorragend. Wahrscheinlich kam er von Ihnen, gestohlen aus Ihrer Plantage."

Jetzt wandte sich Papperin dem Korb zu. Er sah sich jeden Trüffel genau an, nahm ihn in die Hand, roch daran, prüfte die Druckfestigkeit. Schließlich entschied er sich für drei Tennisballgroße Knollen. Das Aushandeln des Preises verlief völlig untypisch, sozusagen in verkehrter Richtung. Denn Papperin lehnte den großzügig angeboten Preisnachlass vehement ab, auf dem der Bauer ebenso unnachgiebig bestand. Schließlich einigten sie sich auf einen kleinen Rabatt. Papperin hatte eine Idee.

„Sagen Sie, Monsieur Valbonne, haben Sie eine Ahnung, wie man hier schnell an einen weißen Albatrüffel kommen kann? Ich habe nämlich morgen Gäste zu einem

Trüffeldîner geladen und denen würde ich gerne nicht nur unsere Schwarzen präsentieren."

„Da kann ich Ihnen helfen", meinte der Trüffelbauer nach einigem Nachdenken. „Vorgestern hat mich ein Kollege aus dem Piemont besucht. Er hat mir einen mitgebracht. Den können Sie haben."

„Aber nur, wenn ich ihn bezahlen darf!"

Sie einigten sich auf einen Betrag, der, wie Papperin wusste, ein unglaublicher Vorzugspreis war.

„Wissen Sie was?", fragte er den Trüffelbauern.

„Kommen Sie doch morgen auch, wenn Sie Lust und Zeit haben. Um neunzehn Uhr in unsere *moulin à huile Frédéric Papperin* in Cabanosque. Und bringen Sie Ihren Sohn mit."

Als es ans Bezahlen ging, ließ sich der *truffier* nur die schwarzen Trüffel bezahlen.

„Den weißen, den bringe ich morgen als Gastgeschenk mit."

So war es gekommen, dass Papperin seinen Gästen beides vorsetzen konnte, Speisen mit weißen und Speisen mit schwarzen Trüffeln und außerdem hatte er einen neuen Freund gewonnen.

***

„Der Hauptgang", meldete sich Papperin wieder zu Wort, als die leer gegessenen Vorspeisenteller von den beiden Mädchen abgetragen waren. „Der Hauptgang ist ein *rôti de veau aux truffes noires*. Die Trüffel finden Sie sowohl im Fleisch, das ich vor dem Braten an vielen Stellen leicht eingeschnitten habe, in die Spalten habe ich dünne Scheiben des schwarzen Trüffels gesteckt. Ich hoffe, das Fleisch ist weich und zart geworden und hat den Trüffelgeschmack gut aufgenommen. Ich habe es extra lange bei niedriger Temperatur geschmort. Und natürlich sind in der Bratensoße jede Menge Trüffelscheiben - neben dem Gemüse."

Papperin sah man seine Kochbegeisterung an, als er die Zutaten aufzählte: *„des échalottes, des carottes, des courgettes,* *du poireau, un bouquet garni d'herbes de Provence. Etwas Olivenöl und natürlich Salz und Pfeffer.* Dazu gibt es Kartoffelpüree, ganz ohne Trüffel. Durch den neutralen Geschmack des Pürees kommt das Trüffelaroma aus Fleisch und Soße besonders gut zur Wirkung. So, und jetzt wünsche ich euch einen guten Appetit! Halt! Ich habe den Wein vergessen. Dazu trinken wir natürlich einen Roten, und zwar einen *Château Sainte Roseline 2007 cru classé.* Der Jahrgang soll einer der besten der letzten Jahrzehnte sein, habe ich gelesen."

Während des Essens herrschte zunächst andächtiges Schweigen. Jeder genoss das wunderbare *arôme de truffe* im zarten Fleisch, in der Soße und im Gemüse. Doch langsam kam auch wieder ein Gespräch auf. Nachdem die Kochkünste des Kommissars ausführlich bewundert und gelobt worden waren, wandte man sich dem abgeschlossenen Fall zu. Vereinzelt wurde die Ansicht geäußert, dass doch alles einen sehr guten Ausgang genommen habe. Die beiden Übeltäter seien aus dem Verkehr gezogen, und zwar endgültig.

„Hätte man sie festgenommen und ins Gefängnis gesteckt, dann wären sie nach ein paar Jahren wieder rausgekommen und hätten von Neuem Verbrechen begangen. Nein, nein, es ist schon gut so, dass beide erschossen wurden." Madame Nez, Papperins Nachbarin, vertrat diese Meinung mit lauter, alles übertönender Stimme und voller Überzeugung. Der Richter widersprach ihr heftig, wurde aber nur mit einem verächtlichen „So seien Sie doch still, Sie verstehen ja nichts davon" abgekanzelt.

Odile machte sich ganz andere Sorgen.

„Sag mal, Jean-Luc, wie geht es jetzt mit der armen alten Frau weiter? Mirèio Pradel? Wenn sie sich von Ihrem Schock erholt hat, dann wird sie wohl wegen Mordes verurteilt und muss ins Gefängnis. Ich finde das äußerst ungerecht. Wie lange steht auf Mord?"

„Das hängt von vielem ab. Frag lieber Paul, der ist Jurist und kann sicher mehr dazu sagen."

Jean-Lucs Mutter wandte sich an den Richter: „Zu wie viel Jahren, glauben Sie, wird man sie verurteilen?"

„Also erstens", setzte dieser zu einem rechtswissenschaftlichen Monolog an. „Erstens steht überhaupt noch nicht fest, ob der Tatbestand des Mordes gegeben ist. Meines Erachtens nicht, denn es fehlen bei ihrem Handeln der Vorsatz und die Heimtücke, zwei Grundvoraussetzungen für die Qualifizierung als Mord. Nach meiner fachlichen Meinung kann für Madame Pradel der Artikel 223-3 unseres *code pénal* nicht angewandt werden. Also weder *assassinat* noch *meurtre*. Bestenfalls Totschlag. Aber wenn Sie mich nach meiner privaten Überzeugung fragen, so glaube ich, dass es einem geschickten Verteidiger sogar gelingen wird, wenn er auf Notwehr setzt, das Gericht für diese Ansicht zu gewinnen und einen Freispruch zu erreichen. Was genau ist denn passiert: Madame Pradel wird von Cloé Blanchard mit einer Schusswaffe bedroht. Zwar hat sie die Waffe nicht in der Hand. Aber wer könnte das Argument widerlegen, dass sie sich gerade darauf zubewegt hat und danach greifen wollte um die alte Frau zu erschießen. Es gilt in unserem Rechtssystem der Grundsatz der *présomption d'innocence – in dubio pro reo*. Also wird ein Gericht, das einen wenn auch nur geringen Zweifel an der Schuld der Angeklagten hat, sich gegen eine Verurteilung entscheiden. Ich zumindest würde so handeln."

„Zusätzlich muss man auch die seelische Verfassung der Frau berücksichtigen", gab *docteur* Berlinotte zu bedenken. „Sie liegt psychisch am Boden, weil ihre beiden einzigen Verwandten ermordet wurden. Allein deswegen kann man ihr keinen vorsätzlich und akribisch geplanten Mord anhängen, sondern allenfalls eine Affekthandlung."

„Sie meinen also, dass ihr strafrechtlich nicht allzu viel passieren kann?", fasste Odile das Gehörte zusammen. „Da bin ich aber sehr erleichtert. Ich mag die Frau nämlich und sie tut mir unendlich leid. Geht es euch allen nicht auch so?", fragte sie die Tischrunde. Alle reagierten mit Kopfnicken und zustimmendem Gemurmel. Lediglich Papperin hatte Bedenken. Er goss etwas Wasser in den Wein der allgemeinen Erleichterung.

„Seid euch da mal nicht so sicher. Wenn als Vertreter der Anklage wieder Staatsanwalt Salbony nominiert wird - sie haben ihn ja bereits kennengelernt, Monsieur Valbonne - dann könnte es ganz anders laufen. Der ist von krankhaftem Ehrgeiz besessen und gilt als gnadenlos scharfer Hund. *Der* wird alles dransetzen, eine Verurteilung zu erreichen."

„*Non, non Jean-Luc*, das glaube ich nicht", widersprach ihm der Richter. „Du hast zwar Recht, er ist unerbittlich und erbarmungslos und die seelische Verfassung der Angeklagten ist ihm völlig egal. Aber eines ist er vor allem: karrieregeil. Deshalb wird er nichts tun, was seinem weiteren beruflichen Emporkommen schadet. Wenn die öffentliche Meinung für Madame Pradel ist - und dass das so sein wird, sieht man ja schon an unserer Tischrunde, dann wird er seine Fahne nach diesem Wind richten und sich nicht dagegen stemmen. Kann ich noch etwas von diesem wunderbaren Fleisch bekommen, *chère madame Papperin?*"

Während Odile die Teller all derer nachfüllte, die noch hungrig waren oder noch mehr Lust auf Jean-Lucs Kochkünste hatten, kündigte dieser das Dessert an.

„Liebe Freunde, als Dessert habe ich eine *Moelleux au chocolat truffé* vorbereitet. Dazu kann, wer möchte, eine oder mehrere Kugeln *gelato fior di latte tartufato* bekommen. Ein Rezept, das ich in Italien kennengelernt habe. Einfach Milch, Zucker und Mascarpone kurz aufkochen, geschlagene Sahne und im Mörser zerdrücke Trüffelstücke reinrühren und in die Eismaschine oder die Gefriertruhe geben. Der zarte Trüffelhauch im *Moelleux de chocolat* kommt übrigens von den Eiern, die ich vor der Verarbeitung zusammen mit den Trüffeln gelagert hab. Durch die poröse Schale diffundiert der Trüffelgeschmack und infiziert die Eier. Im Moelleux selbst sind gar keine Trüffel drin. Und anschließend gibt es Espresso und dann einen Digestif."

Schon während des Desserts flammte die Diskussion wieder auf.

„Eines verstehe ich nicht", meldete sich *brigadier* Malmotte zu Wort. „Warum glaubte die Blanchard, Madame Pradel umbringen zu müssen?"

„Na doch wegen des Pflichtteils!", wurde er von Jeannine belehrt.

„Aber das ist doch genau der Punkt", entgegnete Guy Malmotte. „Seit der letzten Erbrechtsreform hat man den Pflichtteilsanspruch von Eltern abgeschafft. Die alte Pradel hätte überhaupt keinen Pflichtteil bekommen. Aber das hat die Blanchard wohl nicht gewusst. Sie ist ja auch noch nicht so alt, die neue Regelung."

„Hätte sie also vorher einen Anwalt gefragt, ehe sie den zweiten Mord begangen hat, dann hätte der ihr klargemacht, dass sie die alte Frau gar nicht umzubringen brauchte?", wunderte sich Jeannine.

„*Mon dieu!*", rief Guy-deux aus. „Dann hätten wir den Fall nie aufgeklärt. Denn dann hätte sie ihre Erbschaft antreten können, das Anwesen verkaufen und in aller Öffentlichkeit und von der Justiz unbehelligt hier in der Provence leben können."

„Doch, doch, wir hätten sie trotzdem überführt", widersprach Jeannine. „Denn sie hat ja demonstrativ abgestritten, dass sie Kenntnis von dem Testament und seinem Inhalt hatte. Sobald wir diese Lüge durchschaut hatten, war uns doch klar, dass sie den Pradel erschossen hat."

Inzwischen war Papperin klar geworden, dass ihm ein tödlicher Fehler unterlaufen war. Erschüttert und selbstkritisch sagte er leise:

„Aber wir haben die Prioritäten falsch gesetzt. Wir hätten uns sofort auf die Frage des Testaments stürzen und die anderen Spuren, die ohnehin in Sackgassen geführt haben, zurückstellen sollen. Dann wären wir vielleicht sehr schnell auf Mademoiselle Blanchard gekommen und hätten sie festgenommen, noch ehe sie den nächsten Mord begehen konnte. Dann hätten zwei Menschen nicht sterben müssen – Cathérine Morton und Cloé Blanchard."

Die bisher erschienenen Fälle mit commissaire Jean-Luc Papperin

Ignaz Hold

Mistralmorde
Commissaire Papperins erster Fall

Der Wald rund um Commissaire Papperins Heimatdorf Cabanosque brennt. Erhitzt sind auch die Gemüter, denn: Im Löschwassertank schwimmt die Leiche des örtlichen Umweltaktivisten. Wer soll jetzt den Baulöwen und den Bürgermeister in die Schranken weisen, die das idyllische Dorf in ein Wellness-Resort für die High Society verwandeln wollen?

Paperback 12 x 19 cm, 399 Seiten
Taschenbuch 9,90 € (ISBN 978-3-9815613-1-9)
e-book 6,99 € (ISBN 978-3-9815613-0-2)

Ignaz Hold

Mordtour
Commissaire Papperins zweiter Fall

Was haben ein Massenunfall auf der Tour de France mit einem Toten und zahllosen Verletzten und das Verschwinden eines kleinen Jungen miteinander zu tun? Steckt die internationale Doping-Mafia dahinter? Oder handelt es sich um eine Marseiller Familientragödie? Commissaire Papperin aus Aix-en-Provence steht vor einem Rätsel.

Paperback 12 x 19 cm, 383 Seiten
Taschenbuch 9,90 € (ISBN 978-3-9815613-3-3)
e-book 6,99 € (ISBN 978-3-9815613-2-6)

Ignaz Hold

Todeseiland
Commissaire Papperins dritter Fall

Im Gourmetrestaurant auf der provenzalischen Urlaubsinsel Porquerolles stinkt's. Commissaire Papperin kennt diesen Geruch nur zu gut: Das Odeur des Verbrechens hängt über dem Paradies. Der Kommissar und seine Lebensgefährtin müssen erkennen: Sie machen Ferien auf einem Todeseiland.

Paperback 12 x 19 cm, 319 Seiten
Taschenbuch 9,90 € (ISBN 978-3-9815613-5-7)
e-book 6,99 € (ISBN 978-3-9815613-4-0)

Ignaz Hold

Ein Hauch von Tod und Thymian
Commissaire Papperins vierter Fall

Was ist mehr wert: Ein voller Geldtransporter oder ein echter Cézanne? Für keines von beidem lohnt es sich zu sterben. Trotzdem gibt es Tote. *Commissaire* Papperin und sein

Team müssen sich mit den verschrobenen Weltanschauungen des verarmten französischen Landadels auseinandersetzen. Gleichzeitig führen sie ihre Ermittlungen in das Milieu des Prekariats, der frustrierten arbeits- und hoffnungslosen Welt der Kleinkriminellen in den Vororten der Arbeiterstädte des Midi.

Paperback 12 x 19 cm, 319 Seiten
Taschenbuch, 9,90 € (ISBN 978-3-945503-10-2)
e-book, 6,99 € (ISBN 978-3-945503-11-9)

Ignaz Hold

Trüffel mit Schuss
Commissaire Papperins sechster fall

Ein Mord auf dem Wochenmarkt von Cabanosque – direkt unter den Augen von *commissaire* Jean-Luc Papperin. Warum wurde der *truffier* erschossen? Droht die lokale Mafia ins Trüffelgeschäft einzusteigen? Oder haben Neid und Missgunst zwischen Trüffelbauern zu dieser brutalen Tat geführt?

Paperback 12 x 19 cm, 319 Seiten
Taschenbuch 9,90 € (ISBN 978-3-945503-18-8)
e-book 6,99 € (ISBN 978-3-945503-19-5)

Ignaz Hold

Der Tod des Père Noël
Commissaire Papperins sechster Fall

Mord kennt keine Feiertage. Die Passanten in der weihnachtlich geschmückten Altstadt von Aix en Provence erstarren vor Entsetzen. Ein Weihnachtsmann, der stadtbekannte Père Noël, liegt tot im Schaufenster eines großen Ladengeschäfts - erschossen.

Paperback 12 x 19 cm, 400 Seiten
Taschenbuch 9,90 € (ISBN 978-3-945503-12-6)
e-book 6,99 € (ISBN 978-3-945503-13-3

Kaltgepresst
Commissaire Papperins siebter Fall

Von Ignaz Hold

Kurz nach der Verkostung der neuen Olivenöle im Lager der Großhandelsfirma stirbt der Einkäufer einer bekannten Supermarktkette. Herzinfarkt – diagnostiziert der herbeigerufene Arzt. Commissaire Papperin hat da so seine Zweifel, und richtig: Bei der gerichtsmedizinischen Untersuchung stellt sich heraus: Der Mann wurde vergiftet und zwar mit einem seltenen und höchst schwierig herzustellenden Gift. Die Ermittlungen führen Papperin und sein Team zu idyllisch gelegenen Bauernhöfen, in landschaftlich reizvolle Olivenhaine und in das trost- und erbarmungslose Milieu des internationalen Ölgroßhandels.

Paperback 12 x 19 cm, 456 Seiten
Taschenbuch 9,90 €, ISBN 978-3-945503-20-1
e-book 6,99 €, ISBN 978-3-945503-21-8

In der Bretagne zittern die Ganoven vor einer neuen Kommissarin

Sanni Aran

Der bretonische Teufel
Commissaire Julie Roches erster Fall

Im idyllischen Küstenort Cancale wird eine ermordete Frau aufgefunden.
Commissaire Julie Roche und ihr Team machen sich auf die Suche nach dem Mörder und stoßen dabei auf eine ominöse Privatschule im bretonischen Hinterland. Welche Geheimnisse verbergen sich hinter den hohen Steinmauern der elitären Lehranstalt? Und was hat ihr charmanter Direktor zu verbergen? Die Ermittler finden eine Spur, die sie weit in die Vergangenheit zurückführt. Dabei müssen sie erkennen: Der Mörder ist bereits auf der Jagd nach weiteren Opfern. Werden sie ihn aufhalten können?

Paperback 12 x 19 cm, 176 Seiten
Taschenbuch 9,90 € (ISBN 978-3-945503-14-0)
e-book 6,99 € (ISBN 978-3-945503-15-7)

Sanni Aran

Der bretonische Wolf

Commissaire Julie Roches zweiter Fall

Foto © SashaS - Fotolia.com

Im Eurostar von London nach Paris wird ein Mann ermordet.

Zufällig sitzt *commissaire* Julie Roche im selben Wagen. Zurück in der Bretagne erhält sie einen Anruf: Die Kollegen aus Paris bitten sie um einen Gefallen. Da der Tote wie sie aus St. Malo stammt, soll Julie vor Ort die Ermittlungen führen. Als wenige Tage später eine weitere Männerleiche von der Flut an den Strand gespült wird, glaubt Julie nicht an einen Zufall. Schnell wird klar: Die beiden Morde hängen zusammen. Julie und ihr Team heften sich an die Fersen des Mörders, der eine blutige Spur durch das Land zieht.

Paperback 12 x 19 cm   210 Seiten

Taschenbuch, 9,90 € (ISBN 978-3-945503-16-4)
e-book, 6,99 € (ISBN 978-3-945503-17-1)

Sanni Aran

Bretonische Kälte

Commissaire Julie Roches dritter Fall

Es ist Winter und Eiseskälte liegt über der Bretagne, wo seltsame Dinge geschehen.
Eine Frau ist auf der Flucht. Warum hat sie ihren Job Hals über Kopf hingeschmissen? Vor wem hat sie Angst? Eine Studentin wird an der felsigen Küste angeschwemmt. Eine Tote ohne Namen liegt in der Luxussuite des Hôtel de la Plage bei Saint Malo. Als Kommissarin Julie Roche Fall übernimmt, steht sie vor der größten Herausforderung ihres Lebens - beruflich und privat.

Paperback, 12.x.19 cm 220 Seiten
Taschenbuch 9,90 € (ISBN 978-3-945503-22-5)
e-book, 6,99 € ....(ISBN 978-3-945503-23-2)

„Der Tod schlürft Austern"
Eine Rundreise durch die Bretagne in zehn Kurzkrimis.
Von Gérard Mejer

Taschenbuch 9,90 €
ISBN 978-3-9815613-9-5
e-book 6,99 €
ISBN 978-3-9815613-8-8